CRIANÇA PERFEITA

CRIANÇA PERFEITA

MAURÍCIO
NIERO

Labrador

© Maurício Niero, 2025
Todos os direitos desta edição reservados à Editora Labrador.

Coordenação editorial Pamela J. Oliveira
Assistência editorial Leticia Oliveira, Vanessa Nagayoshi
Projeto gráfico e capa Amanda Chagas
Diagramação Vinicius Torquato
Preparação de texto Amanda Fabbro
Revisão Jacob Paes

Dados Internacionais de Catalogação na Publicação (CIP)
Jéssica de Oliveira Molinari - CRB-8/9852

Niero, Maurício
  Criança perfeita / Maurício Niero.
  São Paulo : Labrador, 2025.
  336 p.

  ISBN 978-65-5625-828-7

  1. Ficção brasileira I. Título

25-0729   CDD B869.3

Índice para catálogo sistemático:
1. Ficção brasileira

Labrador

Diretor-geral Daniel Pinsky
Rua Dr. José Elias, 520, sala 1
Alto da Lapa | 05083-030 | São Paulo | SP
contato@editoralabrador.com.br | (11) 3641-7446
editoralabrador.com.br

A reprodução de qualquer parte desta obra é ilegal e configura uma apropriação indevida dos direitos intelectuais e patrimoniais do autor. A editora não é responsável pelo conteúdo deste livro. Esta é uma obra de ficção. Qualquer semelhança com nomes, pessoas, fatos ou situações da vida real será mera coincidência.

LISTINHA DE TAREFAS QUE VIRÃO PELA FRENTE...

Aquela parte em que eu digo o que acontece no futuro ········ 8

Tic-tac ·· 10

Flashback: a hora da libertação ·· 23

Agora prefiro carrinhos a bonecas ····································· 29

Flashback: a lição da morte ·· 38

Ok, senta lá, Cláudia ··· 44

Flashback: 210% ··· 58

Gangue do Suquinho vs. Liga do Pirulito ·························· 62

Flashback: implante de personalidade ······························ 78

Minha família feliz ·· 81

Flashback: respeito ··· 92

Boneca de rua ··· 97

Flashback: oráculo ··· 115

O reflexo, a louca das sacolas,
a fugitiva e o policial ··· 122

Flashback: anatomia ·· 137

O muquifo do Fifulin ·· 140

O dinheirinho é da Juju ··· 152

Neca, aquendar, chuca, cheque ··· 161

Travesti não é bagunça!
Travesti é orgulho! ·· 170

Terremoto! ·· 184

Flashback: autodefesa ·· 201

Perguntas e mais peguntas ·· 204

Encrencadas brabas ··· 214

Balinhas de morango são as melhores ······························· 219

Flashback: armas ·· 240

Um rostinho familiar ·· 243

A criança que queria ser perfeita ····································· 254

O oráculo que tudo vê e que tudo sabe ······························ 271

Perfeitos ··· 277

Flashback: prova final ·· 290

Amigos para sempre! ·· 296

Casinha de bonecas ··· 307

Flashback: placenta ··· 326

Epílogo: Jonas West ··· 329

"QUEM NÃO ESTIMA A VIDA NÃO A MERECE."

LEONARDO DA VINCI

AQUELA PARTE EM QUE
EU DIGO O QUE
ACONTECE NO FUTURO

Meus óculos redondos se encheram com lágrimas puras. Não consegui contê-las diante da felicidade que senti. Desabei em um choro semelhante ao de uma menininha de seis anos, assustada por ter sido sequestrada. Retirei os óculos de grau e corri sem precedentes. Precisava estar junto ao mais novo ser perfeito que habita este mundo e comemorar com ela.

TIC-TAC

Dez horas e quarenta e dois minutos da manhã. O grande relógio com ponteiros pretos e tortuosos, pendurado na parede cinzenta, tic-taqueia sem parar, emitindo um som que, embora comum, desperta em mim uma irritação visceral. Não posso evitar revirar os olhos para os lados, tentando escapar do incessante martelar do tempo. Aliás, sempre detestei relógios, ainda que o motivo desse desgosto incomum me escape entre um pensamento e outro. É um sentimento que pulsa em mim desde que me entendo por gente.

Na sala de espera do consultório da psicóloga Kimie Hamilton, meu padrasto e eu somos nada mais que dois reféns desolados, sentados em cadeiras duras, forçados a suportar o tédio implacável dos ponteiros daquele relógio de formato ovalado. Se minha mãe biológica ao menos me concedesse a tão sonhada emancipação pessoal, reconhecendo-me como a pessoa de pensamentos livres que realmente sou, perante a lei, eu certamente não estaria aqui agora, presa a essa rotina que me fazia querer mofar e ter meus esporos levados pelo vento para bem longe daqui. Mas, infelizmente, enquanto a idade adulta não chega para mim, sou obrigada a frequentar este consultório aos sábados.

Eu poderia listar aqui, em meio a esta torrente de pensamentos, umas trinta razões pelas quais jamais deveria ser submetida a essas sessões periódicas com uma das psicólogas mais renomadas de Nova York. No entanto, meu raciocínio prodigioso decidiu que quatro delas são suficientes para continuar essa conversa mental comigo mesma. A primeira razão: os conselhos redundantes da psicóloga Hamilton, que ressoam como ecos vazios durante nossas sessões de uma hora e meia. *Céus! Aquela mulher parece um papagaio engravatado, encantado com sua própria repetição de perguntas inúteis.* A segunda razão: as abordagens dissimuladas, pois sei que ela não hesita em quebrar o sigilo profissional. Após cada sessão, a senhora Hamilton repassa todas as gravações das nossas conversas para os homens fardados que se autodenominam policiais. Desde meu sequestro, o agouro desses homens tem sido uma presença constante e indesejada nesta nova e revolucionária etapa da minha vida. A terceira razão, talvez a mais detestável de todas, é o incessante *tic-tac* daquele maldito relógio na parede. O som me dá vontade de sair correndo porta afora. E, por fim, a quarta razão: esta tortuosa sala de espera, onde tudo ao meu redor é bege e desprovido de vida. Se ao menos minha mãe biológica tivesse cumprido sua promessa de me dar um tablet no dia em que fui devolvida à sociedade por meu sequestrador, eu não estaria agora afundada nesta posição de decadência, traumatizada pela incapacidade de fazer algo minimamente interessante com a intenção de passar o tempo.

Todo sábado, quando meu padrasto e eu chegamos à clínica da psicóloga Hamilton, sentamo-nos nas cadeiras cinzentas com encosto baixo, num canto à esquerda da parede, e aguardamos. Sempre há uma garotinha de cabelos ruivos e sardas no rosto que sai da sala da psicóloga após as sessões. O pai da criança, alto, que sempre a acompanha, abre a porta para ela e juntos deixam o consultório, atravessando a sala de recepção de mãos dadas, como uma família feliz e despreocupada, ignorando a desolação do resto do mundo. Para noventa e nove por cento da população mundial, essa cena pareceria um evento comum, mas, para meus olhos agora aguçados, inseridos no um por cento restante, aquele simples gesto cotidiano contém uma boa dose de dramaticidade, exibicionismo e falsidade. Por trás da cortina de conformismo que se instala à minha volta aos sábados, percebo que, sempre que fecha a porta da psicóloga Hamilton, o pai da criança ruiva troca olhares com meu padrasto, inclinando levemente a cabeça em cumprimento, como se a sociedade os compelisse a reconhecer a presença um do outro e a serem cordialmente condescendentes. Aliás, os olhos do homem alto, com dedos em tremedeira abrupta, pupilas dilatadas e suor escorrendo pelo pescoço, denunciam o uso excessivo de bebidas alcoólicas e drogas ilícitas — isso já logo pela manhã; que dirá ao final do dia. Quanto à filha tola dele, ela sempre sai do consultório da senhora Hamilton carregando uma nova boneca Jinger Kymmy sob os braços — sorte a dela ter um pai com maior capacidade aquisitiva que o "pão-duro" do meu padrasto, alguém que satisfaz a todos os seus caprichos. *Céus! Pai e filha são tão patéticos... Mas parte de mim os inveja, ainda que só um pouquinho.*

Conforme eu esperava, os eventos a seguir se desenrolariam repetitivamente.

— Até mais, Lindsey. Nos vemos no próximo sábado — despede-se a senhora "tic-tac" do pai e da filha ao abrir a porta do consultório, agora aparentemente livres de seus tormentos. Estavam todos diante da entrada onde meu futuro interrogatório se desenrolaria.

Como de costume, o pai e a filha seguiram seus rituais de despedida e deixaram para trás o chão ingrato desta clínica para doidos e traumatizados que não sabem lidar com seus próprios sentimentos. Mas esse definitivamente não é o meu caso... não mais; embora os outros ainda não soubessem.

— Griselda Hunter, pode entrar e se sentar na sua poltrona — disse a invasora de mentes, convidando-me a adentrar o consultório.

— Sim, senhora Hamilton — respondi, usando seu sobrenome com uma doce deferência, minha voz suave e meu olhar vibrante, buscando corresponder às expectativas de um adulto que ansiava por se sentir amado e importante, uma necessidade disfarçada sob a máscara de uma criança mundana de seis anos, papel que, naquela ocasião, cabia a mim desempenhar.

— Senhor Jack, entregarei sua enteada em cerca de meia hora. Excepcionalmente hoje, nossa sessão será mais breve do que o de costume. — A psicóloga disse baixinho para meu padrasto. Parte de mim vibrava de alegria ao saber que seria dispensada mais cedo. — Aliás, os jornais em cima da mesa ao seu lado são de hoje, caso queira se atualizar nas informações.

— Hum... — murmurou ele, sem sequer olhar para a mulher de cabelos brancos tingidos de loiro. A indiferença de Jack Houltt fez com que a psicóloga desviasse o olhar para o chão, constrangida; aquele homem grosseiro adorava desmerecer qualquer um na primeira oportunidade.

Ao entrar na sala com uma pressa contida, sentei-me na poltrona clara. A psicóloga Hamilton fechou a porta e se acomodou em sua cadeira vermelha, diante de sua mesa abarrotada de retratos de seus filhos e, provavelmente, de seu ex-marido. Uma coisa que meu mentor me ensinou durante o início do meu período de enclausuramento, que me desacorrentou dos pensamentos alheios e me levou ao inestimável saber dos que eram superiores, é que as pessoas que cultivam retratos em suas casas e escritórios têm uma necessidade desesperada de mostrar aos outros o quanto suas famílias vivem sorrindo, são perfeitas e felizes, numa tentativa vã de convencerem a si mesmas de que são amadas e se importam com aqueles que as cercam. Na verdade, porém, esse simples ato de preservar rostos sorridentes congelados no tempo me revela, de forma subliminar, que toda essa fantasia de amor e perfeição familiar é um reflexo odioso de seu próprio fracasso na sustentação de suas relações pessoais; uma farsa.

— O que é aquilo na parede? — perguntei, fingindo surpresa, mas mantendo o rosto alegre. Apontei para um enorme relógio cuco preso à parede, bem atrás dela, para ilustrar melhor o alvo da minha dúvida e instigar a psicóloga a falar comigo.

— Ah! Este é o meu mais novo relógio! Ele é do tipo cuco. Quando os ponteiros chegarem ao número onze, um passarinho sairá daquela portinha e cantará três vezes. Antes de nossa sessão terminar, é provável que você o veja piando. Este é o sétimo relógio da minha coleção! — disse ela, com um olhar orgulhoso para todos os seus "troféus", pendurados nas paredes altas do escritório; cada relógio distinto fazia um som de *tic-tac* diferente, alimentando meu crescente desespero e meu tédio mundano.

— Nossa! Que legal! — disfarcei minha falta de entusiasmo com perfeição, como uma pequena criança que acaba de receber uma notícia encantadora. Agora, além dos inúmeros "*tic-tacs*" dos outros relógios na parede, a *louca dos mil relógios* me perturbaria com um pobre pássaro que piaria escandalosamente nos meus ouvidos ao estalo das horas cheias. — Este relógio é o mais bonito de todos! — continuei, mentindo com uma voz cheia de falsa alegria.

Se pudesse, eu mesma quebraria aquele relógio cuco na cabeça dela, mas sabia que a sociedade me oprimiria e me mandaria para um lar especializado em tratar crianças delinquentes de seis anos, o que me obrigava a descartar a hipótese de levar essa ideia adiante.

— Mas agora devemos deixar meus lindos relógios de lado e nos concentrar em você, certo, Griselda?

— Claro... — respondi, fingindo timidez.

E lá vinha ela novamente, com toda aquela besteira de tentar me persuadir ou me fazer lembrar de algum detalhe importante sobre o meu sequestro.

— Griselda... — Kimie Hamilton respirou fundo. — Esta é nossa décima terceira sessão. E, até agora, tivemos pouco avanço sobre o que realmente aconteceu enquanto você estava longe de sua mãe. — Ela se referia ao período em que estive em posse do meu sequestrador, mas, como me julgava uma criança desmiolada como as outras, a senhora Hamilton sempre fazia questão de falar comigo exatamente como a maioria dos adultos desconhecidos: com palavras moderadas e tom suave, no diminutivo, para facilitar a compreensão.

— Eu não me lembro de muita coisa — repeti pela *décima terceira* vez a ela.

— Eu sei, minha criancinha amada. Imagino o quanto deve ser difícil para você relembrar algo desse período. — O dedão dela repousava no queixo, enquanto o indicador tocava a bochecha, numa tentativa de me convencer de que era uma adulta forte e firme, expressando confiança para me induzir a revelar meu tesouro secreto. — É por isso que, nesta sessão, terei que exigir um pouco mais de você. — Provavelmente, ela queria investigar minhas memórias mais a fundo devido à pressão que os federais deviam estar exercendo sobre ela, exigindo que conseguisse arrancar de mim algo que levasse à identificação ou ao paradeiro do meu sequestrador. — Então... você acha que está pronta para conversarmos?

O sorriso forçado dela, tentando me engambelar, era mais falso do que a cor de seu cabelo platinado. O seu dedo indicador com a unha pintada de vermelho deu o *play* no gravador em cima da mesa, passando a capturar toda a nossa conversa — que seria encaminhada posteriormente aos ouvidos dos policiais.

Fiz "sim" com a cabeça.

— Ótimo! — Ela sorriu novamente, com os trejeitos de uma tola que achava que me enganaria. — Para que nossa sessão atinja os resultados que esperamos — *que ela espera, na verdade* —, gostaria de que relembrássemos alguns dos acontecimentos anteriores. E, para isso, voltaremos ao mesmo dia em que você desapareceu. O triste dia em que foi retirada dos braços de sua mãe.

Tic-tac... tic-tac..., cada vez que ela parava de falar, o barulho enlouquecedor dos relógios se tornava mais alto.

— Aqui, na grandiosa Nova York, você e sua mãe passeavam tranquilamente pelo Central Park, nos arredores do majestoso Museu Metropolitano de Arte. Agora, minha querida, quero que me conte novamente a verdadeira história do que ocorreu naquela tarde. Você poderia, por favor, continuar a história para mim?

— Mas eu já lhe disse tudo o que sei — tentei me esquivar, minha voz carregada de uma falsa inocência.

— Mesmo assim, minha pequena, gostaria muito de ouvir você me contar tudo novamente. Como discutimos em nossas sessões anteriores, isso significa *muito* para todos nós. — Além de exasperante, ela era insistente de maneira quase inumana comigo. — Assim como você, aquele homem que a afastou de sua família também sequestrou muitas outras crianças, arrancando-as dos braços de seus pais. Ele as roubou. E roubar é algo profundamente maldoso e errado! Mas você, Griselda, foi a única que conseguiu retornar para os braços de seus amados pais.

— Você não havia mencionado outras crianças antes — cobrei dela, mesmo sabendo que já estava ciente desse fato. — Será que essas outras crianças conseguirão voltar para casa... algum dia? — continuei, fingindo uma compaixão desmedida, unindo as mãos e entrelaçando os dedos numa expressão quase teatral de pena e humanidade, enquanto seus olhos perseguiam os meus, tentando extrair a verdade de minha língua como se fosse um limão prestes a ser espremido em suas mãos.

— Eu acredito que... se você se esforçar para lembrar de algo, talvez possa ajudar essas crianças desaparecidas. Você gostaria de ajudá-las, não é? Elas precisam desesperadamente de suas mães, assim como você precisou no passado. Imagine o medo que elas devem estar sentindo agora, no escuro, distantes da proteção e do amor de seus pais.

Ela teimava em me persuadir com aquela voz melosa e insuportavelmente complacente.

— Sim... acho que sim. Imagino que elas adorariam estar perto de suas famílias.

— Claro que sim... e é por isso que estou pedindo sua ajuda, Griselda. Agora, preciso que, se possível, me diga o que realmente aconteceu naquele dia. Pode me contar como foi o seu primeiro encontro com o homem que a levou para longe?

Fingi um medo que não sentia, apenas para aumentar a pressão que o semblante ansioso dela lançava sobre mim. Hamilton percebeu que estava sendo excessivamente invasiva e recuou, inclinando-se para trás no encosto de sua poltrona, num esforço inútil de me transmitir mais espaço, como se essa mudança de postura pudesse, de alguma forma, sugar de mim algo de maior relevância.

— Eu já lhe disse antes... não era um homem... — *Menti mesmo, e daí?* — Era uma raposa gigante! Ela usava um chapéu preto, óculos e uma gravata amarela.

— Quando você diz que era uma raposa gigante... será que não poderia ser um homem usando uma máscara de raposa? Você não acha que isso é mais provável?

Revirei os olhos, expressando uma incerteza proposital.

— Talvez... eu realmente não sei...

— Vamos lá, minha querida... tente se esforçar um pouco mais... sei que você consegue me dizer se ele usava ou não uma máscara — insistiu, com um tom de voz que transparecia um sofrimento quase patético. Os traços no rosto da psicóloga lembravam minha mãe, nos momentos em que eu a surpreendia no banheiro, a porta entreaberta, vulnerável e junto das suas amadas seringas de metanfetamina.

— Eu já disse que era uma raposa gigante... por que você não acredita em mim?

— Porque raposas gigantes que andam sobre duas patas e falam não existem, Griselda! — Ela ergueu a voz, deixando transparecer a frustração. Percebendo o deslize, Hamilton forçou um riso doce e voltou a falar baixinho, tentando suavizar a tensão que ela mesma criara. — Griselda, querida... e o que, de fato, a raposa gigante lhe disse assim que a viu pela primeira vez? Qual foi a primeira coisa que ela conversou com você?

Eu estava adorando o descontrole que começava a dominar a mente atormentada da psicóloga Hamilton. Sabia que, se a chateasse o suficiente a ponto de fazê-la perder o controle e gritar comigo, finalmente teria a oportunidade de escapar daquela sala, encenando o papel de uma criança de seis anos completamente aterrorizada, assustada pela possível violência que a loira adulta investia contra a minha aura fragilizada. Planejei minhas próximas palavras com cuidado, até sorrindo internamente, imaginando a careta zangada de Hamilton ao ouvir minha próxima resposta, desprovida de qualquer coerência quanto aos seus anseios.

— Qual é o som que uma raposa faz? Não me lembro de como soa o som que elas fazem com a boca.

A senhora Hamilton fechou os olhos, cravando as unhas no descanso da poltrona. Estava claramente incomodada com minha resposta desconexa, que apenas intensificava seu nervosismo.

— Griselda... eu não sei qual é o som que as raposas fazem, minha criança, mas lembre-se do que eu lhe disse antes... raposas não falam com pessoas... somente pessoas falam umas com as outras. — Sempre que ela voltava a falar, seu tom de voz se tornava mais impaciente, com uma agressividade cada vez maior.

— Acho que elas fazem... *Hackh Hackh*, ou talvez *Siff Siff* — tentei imitar o som com a boca, sem sucesso. Na verdade, nunca tive certeza de qual som uma raposa emite em seu habitat natural. Mesmo após inúmeras sessões de terapia de choque e horrores televisivos a que fui submetida por meu mestre, confesso que jamais obtive a informação precisa sobre esse detalhe aparentemente desprendido de importância. — O que você acha que as raposas conversam entre si, senhora Hamilton?

Com a mente embaraçada e sem escapatória, ela não teve para onde fugir da teia pegajosa de minha armadilha mental.

— Griselda, eu já lhe disse... raposas gigantes não conversam... — Ela desistiu de continuar, respirando profundamente para não perder o controle e acabar gritando comigo. Era evidente o esforço que fazia para manter a compostura. — Você pode me dizer como vocês deixaram o Central Park, depois que encontrou sua raposa gigante?

— Ela encostou em mim, e então nós dois voamos através do mundo dos sonhos. Subimos bem alto, e ela me ofereceu um sorvete com três bolas... um dos sabores era de morango, o outro, de baunilha, e o último, de chocolate.

Hamilton se levantou, irritada, começando a andar de um lado para outro, os olhos fechados e a mão direita pressionando a testa, em uma tentativa desesperada de conter a frustração que brotava de cada um de seus poros. Contudo, para sua constante decepção, decidi que continuaria a torturá-la com a suposta ingenuidade de uma criança perdida em devaneios. Eu não lhe concederia a mínima chance de desvendar qualquer coisa sobre meu mestre... digo, sobre meu sequestrador.

— Depois que terminamos o sorvete, a raposa gigante e eu encontramos uma sereia, que leu para nós o primeiro capítulo de um livro sobre bruxas de magia verde... uma delas tinha uma aranha gigante. Em seguida...

— Chega! — gritou ela, com uma fúria que reverberou pelas paredes da sala.

Simulei um susto arredio com o grito dela, arregalei os olhos e comecei a fingir o início de um choro premeditado.

— Eu quero ir embora...

— Querida, ei... espere... não ligue para o meu grito... aliás, eu *não* estou gritando com você... *ninguém* gritou nesta sala, fui clara?

É claro que ela gritou, não adiantava tentar convencer-me do contrário.

— Eu quero ir embora... eu vou contar para o meu padrasto que você gritou comigo...

Ela se apavorou por completo, dos pés à cabeça, como se o chão tivesse se aberto sob seus pés.

— Não, minha querida... como eu lhe disse antes... eu não gritei com você... espere um pouco... eu... eu tenho algo incrível para lhe mostrar.

A senhora Hamilton caminhou rapidamente até sua mesa de canto e abriu uma das gavetas embutidas, com a pressa nervosa de quem busca um trunfo de modo desesperado.

— Aqui... olhe... o que você acha de não contar a ninguém que eu gritei com você? De fato, eu não fiz isso... jamais gritaria com uma criança doce como você, minha querida Griselda — disse ela; uma mentira descarada, uma mentira que ficaria gravada em seu gravador ligado. Imagino o trabalho que teria em editar boa parte do material antes de repassá-lo para os policiais, tentando ocultar o berro comprometedor contra mim. — Que tal, em troca de você *não* comentar isso com ninguém, eu lhe dar uma bela boneca da Jinger Kymmy? Você gosta de bonecas?

Meus olhos brilharam imediatamente ao ver a figura daquela boneca estendida em minha direção. Nem mesmo o *tic-tac* dos relógios poderia estragar o momento mágico em que eu ganharia minha primeira boneca Jinger Kymmy neste mundo ingrato e cruel, onde apenas os ricos conseguem comprar coisas raras nas lojas físicas e virtuais. Agarrei a boneca loira, maquiada com batom e *blush* vermelho, e observei cada detalhe de seu vestidinho rosa floral com um apreço inigualável. Seus saltos roxos e gigantescos me causavam uma alegria inexplicável e contagiante.

— Esta é a Jinger Primavera. Ela foi o terceiro modelo de boneca Jinger a ser lançado em nosso país. Muito rara, por sinal.

Após vibrar por dentro, como uma das crianças tolas da minha escolinha, uma nova descoberta caiu sobre mim como um abismo de desânimo; pois agora, finalmente, entendia por que a garota ruiva que atendia pelo nome Lindsey sempre saía da sala da psicóloga Hamilton com mais uma boneca nova... a menina era esperta o suficiente para simular tristeza diante de seu pai e, assim, arrancar uma nova boneca Jinger de uma das gavetas do consultório, ofertada de bom grado pela psicóloga. Meu mestre estava certo novamente ao dizer que não se deve subestimar a inteligência dos outros, nem mesmo do ser com aparência mais desmiolada sobre a face da Terra. Ele estava certíssimo; como sempre esteve, a respeito de tudo e de todos.

— E então, você gostou da boneca que eu lhe dei?
— Sim, senhora Hamilton, ela é linda! Muito obrigada!

Meu sorriso a enganava outra vez.

— Então, agora que você está grata a mim, por *eu ter lhe dado* essa linda e rara boneca... — Fez questão de cobrar minha suposta eterna gratidão a si, elaborando outra frase espinhosa que pretendia me persuadir para que eu lhe desse algo em troca, é claro. — O que acha de me contar alguma nova informação a respeito da raposa gigante que a tirou de sua família? Sabe me dizer se ela a levou para algum tipo de esconderijo secreto? Por acaso, você se lembra de como era a toca da raposa?

Ela aguardou minha resposta. O presente tão bem-vindo que agora eu abraçava me tentava a ceder, a oferecer alguma informação inconsistente sobre meu sequestro.

— Eu só me lembro do escuro. Também me recordo de uma televisão, pequena...
— Você estava amarrada ou havia algo que lhe apertava as mãos ou os pés?
— Eu não me lembro... mas sei que sempre tinha de tomar um comprimido com gosto ruim, como uma banana apodrecida caída do pé. É só isso de que me lembro. Acho que a raposa gigante me obrigava a engolir as pílulas que me trazia.

Tic-tac, tic-tac... Cuco! Cuco! Cuco! O relógio escandaloso berrou de repente.

— Viu? Eu lhe disse que você veria o relógio cuco cantar, não disse?

Céus! Alguém, por favor... ou me conceda o direito de beber veneno, ou estoure meus miolos imediatamente!

— Ele é tão adorável! — exclamei com um sorriso largo e entusiástico, em perfeita sintonia com a reação que ela parecia aguardar de mim.

Toc-toc! O som de uma batida na porta interrompeu o momento, oferecendo-me uma breve salvação.

Meu padrasto, com uma aura de malignidade no olhar, adentrou o recinto sem qualquer permissão.

— Tenho que levar Griselda para casa imediatamente.

— Mas, Jack, Griselda e eu ainda não concluímos a consulta...

— Não importa. Recebi uma ligação urgente do meu trabalho e preciso partir agora. Tenho que rebocar um veículo na rodovia. Não posso perder essa oportunidade de dinheiro fácil.

A senhora Hamilton lançou um olhar severo para o meu padrasto.

— Entendo, senhor Jack... então, Griselda, você está dispensada por hoje. Na próxima semana, remarcaremos o restante da sessão para compensar o tempo não utilizado; no mesmo horário, tudo bem?

— Até logo, senhora Hamilton.

— Até logo, minha querida...

Não tenho certeza de qual de nós duas foi mais falsa durante nossa breve despedida.

Jack fechou a porta do consultório, e nos dirigimos para a saída do escritório. Antes de atravessarmos a porta de vidro automática, notei um homem sentado no sofá próximo à entrada. Ele usava uma cartola e lia um jornal, que habitualmente repousava sobre a mesa da recepção da senhora Hamilton. Seu relógio de ouro reluzia com as luzes frias do teto, revivendo em mim a lembrança do encontro com o homem mais sábio que já existiu em todo o universo. Meu mestre estava destinado a transformar-me numa criança aprimorada... uma criança perfeita.

- FLASHBACK -

A HORA DA LIBERTAÇÃO

E lá está ela... sim, de fato, será ela. Ela permanece uma criança pura e inocente. A sua pureza me inquieta profundamente, mas, ao mesmo tempo, exerce um fascínio irresistível sobre mim. Tanto potencial inexplorado em um ser tão diminuto perante o vasto escopo da humanidade. Mas isso está prestes a mudar, de um modo ou de outro, tudo acabará. É chegada a hora de minha benevolência se manifestar mais uma vez. Apesar de minha sombra refinada estar sendo caçada por uma polícia difamadora, majoritariamente corrupta, é necessário que eu faça uma nova tentativa. Preciso encontrar uma maneira de fazer com que mais uma criança neste mundo compreenda e aceite que ela pode ascender ao status de um Deus todo-poderoso, capaz de espalhar o caos, a discórdia, a ordem e a adoração mundana. Se meus planos meticulosamente polidos e aperfeiçoados se concretizarem, um dia, talvez, a futura aparência de minha Griselda forçará uma parte significativa desta humanidade hipócrita a amá-la e a se desesperar por ela. Anseio que este dia chegue em breve... preciso testemunhar isso de novo, assim como aconteceu comigo quando ainda era um pequeno garoto catando latas nas ruas.

Já venho observando a pequena Griselda há um considerável tempo. Em sua escola para crianças de seis anos, havia ela e outra criança com um potencial grandioso para a execução de meu mais novo projeto. Mas Griselda... assim que a avistei, foi como um amor inocente de admiração à primeira vista. Seus cabelos castanhos com leves reflexos avermelhados sob a luz do sol são encantadores e sempre exalam um perfume delicado, lembrando um pouco os fios de minha amada esposa Lauren. Griselda sempre irradiou uma luminosidade ao brincar com as outras crianças. Era a típica menininha retraída que se divertia pulando amarelinha, com suas bonecas... digamos... em estado precário, modestas. Era uma grande pena que a humilde família dela não tivesse os meios financeiros para lhe proporcionar uma boneca da Jinger Kymmy. Ela ficaria tão graciosa brincando com uma dessas... eu poderia passar o dia inteiro lhe assistindo brincar com uma Jinger, se assim ela o desejasse e se eu pudesse.

Griselda me cativou por possuir todas as qualidades favoráveis a uma conversão justa. Apesar de ser graciosa, risonha e amável, ela também experienciava sentimentos opostos. As meninas mais endinheiradas da escolinha sempre zombavam dela, e, ao chegar em casa, a garota lidava com inúmeros problemas familiares que pouco a pouco despertavam seu medo e a insanidade interior. Aliás, essa insanidade era crucial para a conclusão de meu novo projeto, que me proporcionaria a ferramenta necessária para revelar sua nova e perfeita formação como ser humano.

Assim como em todo início de tarde ensolarada de domingo, eu caminhava pelo Central Park com meu carrinho de refrescos, que empurrava delicadamente com as mãos. Tal como em todas as tardes de domingo, executava esse trajeto para observar a pequena Griselda e sua mãe, que participavam do ritual dominical de lanchar sobre o gramado, um cenário frequente para muitos visitantes daquele oásis ao ar livre. Assim como em todos os domingos, estava à espreita da minha menina, procurando por uma falha na vigilância de sua mãe, o que não seria difícil, já que a mãe de Griselda frequentemente necessitava de seringas, colheres e plásticos elásticos para injetar drogas ilícitas em seus braços, em uma busca incessante por outra dimensão de loucura e por prazer inexistente, e, por fim, tentar suicidar-se mais uma vez diante dos familiares. A falha severa na vigilância da mãe surgiria... bastava que eu aguardasse pacientemente e aproveitasse as oportunidades quando ocorressem.

Fosse aquele o meu dia de sorte ou não, no parque Griselda parecia perseguir um cachorro sarnento, morador de rua. Sua mãe, distraída pela atenção de outro pai do parque, estava sendo negligente com a filha. Mudei a rota do meu carrinho de sucos e aproximei-me da pequenina e do cão de pelos falhados; minha poodle Sissy jamais se aproximaria de tal conglomerado de sarna, eu nunca permitiria tal imprudência.

— Olá, minha adorável criança! Gostaria de experimentar um pouco de suco de laranja? Prometo que é de graça, se você e seu amigo peludo quiserem, é claro.

A pequena Griselda me observou com um misto de assombro e hesitação, mas, após receber meu sorriso, com dentes brancos e perfeitamente alinhados, a expressão em seu rosto e seu olhar menos acentuado indicaram que ela estava cedendo ao meu convite.

— Não sei se minha mãe vai deixar... — Ela disse, olhando para meu relógio de ouro. O mais valioso de toda minha coleção de relógios de pulso; cobri-o rapidamente com a manga longa de minha camisa xadrez para que ninguém visse que eu carregava um relógio no valor de cento e vinte e dois mil dólares.

Antes que a garotinha pudesse manifestar qualquer afeto que buscasse a atenção de sua mãe, por meio de um súbito desvio em seus olhos ágeis, para reavaliar inconscientemente o risco em sua mente, eu agi com rapidez e precisão. Como um psicólogo de renome e ex-neurologista especializado, eu sabia que, se a pequena joia à minha frente dirigisse seus olhos castanho-claros para sua mãe, toda a minha missão poderia estar comprometida. Após esse ato, um grito repentino ou uma corrida em direção à mãe drogada poderiam se concretizar; e eu não estava disposto a perder essa oportunidade tão rara de estar a sós com minha criança favorita. Avancei e me posicionei como uma barreira humana, para que seus grandes olhos não encontrassem a figura materna.

— Você pode escolher até dois sucos, os que preferir... um para você e outro para sua mãe, que tal? Acho que ela ficaria muito feliz com um suco gelado para se refrescar neste calor abrasador de domingo, não concorda?

A sobrancelha arqueada e o leve sorriso que surgiu em seu rosto indicaram que ela havia aceitado minha proposta com prazer. Pobres-crianças ingênuas... é tão fácil persuadi-las a fazer o que desejamos.

— Acho que ela vai gostar muito... eu pedi para ela comprar antes, mas ela não tinha dinheiro — tagarelou enfim, sem receios, confirmando que agora confiava plenamente em mim.

— Venha aqui — ordenei, posicionando-me de modo estratégico diante do meu carrinho de refrescos, com as costas voltadas para os demais frequentadores do parque que brincavam ou repousavam no gramado. Abri a grande tampa quadrada ao centro do carrinho e olhei brevemente para trás, para certificar-me de que ninguém me observava.

— Os sucos estão muito embaixo... eu não sei se consigo alcançar... — Ela disse do outro lado do carrinho, enquanto meu corpo ocultava sua pequena figura dos olhares curiosos.

— Claro que você consegue, minha menina. Apoie-se no carrinho e pegue duas garrafas, do sabor que desejar.

Corajosa e decidida a saborear um suco caro que apenas os mais endinheirados costumam adquirir, Griselda apoiou seu braço esquerdo no carrinho, inclinou parte do rosto para dentro da tampa ampla e estendeu a mão direita em direção ao fundo, para alcançar as garrafinhas que ela escolhera. Aproveitei o momento e, com precisão, agarrei a calça jeans azul desbotada dela, empurrei-a de cabeça para baixo, para dentro do carrinho de sucos, e fechei a tampa com rapidez. Feito! Acionei uma tranca especial, instalada em todos os quatro lados da tampa, que impediria qualquer tentativa de fuga. Mesmo que minha "sortuda" garotinha gritasse do interior do carrinho, sabia que sua caixa robusta de madeira densa — que me custou doze mil dólares, com uma proteção acústica extraordinária — a manteria inaudível para qualquer outro ao meu redor. Até mesmo o cão sarnento que me observava de forma confusa não conseguiria detectar os clamores de ajuda da pequena Griselda. Encarei o cachorro uma última vez e sinalizei para que permanecesse em silêncio, com meu dedo indicador colado aos lábios, pedindo-lhe que não revelasse a ninguém o que havia presenciado; sorte a minha que os cães não falam, não é mesmo?

Satisfeito com minha "cobaia" número vinte e três finalmente capturada, senti uma ansiedade vertiginosa pelo que viria a seguir. Ela precisava ser a escolhida. Precisava aceitar a dádiva de se tornar uma divindade sobre os humanos. Não poderia desperdiçar o presente que eu estava prestes a lhe oferecer, assim como todas as outras crianças que raptei haviam recusado.

— Por favor, gostaria de um refresco, amigo... — solicitou um senhor de roupas largas.

— Acabei de vender o último... meu expediente se encerrou por hoje. — Percebi a decepção estampada em seu olhar.

O homem desconhecido afastou-se do meu carrinho, e eu continuei a gloriosa jornada pelo parque em direção ao furgão preto onde transportaria minha preciosa carga para meu esconderijo de aperfeiçoamento. Entre um assobio e outro, entoando a magnífica sinfonia clássica *Moonlight Sonata*, meu coração se encheu de alegria pela mera possibilidade de liberar a psique superior de Griselda. Ela finalmente enxergaria as sutilezas ocultas por trás das expressões humanas e se alimentaria das suas próprias ignorâncias.

AGORA PREFIRO
CARRINHOS
A BONECAS

Jinger Kymmy... eu a venero! Não sei exatamente o porquê, mas sinto um fascínio profundo por você! É um sentimento tão singular, quase irracional, que parece querer tomar as rédeas dos meus pensamentos, dominando-os com uma intensidade que ainda não compreendo. Meu mestre, em uma de suas muitas lições, certa vez me disse que eu carregava no subconsciente esses sentimentos de apego material, um vestígio de minha infantilidade que, apesar da minha evolução mental, ainda estava enraizado em minha psique fresca e imatura.

    Naquele exato instante, encontrava-me no carro de meu padrasto, sentada no banco de trás, estofado em couro, com a minha preciosa boneca diante de mim, fixando o olhar nela de forma quase hipnótica. Afrouxei a fivela do cinto, que estava apertada demais, enquanto continuava a me perder em questionamentos internos sobre o porquê dessa adoração tão intensa pela boneca mais popular entre as meninas da minha idade, ou seja, de apenas seis anos. Toda vez que meus olhos pousavam sobre Jinger, uma onda de euforia me tomava, quase me fazendo rir sem controle, embora, estranhamente, eu não conseguisse brincar com ela. Os ensinamentos do meu mestre haviam me mostrado que brincar com bonecas era uma atividade fútil, uma perda de tempo tão vazia quanto o oco de um balão. Eu sabia como brincar com bonecas, claro, pois já havia feito isso antes da minha transformação mental, da mesma forma que qualquer outra criança, mas, agora, o prazer que isso me proporcionava havia desaparecido. Reconheço que me sinto contente em possui-la, em saber que sou sua dona por direito, mas não consigo mais entender como alguém pode brincar com um objeto inanimado, tocando-o e imaginando que ele possa falar ou se mover... isso simplesmente não faz sentido algum. Como eu disse, brincar com bonecas é um sentimento vazio. Talvez minha devoção por Jinger Kymmy seja resultado de uma predisposição a colecionar bonecas. Meu mestre coleciona vestidos caros de mulheres esbeltas... talvez, num futuro próximo, eu comece a colecionar bonecas, assim como ele faz com seus estimadíssimos trajes de gala.

Lancei um olhar rápido ao retrovisor, percebendo que meu padrasto Jack me observava com aqueles grandes olhos azuis, carregados de maldade pura, enquanto eu me perdia nos devaneios provocados pelos efeitos colaterais da minha adoração por Jinger Kymmy.

Céus! Preciso brincar com essa boneca, como uma criança normal, antes que ele suspeite da minha mente metódica ou perceba quem realmente me tornei, pensei, tentando evitar que o vilão dono daquele olhar faiscante se pronunciasse.

— Jinger Kymmy, Jinger Kymmy, Kymmy, Kymmy, ela tem um sapato grande... — cantei baixinho uma musiquinha que acompanhava uma das propagandas da boneca na televisão. Um sorriso largo estampou meus lábios enquanto embalava a boneca de um lado para outro, tentando convencer meu padrasto de que eu era apenas mais uma criança tola, como tantas outras. *Céus! Como eu detestava parecer uma menina tola brincando com seus brinquedos!*

— Cala a merda da tua boca! — gritou ele, grosseiro, sem perder a chance de levantar a voz, tanto contra mim quanto contra minha mãe biológica. — Já te disse um milhão de vezes que quero silêncio na merda do meu carro! Não tens noção do quanto a tua voz é irritante, menina! — Eu fiz silêncio e fingi estar assustada, pois não queria responder como uma menina malcriada e acabar levando um tapa de suas mãos brutais. — Como se não bastasse eu perder todo o meu sábado de manhã para te levar àquela psicóloga, ainda tenho que ouvir essa tua voz de pata? Eu não sou obrigado... então, fique quieta. — O silêncio tomou conta do ambiente, mas eu sabia que, em breve, ele continuaria a despejar sua lista interminável de queixas mundanas e frustrações pessoais. — Você sabe quanto custa a gasolina hoje em dia? É um verdadeiro assalto aos nossos bolsos! E eu ainda tenho que gastar essa fortuna todo santo sábado para te levar àquele lugar... você não tem a mínima noção disso, só fica aí brincando com essa boneca da cara zoada...

— Ouvi a mamãe dizer que vocês estão recebendo dinheiro para me levar ao consultório da senhora Hamilton... — ousei argumentar, mencionando o incentivo financeiro que o governo lhes dava, por conta de meu sequestro, e me arrependi instantaneamente dessa atitude desafiadora.

Meu padrasto perdeu o controle como uma tempestade que se forma em segundos, e sua loucura emergiu mais uma vez. Em um ataque de fúria, com os dentes à mostra no retrovisor, ele esticou o braço em minha direção, tentando me acertar bofetadas. Como o cinto de segurança do banco do motorista o impedia de alcançar meu rosto, ele agarrou minha boneca Jinger pelos cabelos.

— Dinheiro? Eu não vejo nem a cor daquele dinheiro que cai na conta do estrupício da tua mãe — vociferou, encarando a boneca com desprezo. Ele abriu a janela do carro, e eu congelei de medo pelo destino que minha raríssima Jinger Kymmy Primavera poderia ter. — Isso é para você aprender a nunca mais me responder com essa sua boca suja de merda! — E, com um movimento rápido, lançou a Jinger Primavera pela janela, enquanto cruzávamos uma ponte sobre um lago. Uma dor profunda atravessou meu peito ao ver minha Jinger sendo lançada nas águas geladas, condenada a se afogar nas profundezas ingratas dos banhados.

— Não! Você assassinou minha Jinger Kymmy... — gritei, mesmo sem querer; o desespero foi mais forte que minha razão.

Minha nova afronta trouxe um novo preço a ser pago.

— Eu já não te disse para calar essa maldita boca? Cala a merda da tua boca, criança amaldiçoada! — Jack rugiu, a fúria distorcendo suas feições em uma máscara grotesca de ódio.

Enquanto ele brigava ferozmente comigo, senti o ar pesado com a iminência de um ataque físico. Seus punhos se tensionaram, e, num impulso brutal, ele lançou a mão direita na minha direção, os dedos como marretas atingindo meus frágeis braços com uma força descomunal. Entre um beliscão e outro que tentava aplicar em mim, Jack perdeu momentaneamente o controle do carro. O veículo desviou de sua rota e chocou-se violentamente contra o meio-fio, resultando em um estrondo ensurdecedor quando os pneus dianteiros explodiram.

— Merda! — Jack bradou em desespero, enquanto lutava para retomar o controle do volante. Conseguiu guiar o carro até o acostamento, onde estacionou bruscamente, o veículo agora imóvel ao lado do meio-fio numa rua em que passavam inúmeros carros em altíssima velocidade.

Sentindo o temor pulsar em minhas veias, preparei-me para a inevitável tempestade de violência que sabia estar por vir. Certamente eu me lembrava das instruções meticulosas de meu tutor, aquele que me preparara para resistir aos abusos de Jack. Encolhi-me no meu banco, pressionando a testa contra os joelhos e protegendo a cabeça com as mãos. Sabia que a cabeça era a parte mais vital a ser resguardada num confronto contra um adulto, especialmente quando se está em desvantagem. Jack abandonou o carro, abriu a porta ao meu lado com violência, agarrou meu braço e sacudiu-me brutalmente enquanto berrava, a voz cheia de fúria incontida:

— Tu viste o que fizeste? Vou arrumar essa merda de pneu e depois vou te levar para casa para te ensinar a não desrespeitar os mais velhos! — Ele me largou com um empurrão e bateu a porta com força.

Por um breve instante, meu corpo agradeceu a pausa nas agressões, sabendo que a próxima rodada de brutalidade seria inevitável assim que chegássemos em nosso lar, doce lar. Irritado, Jack, vestido com seu macacão azul, o logotipo do emprego bordado no peito, correu até o porta-malas e retirou sua preciosa caixa de ferramentas — um símbolo quase sagrado para homens como ele. Caminhou até o pneu da frente e começou a consertá-lo com mãos nervosas e apressadas.

Eu, ainda em choque, lamentei silenciosamente a perda de minha preciosa boneca Jinger Kymmy, aquela que fora arremessada para fora do carro, para um fim certo e cruel. Mesmo que minha razão gritasse para esquecer essa bobagem, meu coração ainda doía por ter perdido algo tão querido. Despedi-me mentalmente dela, com uma melancolia profunda e surpreendente, dada a brevidade de nosso vínculo inesperado.

— Adeus, Jinger Primavera... adeus, minha amada boneca... — murmurava baixinho.

A voz imperiosa de Jack me arrancou de meus pensamentos:

— Griselda, traz para mim a garrafa de água que está em cima do banco do carona! — Sua ordem cortou o ar como um chicote.

Não me atrevi a contrariá-lo. Soltei rapidamente o meu cinto de segurança e alcancei a garrafa de água, um temor primitivo pulsando em meu peito. Ao fazer isso, um carro passou velozmente ao nosso lado, a buzina soando como um grito no caos do trânsito. Estávamos perigosamente próximos à rodovia, o acostamento estreito demais para proporcionar qualquer segurança a Jack. Outro carro passou buzinando, seguido por mais um, enquanto o fluxo de veículos se intensificava ao nosso redor.

— Griselda, traz logo essa merda de água! — Jack urrou, sua impaciência aterrorizando o ar em volta.

— Já estou indo! — gritei de volta, a voz propositalmente carregada de medo, tentando apaziguar o predador interior que habitava em meu padrasto.

Com a mente afiada pela experiência, um cálculo rápido me revelou uma oportunidade única. Havia inúmeras sacolas de mercado espalhadas pelo chão do banco de trás. Sem hesitar, coloquei uma delas sobre a cabeça, prendendo meu cabelo dentro dela. Vesti outras duas sacolas em meus pés, improvisando botas, e mais duas em minhas mãos, como se fossem luvas. Amarrei-as firmemente, como uma armadura de justiceira, antes de sair do carro, segurando a garrafa de água do homem bravo.

O calor externo era sufocante, mas ignorei o desconforto. Caminhei com passos leves até a frente do carro, onde Jack se ocupava com um dos pneus estourados. Apresentei-me a ele com uma doçura forçada, desejando evitar qualquer retaliação por minha aparente demora.

— Papai... aqui está sua "aguinha" — disse, contendo o nojo que essas palavras me provocavam, sabendo que outra opção me levaria a mais dor.

Jack olhou-me com perplexidade, o rosto marcado por uma expressão de desdém e confusão. Para ele, eu devia parecer uma aberração, envolta em sacolas plásticas, como uma criatura saída de um pesadelo.

— Eu não sou teu pai coisa nenhuma... sua criança esquisita. — Ele cuspiu as palavras com desprezo, e sabia que ele estava certo em ambas as declarações. Eu não era sua filha, e não desejava ser. E, naquela confusão de sacolas amarradas ao meu corpo, eu certamente me tornara uma figura bizarra aos olhos de qualquer um que me visse naquele instante.

Ele sorveu a água morna da garrafa, e eu, estática, o observava. Todos os seus movimentos eram um reflexo da tensão que se manifestava em cada fibra de seu corpo. Quando ele devolveu a garrafa para mim, seu foco retornou à tarefa à sua frente, acocorado junto ao pneu, os dedos habilidosos buscando as ferramentas na caixa. Jack apoiou-se com uma única mão sobre o asfalto, alheio aos sinais de alerta que a vida parecia lhe enviar naquele momento fatídico. A fúria e o estresse transpareciam em cada gesto dele, cegando-o para os perigos que o cercavam. As buzinas insistentes dos motoristas ao redor eram apenas ruído para seus ouvidos surdos de raiva, ignorando o risco iminente de estar tão próximo à estrada. No entanto, eu observava atentamente o ambiente ao nosso redor, como uma caçadora paciente à espera do momento exato para dar o bote. Sem câmeras de vigilância, pedestres ou ciclistas à vista, calculei friamente o instante preciso em que uma caminhonete verde cruzaria nosso caminho, em alta velocidade. Foi então que, sem hesitar, empurrei Jack com toda a força que meus pequenos braços puderam reunir. A colisão foi brutal. O farol dianteiro da caminhonete encontrou a cabeça de Jack, que caiu sobre o asfalto como uma marionete sem cordas. O impacto o deixou em um estado grotesco, seu corpo contorcendo-se em espasmos involuntários, enquanto o sangue fluía livremente de sua cabeça parcialmente aberta. O braço esquerdo se agitava em convulsões, e os dedos tremiam de maneira quase cômica, como se o próprio corpo não soubesse se estava vivo ou morto. Antes que ele pudesse ao menos compreender o que havia acontecido, um caminhão com uma caçamba vermelha surgiu, impassível, e completou o serviço que eu havia iniciado. O som do pneu esmagando a cabeça de Jack ressoou como uma sentença final, e a estrada se tingiu de vermelho com a sua massa encefálica, misturada ao asfalto quente como ovos mexidos em uma frigideira. Um de seus olhos permaneceu intacto, flutuando em meio àquela macabra mistura de miolos, pele e osso. O caos que se seguiu foi como música para os meus ouvidos. O caminhão e a caminhonete, ao tentarem desviar de seu corpo inerte, colidiram com outros dois carros na pista contrária, criando uma cadeia de destruição que eu, com apenas seis anos de idade, havia provocado. Senti-me uma princesa, regendo aquele pandemônio com a precisão e a frieza de uma estrategista nata, livrando o mundo da tirania de Jack.

 Antes que alguém pudesse me ver, corri de volta para o carro, ainda carregando a garrafa d'água, e voltei ao meu lugar de direito no banco traseiro. Retirei as sacolas plásticas que usava como disfarce improvisado, comecei a rasgá-las em pedaços minúsculos e passei a comê-las. Cada fragmento que eu engolia era uma prova a menos que poderia ser usada contra mim. Meu mestre me ensinara bem: para escapar da culpa, era preciso eliminar todas as evidências. Sem fogo à disposição, engolir aqueles pedaços de plástico que cobriram minhas mãos, pés e cabelos e dar a descarga neles no vaso sanitário depois que abandonassem meu corpo era a única solução. Enquanto mastigava os restos das sacolas, contemplei o corpo de Jack estirado na estrada. Terminava um ciclo de violência e medo que ele havia imposto a mim, ao meu irmão, à minha mãe e à minha irmã bebê. Chega de espancamentos. Chega de humilhações. Chega de sermos prisioneiros do terror de Jack.

 — Jack... tão insignificante — murmurei para o cadáver, sabendo que ele não poderia me ouvir, mas ainda assim sentindo a necessidade de verbalizar minha vitória. — Sempre se achou superior aos outros, quando, na verdade, era um verme, um monstro patético que se alimentava de nossa dor e de nossos hematomas no corpo.

Você era mais forte fisicamente, mas jamais poderia vencer alguém como eu, uma criança que se tornou a personificação do perfeito, moldada por um mestre que me ensinou o verdadeiro poder de controlar todos os fatores à minha volta.

A morte, para a maioria dos seres humanos, é algo aterrador. Mas, para mim, ela se tornou uma companheira, uma sombra que contrasta com a luz da vida e revela verdades que muitos preferem ignorar. Enxergar a morte como parte de um processo maior, uma evolução espiritual — se é que tal processo realmente existe —, me proporcionou uma clareza que poucos jamais alcançarão. E ali, naquele instante, com os olhos fixos no caos que havia causado, soube que estava destinada a coisas maiores. Jack foi apenas o primeiro. E ele, no fim, havia sido derrotado por minha expertise infinitamente superior.

- FLASHBACK -

A LIÇÃO
DA MORTE

Elá estava ela... novamente desamparada em minha gaiola de ferro, tal qual um pássaro infeliz aprisionado, acorrentada nos pés e nas mãos, amordaçada e vendada. Chorava no escuro, em mais um dia de seu enclausuramento sombrio. Sua pele, pálida pela falta de luz, revelava uma beleza inquietante, um contraste melancólico com o ambiente metálico que a cercava. O momento de Griselda aprender sua primeira lição finalmente havia chegado. Eu tinha diante de mim um árduo trabalho.

Muitos preferem ensinar por meio de métodos fáceis, suavizando o aprendizado com a complacência da simplicidade. Contudo, tal prática nunca encontraria espaço em minhas convicções. Começar pelo caminho mais fácil é subentender que a dificuldade pode ser mitigada, que o sofrimento pode ser adiado e que a realidade pode ser moldada segundo a conveniência dos fracos. Entretanto, quando aprendemos pelo modo mais severo, cruento e radical, estamos sempre à frente daqueles que aguardam pela facilidade, em um mundo onde ou somos divindades a serem seguidas e reverenciadas, ou somos ignorantes destinados a adorar cegamente seus próprios deuses. Para minha Griselda, eu almejo a primeira opção, a de uma existência transcendental.

— Griselda... — A pequenina, olhos ainda vendados, interrompeu seu choro, prestando atenção ao redor, encolhendo-se ao ouvir meu tom de voz carregado de uma felicidade macabra. O medo dela, quase tocante, elevou meu êxtase a níveis extraordinários. — Sei que você deseja comer, usar um banheiro decente, rever sua família... seus amigos... e eu também quero que esse dia chegue, acredite em mim. — Ela cessou os soluços ao ouvir a gentileza velada em minhas palavras. — Mas, antes, você precisa passar por uma série de testes. E deve tirar nota dez em cada um deles.

— Eu quero a minha mãe... — falou num sussurro, libertando-se da mordaça com a força de sua própria língua.

— E eu a entregarei à sua mãe, mas, primeiro, você deve passar pelo meu teste número um — interrompi-a, mantendo o tom doce, buscando acalmá-la.

— Que teste é esse? E por que eu não posso ver nada? — questionou, com razão.

— Quero que você aprenda a apreciar a morte da mesma forma que ama estar viva.

O silêncio dela reverberou no ambiente por um instante que pareceu eterno. Com um gesto cuidadoso, abri a gaiola de ferro onde estava confinada e lhe removi a venda, trazendo-a mais para a frente, ampliando nosso campo de interação. Os olhos de Griselda, ao se arregalarem, refletiram todo o terror que o quarto escuro lhe impunha. A expressão em seu rosto sofrido revelava uma alma dilacerada, pronta para ser moldada.

— Este lugar... onde estamos... eu também não gosto muito daqui... — elaborei uma careta, simulando temor.

— Nem eu... eu quero sair daqui... — Ela falou com a voz trêmula, e eu, intencionalmente, dei-lhe tempo e espaço para se manifestar. Minha intenção era clara: estabelecer uma ponte de confiança, uma conversa amigável que nos tornaria mais próximos.

— E você sairá. — A certeza em minha voz era a arma que usaria para solidificar nossa primeira conversa. — Mas, antes, precisará superar todas as minhas lições. Depois, prometo que poderá ir aonde quiser. Isso inclui retornar para os braços de sua querida mãe, que anseia desesperadamente por você.

— E o que preciso fazer? — indagou, a inocência ainda presente em sua voz.

— Como eu disse, não gosto nem um pouco desta sala escura. Você gosta? — Ela balançou a cabeça em negação, como eu já esperava. — Eu também não gosto — reforcei minha aversão, mantendo o contato visual com ela. — Sabe, minha querida Griselda... há outros quartos muito melhores do que este em meu porão secreto. A cada lição que você superar, eu a encaminharei a outros quartos. Aliás, os quartos serão cada vez mais confortáveis, coloridos e cheios de luzes. Esta sala em que estamos é escura demais... suja, malcheirosa, desprovida de qualquer graça. Aqui! — proclamei, estendendo-lhe uma caixa de sapatos que estava ao meu lado. — Isto é para você. Abra!

Com as mãos ainda presas por correntes, Griselda pegou a caixa de papelão e a abriu. Um sorriso largo brotou em seu rosto.

— É um hamster! Ele é lindo... posso ficar com ele? — Ela exclamou, sem perceber que, na verdade, segurava uma ratazana de esgoto, grande e repugnante.

Sua alegria infantil me irritou, inflamando uma agressividade que eu tentava manter sob controle. Ainda assim, eu já esperava tal reação da pequenina. Em resposta, retirei a faca de cozinha que ocultava sob minha manga longa. Seus olhos se retraíram de medo.

— Perceba, minha querida, que este hamster está adormecido, mas ainda vive. Quero que atravesse esta faca nele, para que este animal morra. Você acha que consegue fazer isso?

Coloquei a faca em sua mão, deixando a decisão nos dedos trêmulos de Griselda. Assustada, ela me fitou por um instante, antes de balançar a cabeça em uma negativa firme, recusando-se a cumprir a tarefa que eu lhe impunha.

— Então, saiba que permanecerá aqui... eternamente, neste lugar sombrio, pútrido e sem a menor graça. — Inclinei-me até o ouvido dela e, em um sussurro quase inaudível, entoei uma melodia macabra. — Ouvi dizer que nesta sala habita um espírito faminto, um devorador de crianças... que a observa incansavelmente no escuro. Ele aguarda pacientemente até que você adormeça para devorar suas pernas.

Retirei a caixa de sapatos de suas mãos trêmulas e comecei a me erguer lentamente, sugerindo que a deixaria sozinha mais uma vez, à mercê da criatura imaginária que agora passaria a assombrar seus pensamentos mais profundos.

— Espere! Não me deixe aqui! Eu não quero ficar sozinha... — Choramingou, a voz embargada pelo medo.

— Então, engula o choro e execute o que lhe pedi: mate o animal adormecido. — Minha voz, fria e implacável, ressoou como o eco de minha verdadeira natureza, que até então permanecera oculta ao olhar de Griselda.

Minha criança de luz hesitou, engolindo em seco a insegurança que a consumia, mas fiz questão de lhe conceder uma última oportunidade.

— Reflita bem, minha pequena. Se você tirar a vida desse pequeno roedor adormecido com a faca que agora segura e responder corretamente a uma pergunta que lhe farei em seguida, eu a levarei para um novo quarto, equipado com um banheiro e um colchão novo em folha. O que lhe parece melhor? Permanecer aqui para sempre, nas trevas, ou matar o rato e ser levada a um lugar melhor, onde poderá fazer suas necessidades, tomar um banho e dormir confortavelmente? Eu lhe asseguro que nenhum monstro estará presente nesse novo local.

Ela ponderou, lançando olhares desconfiados ao redor do minúsculo cômodo, antes de fixar os olhos na faca em sua mão. Eu novamente lhe estendi a caixa com a ratazana, adormecida pelos remédios que eu mesmo havia manipulado e injetado em suas veias, e ela a abriu com dedos ambiciosos. O tempo, meu inimigo constante e ao mesmo tempo meu aliado mais fiel, transcorreu de maneira angustiante. Griselda precisou de cada segundo, buscando dentro de si a força necessária para cometer o ato vil de tirar a vida de um animal inocente. Após longos e torturantes oito minutos, que contei em silêncio, sua decisão finalmente me surpreendeu e encheu meus olhos de uma esperança retorcida. Com uma rapidez inesperada, Griselda cravou a faca no peito de seu hamster e, logo em seguida, desabou em prantos. O choro, que ecoou pela sala sombria como uma sinfonia de desespero, durou o que pareceu ser uma eternidade. Eu esperei pacientemente até que ela se recompusesse, pois sabia que o choro era apenas uma reação natural, necessária para que o ser humano pudesse superar as adversidades, emergindo delas mais forte do que antes, ou assim eu queria acreditar.

— Agora posso ir para a outra sala… a sala que você disse ser melhor do que esta? — A voz dela, cansada e enfraquecida, soou como um eco distante.

— Antes disso, como mencionei, preciso lhe fazer uma pergunta, e você deve responder corretamente... lembra-se? — Ela fixou seus olhos em mim, absorvendo cada palavra. — O que você sentiu ao matar esse animal?

Ela ponderou, refletiu e ponderou mais uma vez.

— Eu... eu não queria fazer isso... não queria matá-lo... não queria...

Resposta errada.

— Aqui — disse, e caminhei até uma caixa de papelão maior, posicionada ao lado de sua gaiola. — Abra.

Curiosa como sempre, Griselda abriu a caixa rapidamente e se deparou com outra ratazana, também adormecida.

— Faça de novo! — ordenei, minha voz carregada de um tom imperativo e impaciente.

Meu estoque inicial de animais destinados ao abate por Griselda estava no número oitenta e seis. Ou seja, restavam-lhe oitenta e cinco chances a mais para me oferecer as palavras que eu ansiava ouvir de seus lábios. Enquanto ela não pronunciasse, com verdade em seu âmago, os termos "prazer" e "respeito", continuaria a vagar em círculos nesta sala até o momento de sua morte, meticulosamente orquestrada por minhas mãos. Oitenta e cinco chances, era tudo o que ela tinha para não ser morta por mim.

OK, SENTA LÁ, CLÁUDIA

Hillary Hunter. Esse é o nome da mulher que me gerou em seu ventre e me trouxe a este mundo, um palco decadente para uma sociedade corrompida e mesquinha. Ela está diante de mim, seus olhos verdes profundos fixos nos meus, refletindo uma tristeza abissal. Ambos os olhos estão carregados com lágrimas pesadas, prestes a descer como um rio que já não pode mais ser contido. Desde a terrível descoberta do falecimento de seu ex-marido, meu padrasto, Hillary se converteu em um retrato vivo de melancolia. O choro tornou-se seu companheiro habitual desde que aquele homem, Jack Houltt, um ser desprezível, abusivo e violento, foi finalmente levado deste mundo para, espero eu, um lugar muito pior. *Céus! Eu jamais compreenderei Hillary Hunter.* Mesmo casada com um homem que a maltratava quase todos os dias, ela, ainda assim, se sujeitava aos seus mandos e desmandos, chutes e pontapés, buscando desesperadamente por um gesto de carinho, um beijo fugaz ou um resquício de atenção por parte daquele homem vil... algo que jamais lhe foi concedido. Embora reconhecesse o estado de profunda depressão em que ela se encontrava, sabia que, ao livrá-la definitivamente daquele monstro disfarçado de ser humano, havia lhe feito o maior favor de sua vida. Contudo, restava-me torcer para que ela não encontrasse outro homem tão cruel quanto Jack, alguém que perpetuasse o ciclo de sua desgraça.

Minha execução meticulosa do assassinato na rodovia foi tão precisa que nenhum dos policiais ousou suspeitar da minha inocência inquestionável, me julgando como uma criança amorosa, recém-traumatizada por mais um evento perturbador em minha vida. Contudo, o processo de luto não se desenrolou com a suavidade de um campo de girassóis ao vento. Minha cautela obsessiva também resultou em um incômodo físico; durante os dois dias seguintes ao atentado contra Jack, experimentei uma dor embaraçosa enquanto meu corpo tentava se livrar do plástico triturado por meus dedos que havia engolido para camuflar as evidências.

— Griselda... e então, pronta para voltar à escola? — Hillary perguntou, a voz carregada de cansaço e os olhos avermelhados refletindo o peso do luto. Seu cabelo loiro curto, despenteado, desvalorizava sua beleza natural, enquanto o moletom de lã amarelo parecia agravar a impressão de desleixo. Eu sempre acreditei que, se Hillary cuidasse um pouco mais de sua aparência, poderia se transformar de uma gata borralheira em uma verdadeira princesa de conto de fadas. Bastariam roupas mais elegantes que essa calça preta justa e o moletom desbotado, ambos tão inadequados, para que muitos homens passassem a desejá-la.

— Estou pronta, mamãe! — respondi, esboçando um sorriso que ela retribuiu, mostrando seus dentes com um semblante de esperança.

— Vai ficar tudo bem, minha querida... Sei que deve estar sendo difícil para você... com tudo o que aconteceu com seu padrasto... Mas agora que a psicóloga liberou seu retorno às aulas, é hora de aprender coisas novas e de estar perto dos seus amigos... Vai ficar tudo bem, certo? — Hillary repetiu essas palavras, mas, na verdade, era ela quem precisava ouvi-las, buscando consolo para a sua dor evidente.

Minha mãe biológica beijou minha testa, selando nossa despedida com um abraço apertado. Ao virar o rosto para trás, ela rapidamente enxugou as lágrimas dos olhos com o dedo indicador.

— Mamãe... — chamei, e ela se virou para mim com uma rapidez ansiosa. — Prometa... que ficará longe das agulhas...

Hillary me olhou, assustada, seu olhar refletindo um medo avassalador, e, em seguida, seus olhos varreram o entorno, procurando confirmar se alguém havia ouvido meu pedido impregnado de segundas intenções. Depois de verificar que ninguém estava prestando atenção, ela desabou novamente em lágrimas convulsivas. *Céus! Ultimamente Hillary chora por qualquer coisa que a desestabilize, especialmente por assuntos triviais e sem importância como este.*

— Eu prometo... prometo, minha Griselda... — disse ela, mentindo descaradamente. Eu apostaria que, assim que chegasse em casa, sua abstinência a levaria direto ao encontro daquele homem alto do bairro, o fornecedor de suas drogas. Quase todo o dinheiro da pensão deixada por meu falecido pai biológico, que Hillary recebe mensalmente do banco, é destinado aos traficantes da cidade. Meu irmão, a bebê e eu sobrevivemos apenas com pão de trigo, bacon, leite, ovos e água mineral sem gás.

Hillary se virou para a estrada e partiu, em busca de seu vício incontrolável.

Livre de qualquer nova investida sentimentalista promovida pela face devastada de Hillary, virei-me para trás e contemplei a instituição de ensino que eu frequentava. *Céus! Seus ensinamentos são tão desprovidos de valor.* Nessa escola, eles ensinam as crianças a serem tolas, os adolescentes a serem dramáticos e os adultos a se acharem merecedores de todo o respeito dessas crianças ingênuas e desses adolescentes histriônicos. Tanto tempo desperdiçado... aprendendo coisas irrelevantes para minha nova e aprimorada formação pessoal. Quando se alcança o verdadeiro entendimento de tudo, o resto parece tão desinteressante.

Aceitei o fato de ser obrigada pela sociedade que me cerca a frequentar aquela escola por um terço da minha vida e caminhei em direção ao hall. Atravessei o pequeno jardim que antecedia a porta da escola e percorri os corredores. Corri para minha classe sem me importar com as crianças eufóricas que esbarravam em mim ou com os adolescentes sonolentos encostados nas paredes. Ao entrar na sala de número quatrocentos e um, percebi que nada havia mudado... exceto eu, é claro. Minha mente sagaz jamais seria a mesma conformista de outrora... não depois de tudo pelo que havia passado e compreendido com meu mestre.

Judith, Cynthia e James estavam sentados em suas carteiras, cabisbaixos e envoltos em um silêncio quase solene, como já se tornara habitual. Com minha nova visão aguçada, eu finalmente compreendia a essência dessas figuras, esmagadas pelos insultos e comentários maldosos dos alunos mais populares da classe, que, com frequência, despejavam sobre eles o veneno da crueldade infantil. Pobres almas... Suas peculiaridades físicas contribuíam enormemente para esse frenesi de *bullying*, que parecia encontrar terreno fértil na insegurança e na maldade dos outros. Judith, com seus aparelhos dentários imponentes, que forçavam seus dentes tortos a um alinhamento severo, e com seus óculos grotescamente espessos, como se fossem fundos de garrafa, lutava para enxergar o mundo através de lentes que a isolavam ainda mais. Cynthia, por outro lado, parecia fadada a um destino injusto, necessitando urgentemente de uma reeducação alimentar. Pelas lentes dos estudos de saúde que meu mentor me proporcionou, estava claro que a alimentação fornecida a ela pelos pais era de uma qualidade questionável, mergulhando-a num círculo vicioso de doces e frituras. E quanto a James... Ah, pobre James. Nem sequer começara a compreender a complexidade de sua própria identidade. Em longas conversas sobre meus colegas de classe, meu mestre mencionara que James enfrentaria um árduo caminho de autodescoberta, um percurso permeado por dúvidas e incertezas, principalmente no que tange à sua "identidade de gênero", um termo que ainda me era desconhecido. Mas o que significaria essa tal "crise de gênero"? Talvez fosse algo tão simples quanto escolher entre calças ou saias. De qualquer forma, observando-o brincar com as bonecas das meninas da sala, era evidente que em breve ele seria alvo de chacotas e apelidos maldosos, assim como meu mestre havia predito. Contudo, em meio a tantas dificuldades, meu mentor garantira que essas três crianças, maltratadas pelo mundo, se tornariam pessoas mais fortes, forjadas no fogo da adversidade — embora nunca tão fortes quanto eu, evidentemente. Ainda assim, seriam resilientes o bastante para enfrentar a vida como ela é, pois é na dor que superamos nossos maiores traumas ou replicamos o ódio de nossos opressores.

— É a Griselda!
— Cláudia, olha... a Griselda voltou!
— Ela voltou, a Griselda...

Os membros da "Gangue do Suquinho", aglomerados ao redor da mesa da professora Quentin, logo perceberam minha chegada e não hesitaram em proclamar meu retorno à classe com entusiasmo pueril. *Céus! Não posso acreditar que terei de interagir com essas crianças novamente.*

— Griselda, ninguém sentiu sua falta... — A voz que me desestabiliza mais do que qualquer outra se fez ouvir. Cláudia, com os braços cruzados e aquele tom esganiçado de sapo do banhado, lançou sua provocação na minha direção.

Cláudia era o ícone de popularidade entre os alunos, o modelo a ser seguido por todos. Sempre bem-vestida, com seus cabelos loiros e cacheados, arrumados com um cuidado meticuloso que provocava inveja em qualquer criança, ela se autoproclamava a menina mais bonita da sala e não poupava esforços em divulgar essa informação a todos os que a cercavam. Mas, para sua infelicidade, minha nova concepção do mundo alterou esse panorama. A tirania invejável de minha rival estava prestes a terminar. No passado, ela inadvertidamente declarara guerra a alguém muito mais poderoso do que ela, e eu me certificaria de que soubesse disso. Com minha nova perspectiva, este mundo agora me pertencia.

— E eu não senti a menor falta dessa sua cara de barata tonta, Cláudia — respondi com um insulto cortante, sem hesitação.

O som do riso ecoou pela sala, reverberando em cada canto, inclusive nos corações dos três alunos excluídos, que ainda permaneciam em suas carteiras. Um ensinamento valioso de meu mestre me assegurara que qualquer público poderia ser cativado com humilhação e bom humor barato. E não é que funcionou perfeitamente?

— Eu não tenho cara de barata tonta. É você que tem cara de barata tonta! — retrucou Cláudia, com a mesma falta de criatividade que sempre lhe fora característica.

— Então você não tem espelho na sua casa para ver essa cara de barata tonta que você tem? — devolvi, implacável, sem a mínima intenção de cessar meu ataque contra a desmiolada.

Mais risadas explodiram pelo ambiente, intensificando meu domínio sobre a turminha.

— Eu tenho espelhos na minha casa. — A imitadora de falas repetiu, como uma boneca de corda. — É você quem não tem espelhos na sua casa. Você nem tem dinheiro para comprar nada porque você é pobre. Você nem tem mochila colorida e não compra nada na vendinha da escola. É você que nunca tem nada. — Ok, admito que dessa vez Cláudia acertou em cheio, pois realmente eu não dispunha dos mesmos recursos financeiros que ela e sua família... pelo menos, por enquanto; no entanto, enriquecer ilicitamente estava na minha lista de prioridades, mas isso ficaria para daqui a alguns anos.

— Eu prefiro ser pobre e inteligente a ser rica e ignorante. Compare as suas notas com as minhas, Cláudia. Você sempre obtém notas medianas, seis e sete, enquanto eu costumo alcançar nove e dez.

Cláudia se viu visivelmente perturbada ao perceber que estava perdendo a batalha verbal. As risadas das outras crianças intensificaram sua humilhação. Em uma tentativa desesperada de inverter a situação, ela se aproximou de sua carteira e, de sua mochila rosa-chiclete reluzente, retirou uma boneca Jinger Kymmy, a Jinger Rock. *Céus! Eu quase morreria para possuir aquela magnífica boneca vestida com uma jaqueta de couro preta e segurando uma guitarra dourada.*

— Eu tenho uma Jinger Rock, mas você não tem... porque você é pobre...

As palavras de Cláudia reverberaram na sala, e todos explodiram em risadas. A boneca sublime nas mãos de minha rival realmente me deixou sem palavras. Não havia argumentos que eu pudesse usar para vencer aquele duelo, pois a Jinger Rock era o lançamento mais recente da coleção anual e conferia à Cláudia um poder inigualável. Reconheci minha derrota, mas sabia que esta batalha era apenas um capítulo na guerra que estava destinada a vencer. Eu estava certa disso.

— Está bem... você venceu, Cláudia. Que seja... — Eu disse, exausta, e me retirei imediatamente do campo de batalha.

— A Griselda é pobre! A Griselda é pobre!

A cantoria zombeteira de Cláudia rapidamente se espalhou entre os outros alunos, que se uniram à coroação de minha derrota. Sentindo-me renegada pelo meu público habitual, caminhei para minha carteira, em meio aos alunos excluídos e marginalizados da sala. Preferia estar próxima deles a estar entre aquelas crianças cruéis e insensíveis.

O sinal para o início das aulas soou, encerrando a exibição humilhante. As crianças se apressaram para suas carteiras, temendo o olhar severo da professora Zilda Quentin, que não tolerava desordem. Como em todo dia que pisava no chão de nossa classe, sua presença era sinônimo de uma punição implacável. Ao entrar na sala, ela nos observaria com um olhar penetrante, quase predatório. Seus óculos deslizariam até a ponta do nariz, e seus olhos, como disparos de fuzil, aterrorizariam qualquer aluno desavisado. Mesmo Filip, o mais perspicaz da turma, não escaparia do impacto psicológico da fúria de Zilda. Finalmente, a presença intimidante da professora estava diante de nós, na porta. A senhora Quentin observou os alunos com desapontamento, antes de se acomodar em sua cadeira giratória, a única entre os professores a usar tal assento. Aliás, a professora preguiçosa permanecia ali durante todo o decorrer das aulas, limitando-se a ditar o que deveria ser escrito no quadro, delegando essa tarefa aos alunos. A única exceção, momento em que ela se colocava de pé, era quando outros adultos entravam na sala, de modo que ela se erguia rapidamente para se mostrar uma professora responsável e ativa.

— Bom dia, meus alunos — saudou com a mesma voz grave e rouca de sempre.

"Bom dia, professora Quentin" — todas as vozes ecoaram no mesmo momento.

— Antes de mais nada, vamos verificar se vocês realmente estudaram a lição de ontem.

O desânimo e o pavor se espalharam pela sala como uma explosão nuclear.

— Eu fiz toda a lição, senhora Quentin — anunciou July, a mais baixinha da turma, cuja fala era acompanhada por um som peculiar, como se sempre houvesse saliva em excesso entre seus dentes e língua.

— Eu te perguntei algo? — retorquiu a professora, com uma irritação escrachada. A paciência de Zilda Quentin era notoriamente curta; se perturbada mais uma vez, sua explosão era inevitável. July silenciou. — Apenas para castigar essa criança metida, a lição será feita oralmente. Quem errar a resposta terá que trazer o caderno assinado pelos pais! — O desespero tomou conta do rosto dos alunos, e eu até senti um certo prazer ao observar a cena. — Tijha... — A senhora Quentin chamava a pobrezinha filha de imigrantes indianos recém-chegados aos Estados Unidos. — Soletre a palavra "dois".

Tijha pensou profundamente.

— *Anda logo, menina, diga algo!* — A serenidade da professora explodiu, dando lugar a uma crescente irritação diante da longa espera de quatro segundos, os quais Tijha desperdiçou para pensar. O espetáculo estava prestes a começar! A partir daquele momento, cada palavra proferida por Zilda seria uma explosão de gritos distorcidos e uma demonstração grotesca de sua má utilização da língua. — *O gato comeu a tua língua, criatura?*

— D... O... ... ... I... S. — Embora eu tenha sentido um certo alívio ao ver Tijha acertar a resposta, a expectativa de que alguém errasse me animava, apenas para me distrair um pouco com as crises de histeria da nossa temível professora.

— Marin — Zilda convocou outra vítima, depois de exibir sua impaciência com a resposta correta de Tijha. — A palavra é "sal".

— Qual é a palavra? — Marin, desatenta como sempre, não estava prestando atenção na conversa.

— Estás no mundo da lua? Estás surda? Eu acabei de te dizer a palavra e vou ter que repetir? A palavra é "sal", sabe, aquele sal de cozinha que a tua mãe usa para temperar a comida? "sal"... vai, soletra de uma vez, pirralha... quer dizer, criança.

— C... A...

— "C"? Onde é que existe a letra "c" na palavra "sal"? Para de ser doida! Sal se escreve com "s" — interrompeu, como um trovão que rasga uma tempestade de nuvens escuras. — Queres assassinar a coitada da língua? — Enquanto Zilda repreendia Marin com a ferocidade de um chihuahua escandaloso que late em frente ao cercado, seus braços e mãos gesticulavam freneticamente. — Vou te contar, viu... três letras e já erra logo na primeira... depois vou marcar teu caderno para teu pai assinar, Yasmim — cometeu um erro ao tentar se referir ao nome de Marin, após seu desabafo. — Menino ali... como é teu nome mesmo, meu filho? — apontou para Filip.

— É Filip, senhora Quentin...

— Isso mesmo, Felipe... — errou o nome mais uma vez, só para me lembrar de quão desatenta e confusa ela era. — Mas, me diga, soletre a palavra "lua".

Enquanto Filip soletrava corretamente a palavra, eu perdi o interesse em continuar assistindo àquele espetáculo de tormento psicológico arquitetado pela nossa professora. Meus olhos se fixaram em Cláudia, minha maior rival em todas as minhas provações nesta vida. Minha mente, sempre criativa e travessa, imaginava-a sendo esmagada pelo teto de concreto da escola que desabava sobre sua cabeça. *Céus! Como eu desejava que essa fantasia se tornasse realidade.* Aliás, era preciso reafirmar para mim mesma que eu guardava algo muito especial para ela, mesmo que ainda não houvesse formulado uma estratégia eficaz para fazê-la se arrepender do dia em que nasceu e cruzou meu caminho. Nem mesmo durante o meu estágio de aperfeiçoamento, junto ao meu mestre, eu me esqueci das inúmeras vezes em que ela me rebaixou diante de todos, exatamente como fez hoje.

Cláudia percebeu que eu a observava incessantemente e começou a usar a mesma tática que eu empregava contra ela, mantendo-me sob seu olhar atento, um misto de superioridade infantil e um desejo imenso de me atacar com uma nova fala desprovida de sentido, numa tentativa exibida de mostrar que era mais poderosa do que eu. Por outro lado, meu olhar se fixava nela, ponderando mil e uma formas de torturá-la, de cortar seu braço, empalar sua garganta ou remover-lhe a pele do rosto com a precisão de um bisturi afiado. *Céus! Como eu desejava ter um momento a sós com Cláudia.* Ofereci-lhe um sorriso amigável, apenas para incomodá-la, e, como resposta, ela retirou a boneca Jinger da parte de baixo de sua carteira. Cláudia começou a brincar com a boneca, tomando cuidado para que a professora Zilda não a visse.

"Como você se atreve...", pensei, à beira de uma ruptura entre loucura e raiva; se meu treinamento de controle mental não houvesse sido tão eficaz, eu provavelmente já teria proferido palavras inadequadas contra aquela menina arrogante.

— Cláudia... Cláudia! — Zilda vociferou, dando um susto em cada alma presente na sala. — Isto é uma boneca? Estás doida? Brincando com uma boneca enquanto eu dou aula? Perdeu a noção do perigo? *Me dá essa boneca agora!*

Cláudia entendeu que estava em apuros — e nem mesmo toda a graciosidade da Jinger Rock poderia amolecer o coração endurecido da senhora Quentin. Embora eu desejasse rir amargamente da minha futura vítima infame, contive minha alegria interior, pois a professora Zilda me daria uma bronca severa por simplesmente sorrir fora de hora.

— Mas ela é minha, professora...

— Já te mandei trazer aqui! Estás te fazendo de surda também? Para de ser doida, menina!

— Mas ela é minha... foi minha mãe que me deu... — respondeu, choramingando, e desistiu de continuar a argumentar.

— Meu Deus... não sei o que fiz para merecer isto... juro que não sei! Sua garota tola! — O grito da senhora Quentin soou mais como uma acusação contra Cláudia. — Quer dizer, soletre para mim a palavra "tola", e eu te deixo ficar com essa boneca. Vai, criança, soletra de uma vez!

A professora Quentin realmente demonstrou astúcia ao ofender a criança da forma que ela merecia, ao mesmo tempo em que ocultou sua verdadeira intenção, disfarçando a afronta como uma oportunidade para a prática do ensino da matéria de línguas.

— To... T... — Cláudia hesitou no início, mas rapidamente se corrigiu e continuou a soletrar. — O... U... — A pressão sufocante que emanava do olhar predatório de Zilda impediu que o erro de Cláudia passasse despercebido.

Após proferir sua blasfêmia contra os ouvidos alheios, a senhora Quentin interrompeu Cláudia com uma gargalhada estrondosa. Enquanto ria com vontade, Zilda apoiou-se sobre a mesa e reclinou-se em seu banco móvel, reduzindo o volume de seu riso excêntrico para retomar uma expressão amarga.

— Só uma TOLA para me dizer uma sandice dessas! Onde é que leste que "tola" se escreve com "U"? Em qual livro de matemática encontraste essa nova palavra? — Hum... agora sinto uma estranheza na lógica da professora Quentin ao se referir a um livro de Matemática, em vez de um livro de língua, o que realmente estava sendo abordado naquele contexto. Algo não estava são na linha de raciocínio da professora Quentin. — Estás louca? Estás com febre, por acaso?

Naquele instante de turbilhão em meio à batalha, tomei uma decisão importante. Resolvi que não perderia a oportunidade. Mesmo que isso significasse arriscar a integridade de minha garganta e sofrer uma reprimenda severa da professora Quentin, ergui minha mão de forma ousada, obrigando-a a desviar seu olhar para minha figura; e, sim, reafirmo que preferiria enfrentar esse risco elevado a deixar de demonstrar minha superioridade sobre Cláudia.

— O que é agora, menina? — A calma de Zilda se desfez em frustração ao ver minha mão erguida. — O que está fazendo com essa pata de galinha magra levantada? Está doida?

— Apenas levantei minha mão para obter sua permissão para falar, senhora Quentin — respondi, com um tom que misturava docilidade e astúcia, massageando o ego autoritário da professora que todos temiam. Após o cortejo, fixei meu olhar em Cláudia, que agora também voltava sua atenção para mim. — TOLA — declarei, encontrando uma forma de encaixar essa palavra na cabeça oca de minha rival, encarando-a com um desprezo calculado enquanto soletrava: T-O-L-A.

Sentei-me rapidamente, aguardando a reação da professora.

— Olhem só... Agora a outra acha que sabe de tudo. Eu detesto gente que se julga dona da sabedoria!

— A Griselda não sabe mais do que eu... — Cláudia se atreveu a intervir, mas sua ousadia foi um erro.

— Claro que ela sabe mais do que você, menina! Ela soletrou corretamente, e você errou desde o início! — A professora cortou Cláudia com severidade. — *E o que é que está fazendo com essa boneca? Entrega ela para mim agora!*

Zilda estendeu a mão, esperando que Cláudia se dirigisse até ela. No entanto, Cláudia, em um gesto de resistência teimosa, abraçou a boneca contra o peito e lançou um olhar desafiador à professora. Zilda interpretou esse olhar como um desafio à sua autoridade e, temendo perder o respeito da classe, não hesitou em agir. Com uma fúria descontrolada, a senhora Quentin se lançou em direção à Cláudia com passos curtos, ainda sentada, conduzida pela agilidade imposta pela cadeira de rodinhas. Gritou: "Me dê essa boneca, sua maluca!". Num piscar de olhos, a cadeira giratória alcançou Cláudia, e Zilda agarrou-a pelo braço com uma mão, enquanto com a outra arrancava a boneca dos seus dedos. Em seguida, arrastou Cláudia e a boneca até a frente da sala, mantendo-as ao lado da mesa do professor. Com movimentos engraçados e impetuosos, sempre sentada na cadeira giratória, Zilda encarou Cláudia com um olhar penetrante.

— Quer que eu chame a diretora para convocar seus pais?

Cláudia, acuada como uma presa na teia de uma aranha voraz, balançou a cabeça em sinal de recusa, seu quase choro retornando com vigor.

— *Então, pare de chorar e pegue uma cadeira, coloque-a no canto da sala* — ordenou Zilda, apontando para o local. A partir daquele momento, minha rival ficaria sob o olhar atento de todos os colegas até o término da aula. Com relutância, Cláudia correu para pegar a cadeira e a colocou no local indicado. — O que é agora? Por que está em pé na minha frente? Achou que a cadeira era só um enfeite? Sente-se lá agora! — A indignação de Zilda se fazia cada vez mais faminta, mas Cláudia persistiu em confrontá-la.

— Só me sentarei lá se eu puder levar minha boneca comigo... — respondeu Cláudia, começando um novo episódio de melodrama.

A professora, observando a cena com crescente impaciência, sabia que um choro excessivo poderia atrair a atenção de outros professores nas salas ao lado.

— Ok, senta lá, Cláudia! Pegue essa maldita boneca e vá se sentar... e fique quieta! Tu não me tira dos nervos, que eu chamo os teus pais! — Zilda entregou a boneca, e Cláudia se dirigiu, com passos pesados, para sua cadeira de castigo. — Que os céus me livrem dessa turminha, viu... hoje estou no limite com esta classe. Estou por aqui com todos vocês! — exclamou, colocando a mão sobre a cabeça em um gesto de exasperação. — Estou exausta dessa sua cara de quem comeu limão azedo, Cláudia.

Os *ânimos*, creio que esta é a expressão correta, começaram a se acalmar. Enquanto Zilda continuava a dar aula com seus gritos habituais, meu olhar permaneceu fixo em minha rival desprotegida, contemplando sua iminente queda. Cláudia, a pobre criatura, ainda não compreendia as reais regras da vida, algo que acredito ser um problema até mesmo para muitos adultos. Todos são cegos à sua própria ignorância. Se pelo menos tivessem a oportunidade de experienciar uma verdadeira aula de aprendizado com meu mestre, tudo seria diferente. Meu mentor me ensinou a enxergar o que os outros se recusam a reconhecer, fazendo de mim uma criança mais sábia. A propósito, as lições com meu mestre foram mais valiosas do que qualquer ensinamento ministrado pela senhora Zilda Quentin durante o ano letivo inteiro.

Enquanto refletia sobre a falta de compreensão dos outros, meus músculos se contraíram involuntariamente, e um espasmo percorreu minha espinha. Esses tremores inesperados tornaram-se frequentes após as minhas sessões de aprimoramento cerebral com meu mestre. O custo da minha inteligência aprimorada revelou-se não apenas em capacidade aumentada, mas também em efeitos colaterais. Minhas sessões de terapia com choque moldaram-me em uma pessoa capaz de assimilar e gravar novos conhecimentos de forma permanente. Esse processo árduo não apenas obliterou a ignorância de minha mente, mas me transformou em alguém de sabedoria aguçada; duzentos e dez por cento mais sábia, diria eu.

- FLASHBACK -

210%

O flagelo que nascia da minha inocência. A minha musa da evolução... Ela estava ao meu lado, sentada em uma cadeira de madeira rudimentar e pouco confortável. Minhas mãos, com destreza meticulosa, amarraram os frágeis pulsos de Griselda aos encostos da cadeira. Utilizei cintas largas para fixar-lhe o pescoço, os calcanhares e o abdômen, assegurando que ela não pudesse se mover nem um milímetro.

Após sua última lição superada, que resultou em um êxito mortal, cumpri minha promessa à minha pequena aprendiz ainda em formação. Eu mesmo a transferi para um quarto mais espaçoso em relação ao que ela ocupava anteriormente. Esse novo aposento continha um banheiro, um colchão no chão para o repouso de minha cativa e até uma televisão em um canto da parede. Mantive minha promessa de fornecer um ambiente iluminado e mais adequado para sua estadia em meu porão secreto. No entanto, omiti o fato de que ela permaneceria acordada e "assistiria à televisão" por dezenove horas a cada dia, tendo apenas cinco horas para descansar o corpo e a mente. Minha adorada Griselda ainda tinha muito a aprender antes de estar pronta para ser levada para uma nova sala de aperfeiçoamento, onde enfrentaria a nova etapa do treinamento.

Na cabeça da minha estimada garotinha, minha filha de fato em meu imaginário, repousava um equipamento de aparência antiquada... não tão contemporâneo quanto eu realmente desejava. Receoso de que uma compra de tecnologia moderna e cara pudesse suscitar suspeitas futuras por parte dos agentes federais, preferi adquirir minhas hastes de terapia de choque e o aparelho modelador de cabeça no mercado oculto, sem notas fiscais, impossibilitando o rastreamento de meus instrumentos. Ali, naquele quarto, eu observava atentamente o corpinho traumatizado de minha pérola poética. Seus olhos secos eram sustentados por hastes metálicas que se prendiam às suas pálpebras, forçando-a a manter os olhos abertos em tempo integral. O dispositivo preso à cabeça de minha querida Gris — como carinhosamente a chamei — obrigava-a a manter o olhar fixo na televisão pelo período que eu tinha estipulado. Naquele momento, Griselda assistia a uma valiosa aula sobre traição, raiva, futilidade, mentira e vingança. Se a pequenina desejasse controlar os impulsos que a impediam de raciocinar antes de agir ou de usar palavras impensadas, eu sabia que era essencial provocá-la a refletir sobre esses sentimentos obscuros. Para superar os impulsos químicos instintivos do cérebro, Griselda deveria identificar os gatilhos de impulsividade neural; apenas então poderia assumir o controle de sua mente e reverter essa diretriz pré-formada em nosso subconsciente. Manter a calma em momentos de estresse é algo que poucos compreendem e praticam, mas minha Gris estava no caminho certo para alcançar esse entendimento profundo. O dia de hoje foi frutífero. Com minha amada esposa viajando para a casa de sua tia na Carolina do Norte, aproveitei para assistir, na madrugada com minha Gris, às suas aulas de matemática, literatura e ciências espaciais. Eu apreciava estar ao lado das minhas cobaias enquanto absorviam toda aquela violência na agilidade dos cortes de imagens e o estrondoso som que ecoava das caixas de som da televisão retrô, no estilo tubo de vidro. Griselda mantinha sua calça encharcada, por urina, é claro. Talvez estivesse também suja por fezes, pois a pequenina havia passado horas e mais horas imersa em seu abismo de aprendizado avançado. Ela não se afastou daquela cadeira desde o início do dia, e eu não tive a menor compaixão de interromper seu horário de programa de TV favorito. Seu estado físico não era dos melhores, confesso. Além de imunda e suada, minha gotinha de alegria espumava saliva branca pela boca. Seus olhos estavam abatidos. Ela parecia sofrer uma espécie de transe, murmurando algo que eu não compreendia, mas ao mesmo tempo parecia estar em paz, desligada do mundo e dos problemas que nos cercam. Apesar de encarar a tela da televisão, seus olhos fixavam-se no vazio... e somente no vazio. As primeiras manifestações de falta de interesse e lentidão mental já eram evidentes, pois este era o seu terceiro dia de jornada avançada com a TV. A programação finalmente chegou ao fim, e a fita cassete foi ejetada. Para continuar com as formalidades posteriores, aproximei-me do corpo de minha Gris e trouxe comigo as hastes metálicas para sua última terapia de choque do dia.

— Não temas, minha criança... Faço isso para o seu próprio bem! Inicialmente, preciso abrir seus olhos para o mundo cruel. E garanto a você que, se chegar ao fim desta lição, serás tão sagaz e astuta quanto os adultos que a cercam, pois meu método já foi comprovado por mim e pelo meu falecido mestre. Eu mesmo experimentei todo esse processo do qual se alimentas agora. Os seus níveis de inteligência aumentarão para uma porcentagem mínima de duzentos e dez por cento. Não se esqueças disso... o conhecimento, seja ele qual for, será a fonte de todo o nosso poder neste mundo dominado por mentes fracas e vulneráveis.

Eu realmente não sabia se Griselda prestava atenção ao meu sábio conselho, pois, como já atestei, não tinha certeza se seu transe lhe permitiria ter a mente clara o suficiente para interpretar e compreender o que eu dizia. Ajustei as hastes sobre sua cabeça, uma de cada lado, e afastei-me de seu corpo gracioso. Apertei o botão do interruptor ao lado, e Griselda se debateu em meio à sua loucura eletrizante. Entre um choque e outro, apertando e desligando o botão do interruptor repetidamente, eu observava a frequência elétrica estimulando sua insanidade ao tocar o botão verde e esvaziando sua mente ao pressionar o botão vermelho.

— Seja forte, Griselda Hunter... só mais um pouco, minha menina... só mais um pouco, e você será perfeita! Tão perfeita quanto eu!

GANGUE DO SUQUINHO VS. LIGA DO PIRULITO

O sinal para o intervalo ecoou pelos corredores, ressoando como um chamado para a libertação. Após uma manhã inteira de escutar os erros de soletração das outras crianças, cujas vozes hesitantes tropeçavam nas sílabas, o recreio chegou como um alívio há muito esperado por mim e pelos alunos exaustos, já desgastados pelos métodos arcaicos e impiedosos de ensinamento da senhora Quentin. Como um enxame desordenado, as crianças correram para a porta, numa turba caótica, ignorando a necessidade de ordem. Nós, os quatro alunos renegados da classe — Judith, James, Cynthia e eu —, já habituados a essa dinâmica, aguardamos pacientemente até que o último aluno desaparecesse pela porta. Cada um de nós sabia que, se não quiséssemos ser empurrados ou pisoteados de propósito, deveríamos permanecer quietos em nossos assentos até que a corrente de pequenos corpos se dissipasse da classe. James, sempre impaciente, correu para a saída com saltinhos apressados, enquanto Judith, com sua calma habitual, seguiu para o pátio. Cynthia, com o semblante sempre carregado, marchou com sua habitual expressão de descontentamento. Quanto a mim, deixei-me envolver pela sensação rara de paz que finalmente reinava na sala, como uma brisa suave após a tempestade.

De dentro do bolso da minha calça jeans, retirei quatro pirulitos de sabores variados, um pequeno tesouro conquistado em uma de minhas visitas ao escritório da senhora Hamilton. Após os recontar, guardei-os novamente no bolso, pois seriam meu lanche do recreio — minha única opção, visto que eu ainda era uma criança sem recursos para comprar algo na lanchonete da escola. Com esse lanche doce em mente, movi-me com tédio em direção à porta.

— Giselda... — A voz da professora Quentin interrompeu meus pensamentos, chamando-me pelo nome errado, como de costume. Ela estava sentada em sua cadeira favorita.

Embora a senhora Quentin tivesse falhado ao pronunciar meu nome, preferi ignorar o erro. Corrigi-la poderia ser um ato suicida, incitando a ira que ela guardava como uma granada militar à espera de ser explodida. Responder o necessário, escutar com atenção e não provocar seria o mais sensato.

— Sim, senhora Quentin? — respondi com a voz controlada.

— Venha aqui mais perto de mim. — A ordem era calma, quase suave. Aproximei-me lentamente, aguardando que ela articulasse suas palavras com a dureza habitual, pronta para suportar outra dose de sua raiva interior. No entanto, para minha surpresa, o semblante da professora mudou. A carranca familiar dissolveu-se em uma expressão de inesperada curiosidade.

— Giselda... — Ela repetiu, errando meu nome mais uma vez. — Soube que você perdeu seu padrasto recentemente... — Acenei com a cabeça, um gesto simples, mas suficiente para confirmar sua suposição. — Também soube que, antes de ter perdido seu padrasto, você foi tirada de perto de sua mãe por um homem estranho. Isso também é verdade?

Mais um aceno, quase mecânico, mas, dentro de mim, algo começava a se agitar. A postura dela, antes inabalável, pareceu relaxar. A professora me fitava com um olhar de sofrimento, um sentimento que jamais imaginei encontrar em seus olhos. Isso me desconcertou profundamente. O que teria causado essa súbita mudança? Uma professora que parecia incapaz de semear a compaixão agora demonstrava empatia? Algo estava errado. Seria possível que a senhora Quentin possuísse uma dupla personalidade, uma parte oculta que eu jamais testemunhara antes?

— Sabe, criança... — começou ela, com a voz tingida de uma melancolia que cortava o ar. — Eu já tive um filho uma vez... e alguém o tirou de mim quando ele tinha praticamente a sua idade.

Ela retirou os óculos de armação de gatinho e os depositou delicadamente sobre a mesa. Seus olhos, agora desprotegidos, revelaram uma profundidade de tristeza que me perturbou. Ela sorriu, um sorriso carregado de memórias e dor. Um sorriso que deveria ter me tranquilizado, mas que, ao contrário, fez meu instinto gritar para fugir.

— Meu pequeno Samuel tinha sete anos quando foi levado de mim, e, desde então, longos vinte e nove anos se passaram. Ele nunca voltou para casa.

A voz dela tremeu ao segurar lágrimas que ameaçavam escapar.

— Estou contente que você tenha retornado para sua mãe... Estou contente em vê-la de volta aqui... conosco... comigo...

O peso de suas palavras caiu sobre mim como uma onda tentando me arrastar para as profundezas de sentimentos que eu não queria reviver. Apesar do impulso de fugir, permaneci onde estava, lutando contra o nó que começava a se formar na minha garganta.

— Quero que saiba que estarei aqui caso precise de mim, está bem?

E, com isso, ela voltou ao trabalho, organizando os livros com uma serenidade que me desconcertou.

— Agora, vá para o intervalo, menina sem graça, vá... — O tom de voz voltou ao habitual, frio e distante, mas algo em seus olhos ainda refletia o peso do que acabara de compartilhar.

Dei-me conta de que essa súbita transformação na senhora Quentin mexera comigo de um jeito inesperado. Eu sabia que ela havia experimentado uma dor imensa, a perda de um filho, mas esse ato de bondade, essa oferta de apoio, era a primeira vez que alguém demonstrava preocupação genuína comigo. E, embora isso quase despertasse em mim um sentimento de piedade, rapidamente reneguei essa emoção. Eu sabia que não poderia me permitir amar ou criar laços de afeto, como meu mestre sempre ensinara. Amor, qualquer que fosse, nos tornava fracos, vulneráveis, defeituosos como todos os outros, cegos para a verdadeira realidade por trás das mentes perversas que nos cercam e almejam nos esmagar feito insetos.

Ainda abalada pelo incomum espetáculo de bondade de Zilda, caminhei em direção à porta, atônita e com o coração acelerado.

— E, Giselda... — chamou-me uma última vez, insistindo no nome incorreto. — Se alguma daquelas crianças mexer com você... avise-me. Eu acabo com a raça dessa criatura louca, me ouviu?

Lancei um sorriso genuíno em direção à professora e, revigorada, deixei a sala. Era como se uma nova força me impulsionasse: saber que a outrora temida professora Quentin estava disposta a proteger-me e até atacar quem quer que eu ordenasse era algo inesperadamente bom. Uma promessa solene à qual eu, sem dúvida, consideraria recorrer em um futuro não muito distante.

Enquanto caminhava pelos corredores, passei por alunos do quinto ano, envolvidos em uma discussão acalorada sobre um desenho animado que passaria na televisão. *Céus! Como alguém pode gostar de um desenho tão insípido, em que todos se limitam a brigar e lançar poderes pelas mãos?* Nada daquilo fazia sentido para mim.

Cheguei à porta que dava para o pátio da escola e constatei que nada havia mudado em minha breve ausência. Os adolescentes ainda dominavam a quadra e as arquibancadas ao redor. Os pré-adolescentes ocupavam as mesas perto da lanchonete, e as crianças menores dividiam o parquinho de areia branca. Cláudia e os alunos mais populares divertiam-se na ponte de madeira elevada, que interligava a casinha ao centro do parquinho com um escorregador. Os alunos neutros, aqueles que não se envolviam nas disputas de poder do grupo popular, observavam de longe, sem ousar se aproximar. Já nós, os alunos renegados — relembrando que eram eu, Judith, James e Cynthia —, ocupávamos os banquinhos de madeira nas bordas do parquinho, longe dos outros que se divertiam despreocupados; e, se você se pergunta o porquê disso, eu lhe digo: essa ordem absurda também foi decretada por Cláudia e John, os tiranos autoproclamados reis da pré-escola. Mas essa regra estava prestes a ser quebrada. Eu queria conquistar o direito de brincar no castelo do parquinho de areia, não para minha própria diversão, é claro, pois há tempos deixei de ser uma criança comum, mas sim para destruir a felicidade daqueles que se consideravam a lei absoluta. Era hora de uma nova formação de justiceiros tomar o controle do território. E eu sabia exatamente onde recrutar meus novos aliados.

James e Judith brincavam no canto do parquinho, batendo palmas em diferentes sequências enquanto cantavam uma musiquinha tola que guiava seus movimentos. Aproximei-me, e a brincadeira cessou imediatamente.

— Só eu e a Judith vamos brincar de "bate-bate", você não vai brincar com a gente — disse James, com uma voz infantil e irritantemente imatura.

Revirei os olhos, desaprovando tanto a brincadeira quanto o vocabulário desleixado e incompleto de James.

— Judith, James... tenho uma proposta para vocês...

— O que é "proposta"? — Judith interrompeu. — Minha mãe disse hoje cedo que recebeu uma "proposta" do padeiro, para se encontrar com ela e meu pai na cama deles... Acho que é pra eles dormirem juntos, porque eu os ouvi falando disso ontem. Será que o padeiro não tem cama? Ou a cama dele quebrou? Acho que é por isso que vou dormir na casa da minha avó hoje...

Judith estava prestes a se perder em suas divagações intermináveis; então, sem paciência para tais devaneios, cortei-a imediatamente.

— Judith, pare de falar, e me escutem, vocês dois! — ordenei, firme. — O que acham de brincarmos no castelinho da ponte? — Apontei para o objeto de adoração de todas as crianças.

— Não posso ir lá... o John não vai deixar. — James cruzou os braços, parecendo à beira das lágrimas como sempre fazia ao enfrentar qualquer desafio.

— E tem a Cláudia... ela também não vai deixar — acrescentou Judith, cuspindo pequenas gotículas de saliva enquanto falava, obrigando-me a dar um passo para trás.

— E se eu dissesse que podemos expulsá-los de lá e dominar o castelo só para nós?

Os olhos das crianças brilharam por um instante, mas logo murcharam novamente.

— Eu não vou brigar com o John — lamentou James, recuando.

— E eu não vou brigar com a Cláudia, porque ela não tem medo nem da professora Quentin. — Judith reforçou, e, ao pronunciar "professora", uma nova e generosa chuva de saliva atingiu James.

— Ai, Judith, que nojo! — James reclamou, fazendo um grande drama enquanto limpava o rosto, gesticulando exageradamente.

— Desculpe, James... foi por causa do meu aparelho. Eu acabo cuspindo quando falo.

— Nenhum de nós três brigará com eles. Conquistaremos o direito de sermos os donos do parquinho sem precisarmos usar os nossos próprios punhos — concluí, encerrando a conversa infrutífera.

— Mas a Cláudia e o John disseram que só sairão de lá à força. — Judith rebateu, saliva acompanhando sua fala, como de costume.

— E eles sairão à força... não em uma batalha conosco, mas sim numa batalha contra... — Apontei o dedo indicador para Cynthia, que estava um pouco mais distante, sentada em outro banco nos limites do parquinho.

— Tenho medo da Cynthia... não quero brincar com ela... — James manifestou sua resistência.

— A Cynthia uma vez me chamou de boca de sapo com aparelho. — Judith disse, exibindo, como sempre, um tom de interesse e alegria, mesmo quando se tratava de zombarias que remetiam ao seu nome. Seus olhos castanhos, com sua característica inclinação para dentro e para os lados, sempre irradiavam uma felicidade contagiante.

— Parem de ser medrosos. Vamos falar com a Cynthia de uma vez.

— Eu não quero ir na frente.

— Você não precisa ir na frente, James. Eu mesma farei isso. Apenas me sigam, meus valorosos Cavaleiros da Inquisição.

Coloquei-me à frente dos meus dois novos aliados, utilizando meu corpo como um escudo protetor. Caminhamos em direção à Cynthia, que nos observava com um olhar feroz e uma expressão carrancuda, como se estivesse pronta para esmagar qualquer um que ousasse importuná-la. Cynthia estava sentada, observando as crianças brincarem no parquinho. Pobrezinha da Cynthia. Sendo uma das poucas pessoas com a magnífica tonalidade de pele ébano na nossa escola, ela sempre foi alvo de cruéis ataques verbais. A discriminação baseada na cor da pele era um ato abominável aos olhos dos ensinamentos de meu mestre. No entanto, Cynthia parecia não se incomodar tanto com a maioria dos insultos proferidos pelos colegas. Havia, contudo, uma única expressão em nosso vocabulário que abalava seu autocontrole. Sempre que alguém a chamava por qualquer sinônimo para a frase "criança acima do peso", eu observava o foco de sua raiva intensificar-se, prestes a consumir o adversário. Essa raiva só tinha duas possíveis saídas: ou ela acumulava o rancor em seu interior, ou explodia em agressão física.

Cynthia me encarou, e eu retribuí com um olhar firme. Para pessoas como Cynthia, que pareciam estar perpetuamente irritadas pela falta de interação social, eu sabia que o melhor a fazer era aguardar até que ela iniciasse a conversa, para avaliar seu estado de espírito. Após alguns intermináveis segundos, Cynthia finalmente decidiu abrir os lábios.

— O que é? — perguntou, com raiva.

— James, Judith e eu gostaríamos de saber se você quer brincar no parquinho conosco.

Outro breve silêncio se seguiu.

— As crianças não vão me deixar brincar com elas. Elas não gostam de mim. Ninguém gosta de mim aqui. Apenas minha mãe, em casa, gosta de mim. — Cynthia declarou com um tom retraído. Possivelmente, estava dizendo a pura verdade.

— Nós gostamos de você, Cynthia. — Eu disse com sinceridade. — Não é verdade, pessoal? — Olhei para os meus companheiros. — Digam oi para a Cynthia.

— Oi, Cynthia! — Judith exclamou com entusiasmo.

— Eu não quero dizer oi para a Cynthia... — James hesitou.

— Você não precisa, James... Mas eu sei que você também quer ser amigo da Cynthia — disse com um tom de persuasão, enquanto implorava silenciosamente ao destino que James não revelasse algo como "eu não quero ser amigo da Cynthia".

Cynthia parecia relaxar, suas sobrancelhas pesadas suavizando, e um leve sorriso de satisfação se tornava vivo em seu rosto.

— Eu queria brincar com vocês lá. Mas John e Cláudia não vão permitir. — Cynthia afirmou, com uma percepção que parecia sensata.

— Você já notou que é a criança mais forte entre todos da pré--escola, primeiro, segundo e terceiro ano, Cynthia?

— Você está me chamando de alguma coisa feia? — Cynthia perguntou, visivelmente chateada, erguendo-se com rapidez. Judith e James recuaram, temerosos.

— Claro que não, Cynthia. Apenas disse que você é forte! E ser forte é algo extraordinário! Você pode erguer uma criança para o alto de sua cabeça se desejar. Todos temem você. Apenas você não enxerga isso. Aposto que, se você liderar a conquista do castelinho da ponte para nós, ninguém se atreverá a tocar um dedo em você, pois todos temem a magnitude de sua força impressionante!

Cynthia sorriu, enaltecida pela minha tática de persuasão. E ela parecia valorizar mais essa abordagem assertiva do que a própria estratégia que havia elaborado e largado em seus braços.

— Então, vamos lá. Quero brincar no parquinho — selou o pacto, mesmo que ainda não tivesse plena consciência disso.

Virei-me e coloquei-me à frente dos meus peões. Observei as crianças que brincavam no parquinho com uma mistura de desdém e satisfação. Desdém, porque cada uma delas representava uma calamidade em minha vida. Satisfação, porque toda aquela glória e poder, que atualmente pertenciam exclusivamente aos que se divertiam na ponte modular, em breve se dissipariam, trazendo-me um estado de paz interior duradoura. Eu realmente queria observá-los do alto da ponte para que compreendessem quão doloroso era ser excluída pela sociedade.

— Olhem só para eles — convidei meus amigos a testemunharem o ritual das crianças ricas e populares abandonarem suas brincadeiras para consumir seus lanches e sucos de caixinha com canudo, adquiridos na lanchonete onde tudo era caro; não foi à toa que eu os apelidei de "Gangue do Suquinho". — Antes de colocarmos nosso plano em ação, creio que precisamos encontrar um nome apropriado para nossa própria gangue. O que acham... têm alguma sugestão? — Embora soubesse que suas mentes estivessem vazias de criatividade, fiz a pergunta para fomentar nossa interação e fortalecer nossos laços de lealdade.

— Clube dos Perdedores! Já que somos sempre os perdedores da sala. — Cynthia fez a primeira sugestão.

— Esse nome já existe, Cynthia... é de uma série televisiva. Eu estava pensando em algo mais original... — exigi uma alternativa.

— A Liga da *"Junstinça"*! — Judith propôs outro nome já existente, e com uma pronúncia incorreta, como se propriamente inventasse uma nova palavra da nossa língua.

— Eu serei aquela com o laço e os braceletes... — James afirmou com firmeza, inocência e uma alegria contagiante. Antes que qualquer outra menina do grupo pudesse traumatizá-lo com críticas inadequadas, retomei a palavra.

— Esse nome também não pode ser usado, Judith, pois já faz parte da cultura pop.

— Ah, tudo bem, então... desculpe por isso, Griselda. — Judith disse, e eu me perguntei o motivo pelo qual ela sempre pedia desculpas aos outros, mesmo quando não era necessário.

— Acho que encontrei o nome perfeito! — exclamei e, ao tirar quatro pirulitos do bolso, entreguei um para cada um de nós. — Seremos a "Liga do Pirulito".

— Eu ganhei um pirulito de laranja. — Cynthia protestou, desapontada, já que o sabor laranja não era muito apreciado pelos alunos da escola.

— Sim. Mas, na semana que vem, eu visitarei minha psicóloga outra vez e pedirei a ela que me dê os sabores de framboesa e morango. — Os olhos de Cynthia brilharam com a promessa.

— Posso ficar com o seu pirulito de framboesa? — Cynthia solicitou o pirulito que eu segurava.

— Eu também quero o pirulito de framboesa. — James fez sua própria reivindicação.

— James, desta vez, entregarei o pirulito de framboesa à Cynthia, pois ela confrontará o desafio mais árduo de enfrentar as outras crianças.

— É verdade, James. Cynthia enfrentará o desafio mais difícil, como a Griselda disse. Cynthia precisa mais do pirulito de framboesa do que você — Judith interveio para apaziguar a disputa, e eu passei o pirulito para as mãos de nossa campeã.

Era chegada a hora de pôr fim ao domínio dos nossos opressores. Colocamos os doces na boca e marchamos em direção ao nosso castelinho na ponte do parquinho. Assumimos nossas posições ofensivas diante de nossos adversários, e, da ponte elevada com apoio lateral de cordas, Cláudia rapidamente iniciou uma batalha verbal.

— Vocês não podem ficar aqui! Este é o nosso lugar! O lugar de vocês é lá nos banquinhos, bem longe de nós, seus piolhentos.

— Seus dias de tirania e soberania chegaram ao fim, Cláudia. — Todos me encararam com confusão, pois ninguém entendia o significado das palavras "tirania" e "soberania". — Quero dizer que vocês precisam sair daí agora mesmo. Estamos tomando o castelinho, a ponte e o escorregador de vocês... — esclareci de maneira a tornar a mensagem compreensível para suas mentes limitadas.

Cláudia interrompeu o consumo de seu suco de uva para retomar a discussão:

— Este lugar é nosso!

— Se você subir aqui, eu vou quebrar a sua cara — ameaçou-me John, o aluno mais temido da sala devido ao seu físico imponente.

Gargalhei sem conseguir me conter diante da agressividade típica do garoto. John representava o estereótipo de menino que resolveria suas diferenças com socos e empurrões. Por um momento, lembrou-me de meu padrasto Jack. Se John mantivesse essa mentalidade, no futuro certamente se tornaria um garoto problemático e violento, assim como Cláudia seria eternamente uma garota mimada e autoritária. *Céus! O futuro de ambos era previsível, quase uma sentença inevitável.*

— E quem disse que sou eu quem irá até vocês? — Uma gota de saliva foi expelida da minha boca, pois eu ainda mantinha o pirulito entre os dentes ao falar. — A Cynthia é quem irá buscá-los!

Apontei para a imponente guerreira de nossa tropa, e Cynthia tomou sua posição diante de nós. Sua bravura ao aceitar tal desafio era verdadeiramente admirável. Por um instante, temendo que minha aliada se acovardasse, considerei que ela poderia recuar diante da pressão esmagadora dos outros olhares, mas percebi que estava completamente equivocada. Os membros da Gangue do Suquinho arregalaram os olhos, aterrorizados pela perspectiva de enfrentarem meu titã devorador de mundos, finalmente solto para caçar suas gargantas. Cláudia e as outras meninas da Gangue do Suquinho lançaram olhares suplicantes a John, incumbindo-o da árdua missão de vestir sua armadura de bronze e empunhar sua espada para enfrentar minha criatura da fúria. Ficou evidente que os subordinados de Cláudia e John desejavam que o menino brigão defendesse seu bastião contra a iminente invasão de um dragão flamejante. John, em seu desejo de alimentar seu ego de dominador, tomou exatamente a atitude que eu previa dele.

— Se tu subires aqui, eu...

— Tu o quê? — Cynthia interrompeu, a voz ressoando com autoridade que fez até mesmo a de John silenciar-se diante de suas palavras incisivas. — Venha aqui embaixo, venha... — Ela bateu duas vezes com a mão esquerda no peito e se preparou para o confronto.

— Eu não desço aí... Venha você aqui em cima, e eu vou quebrar essa sua cara "afofada"!

A palavra mágica que despertaria a fúria de Cynthia havia sido pronunciada. Observei suas mãos se fecharem com força até os dedos estalarem. Meu leal cão de guarda me lançou um olhar de súplica, aguardando minha permissão para agir.

— Vá... Mostre a eles do que você é capaz — ordenei, ansiosa para testemunhar o desenrolar da tensão.

Com o meu incentivo, a ira de Cynthia assumiu total controle sobre suas ações. Minha imponente guerreira avançou para a escadinha de ferro que conduzia à casinha, enquanto Cláudia pedia aos seus aliados, que se encontravam na escada, que segurassem firmemente nas hastes de ferro para barrar o avanço de Cynthia. Esta, por sua vez, arrastou uma a uma das crianças para trás, fazendo-as cair suavemente na areia macia. Ao iniciar sua ascensão para a torre do castelo, os pés dos seguidores de Cláudia, posicionados no alto da escada, tornaram-se o novo obstáculo para Cynthia, chutando a cabeça de minha amiga sem piedade.

— Vai, Cynthia, pega eles! — Judith gritou, incentivando nossa leal amiga.

James, igualmente entusiasmado com o avanço da luta, se juntou à Judith em sua torcida, clamando ainda mais alto pela vitória de Cynthia, que finalmente chegou à base do andar superior da casinha da ponte. Seu olhar, incandescente de determinação, se fixou em

John. No evento subsequente, com exceção de John, todas as outras crianças na ponte de madeira interligada com cordas — incluindo Cláudia — correram ao longo da extensão e escaparam pelo escorregador ao final da passarela elevada. Na ponte, restavam apenas Cynthia e John, frente a frente.

— Vai, John, pega ela...

— Tira ela daí, John...

Algumas crianças na areia, desiludidas, trocaram de lado, apoiando John.

— Cynthia! Cynthia! Cynthia! — Eu iniciei meu grito de guerra, incitando também os outros a se unirem ao meu clamor libertador.

Dois nomes começaram a ecoar ao redor da ponte do parquinho. Metade gritava por John, enquanto a outra metade clamava pelo triunfo de Cynthia.

— Desça da minha ponte agora! — Cynthia ordenou, fixando seu desafeto com um olhar penetrante.

John, enfurecido pela presença usurpadora, avançou contra Cynthia, correndo e gritando como uma criança frenética em direção à desafiante. Tentou empurrar Cynthia com ambas as mãos, armado apenas com sua determinação e o impulso de sua corrida. No choque entre os dois, Cynthia manteve-se firme, enquanto John recuava um passo, atônito. Apavorado com o fracasso de seu ataque inicial, John tentou a mesma manobra ineficaz novamente, mas o resultado não foi diferente. Com a prioridade agora para o próximo ataque, Cynthia ensinou ao menino briguento como se deve aplicar um empurrão eficaz, lançando-o contra o chão da ponte de madeira. A queda de John deixou todos pasmos, observando qual seria sua reação subsequente. Ele se levantou, olhando para a multidão espantada, e eu pude ver em seus olhos a vergonha e o medo de ser derrotado por uma menina da classe. Seu ataque mais poderoso não teve o menor efeito contra minha aliada. Sem alternativas, ele correu para o escorregador e fugiu, chorando.

— A ponte é minha! — exclamou Cynthia, com uma voz que ecoava como a de uma verdadeira campeã das disputas sangrentas nas liças, o que, de fato, ela era. Seus braços erguidos e seus saltos de alegria na ponte suspensa contagiaram a todos, a ponto de até mesmo muitos dos que anteriormente torciam para John se juntarem ao coro de apoio.

O momento de glória de Cynthia havia chegado, e, pela primeira vez em sua vida, ela compreendeu o prestígio de ser admirada pelos outros alunos. A gangue de Cláudia e John, acuada, se afastou e se dirigiu para a quadra de atividades físicas. Cynthia chamou a mim, James e Judith com um sorriso radiante e acenos de mão. James e Judith correram à frente, subindo a escada rapidamente e se dirigindo à ponte de madeira. Eu subi com calma pela escadinha de ferro e alcancei meus aliados. O poder da Liga do Pirulito se revelou mais intenso do que eu imaginara; mas, no final das contas, o que importava era a derrota da Gangue do Suquinho.

— Vocês viram o que eu fiz? — perguntou Cynthia, a exímia empurradora de crianças incômodas.

— Eu vi como você empurrou o bobo do John. Aquilo foi impressionante! — James comentou, abraçando Cynthia com entusiasmo.

— Olhem, gente! Estamos brincando na ponte elevada do parquinho! — Judith continuou com euforia, pulando e fazendo nossos corpos balançarem com o movimento da ponte de madeira interligada com cordas. — E tudo isso foi graças a você, Cynthia.

— Isso tudo foi graças à Griselda... ela teve a ideia. — Cynthia humildemente dividiu os créditos.

Eu olhei para minha poderosa aliada com respeito, e ela retribuiu com o mesmo sentimento.

— Conseguimos *juntas*, Cynthia — respondi com generosidade.

— E do que vamos brincar agora? Podemos brincar de tudo o que quisermos aqui em cima...

A proposta de Judith me fez refletir em meio a um silêncio inesperado. O mesmo silêncio ensurdecedor ecoava da multidão que antes nos aplaudia na areia. Cynthia, James e Judith rapidamente perceberam que as outras crianças, de pé na areia branca, nos observavam com olhares de pura inveja e esperança; nossos olhares condescendentes indicavam que elas também desejavam estar em nosso lugar. Suspirei fundo, sentindo uma pressão interna com a qual não estava disposta a lidar. Eu havia recém-conquistado o direito de brincar no castelo de areia do parquinho e queria isso apenas para mim e meus aliados, mas, com tantos olhares implorativos lançados contra nós, pedindo para entrar no paraíso da diversão... não tive outra escolha senão optar pela sensatez.

— Essas outras crianças também sempre quiseram brincar no parquinho... assim como nós sempre almejamos — disse em voz baixa, para que apenas meus aliados pudessem ouvir. — Proponho que façamos uma votação. Quem aqui é a favor de que as outras crianças também possam brincar na ponte do parquinho levante a mão...

Levantei minha mão direita.

Cynthia refletiu por um momento e, então, levantou a palma. Judith a imitou, e James, apesar de seu olhar emburrado e resistente, acabou cedendo à maioria, ainda que relutante.

— Cynthia... você quer fazer as "honras"? — perguntei.

— Do que você me chamou? — inquiriu ela, com um olhar confuso e irritado, talvez não compreendendo o significado da palavra "honra" e suas variações.

— Perguntei se você gostaria de comunicar aos outros sobre nossa decisão.

Cynthia, aliviada por entender finalmente o que eu queria dizer, sorriu para a multidão de olhares inseguros ao nosso redor.

— O parquinho é de todos! Quem quiser brincar no castelinho, na ponte e no escorregador é só vir aqui e se divertir!

As palavras de Cynthia provocaram um grande impacto nas outras crianças. Aqueles seres desmiolados, cercando-nos por todos os lados, gritaram com euforia e correram para a escadinha do castelinho. James, Judith e Cynthia correram para o escorregador, enquanto as outras crianças se espalhavam pela casinha e pela ponte, todas também em direção ao escorregador. Iniciou-se um ciclo interminável de descidas pelo escorregador e subidas pelas escadas — todos famintos por diversão incessante no monumento de alegria da escolinha.

 Eu me agarrei à corda de apoio lateral da ponte e permaneci ali, resistindo aos frequentes empurrões dos corpos que se esbarravam em mim, correndo em direção ao escorregador. Olhei para a quadra de esportes e avistei Cláudia. Ela provavelmente estava consolando John, que chorava como uma criança desamparada, dedicando-se a esse papel no momento. Observando melhor o alvo de minha consideração, uma nova ideia surgiu em meus pensamentos. Agora que todos tinham acesso livre ao castelo de areia, talvez eu pudesse convidar Cláudia a subir na escada da casinha de madeira e empurrá-la "sem querer" em direção ao paralelepípedo próximo à subida. Se a sorte estivesse ao meu lado, talvez ela se machucasse gravemente na cabeça… ou até mesmo sofresse um acidente fatal — eram tantas as possibilidades que eu planejava para minha maior inimiga. No entanto, o fluxo de pessoas ao redor poderia me prejudicar, e eu não poderia me esquecer disso. Se alguém me visse empurrar Cláudia daqui de cima, tudo estaria arruinado. Eu não seria mais uma criança perfeita, e minha aura de inocência seria irremediavelmente comprometida. Todos os meus passos precisavam ser meticulosamente calculados antes de agir. Eu não podia falhar, nem por um instante. Jamais!

 O sinal do final do intervalo tocou, indicando que era hora de retornarmos à sala e enfrentarmos novamente as pressões psicológicas da professora Quentin.

- FLASHBACK -
IMPLANTE DE PERSONALIDADE

— Há essa garota... a Cláudia... — falou minha pequena graça, o fruto proibido da árvore sagrada, sua voz agora carregada por uma serenidade forçada, reflexo das intensas sessões de aprendizado que a deixaram em um estado de calmaria superficial. Eu havia planejado minuciosamente esse resultado, pois, agora, com sua mente limpa após a terapia com choques, ela estava pronta para ser moldada conforme meu desejo, lapidada de modo simétrico como um diamante bruto em minhas mãos acuradas.

— E essa Cláudia... ela é uma criança difícil com você?

Griselda balançou a cabeça, confirmando. Seus olhos, antes fixos em mim, agora se desviaram para o canto escuro da parede, sua mente perdida em devaneios.

— Olhe para mim, minha querida... olhe para mim e fale mais sobre como ela te trata...

Ela voltou o olhar para mim, uma chama de esperança e confusão piscando em seus olhos.

— Ela sempre tem tudo o que quer... sempre me diz para não... para não... — Ela se perdia nas palavras, tentando se reencontrar. Os efeitos colaterais da terapia de choque a faziam frequentemente perder a linha de raciocínio. — Ela não gosta de mim... diz que eu sou feia... diz que sou pobre...

— Então você acredita que ela não gosta de você, não é? — plantei na mente dela a ideia de que Cláudia era uma inimiga a partir de agora.

— Sim... acho que ela não gosta de mim.

— Exatamente! Ela é uma criança má! Ela não deveria se achar superior a você. Ela deveria ser sua amiga. A Cláudia realmente não gosta de você.

— Ela não gosta de mim... não gosta de mim... — Griselda repetiu, como um eco sombrio ressoando pelos corredores sem saída de sua mente.

— Isso mesmo, minha querida... ela não gosta de você. E você sabe o que devemos fazer com pessoas que não gostam de nós, que nos humilham ou tentam destruir nossa vida?

Griselda balançou a cabeça, sinalizando que não sabia.

— Precisamos eliminá-las. Aniquilá-las deste mundo. Devemos erradicar essas pessoas malignas para que não causem mais sofrimento a ninguém.

— Eliminá-las... precisamos eliminá-las... — repetiu Griselda, sua voz carregada com o peso das palavras induzidas.

— Exatamente, minha querida Gris... é isso que você precisará fazer um dia... livrar o mundo da presença asquerosa de Cláudia.

— Livrar o mundo de Cláudia... livrar... o mundo...

— Mas há uma maneira correta de fazer isso, sem sermos pegos ou acusados pelas leis humanas — interrompi o falatório automático de minha cria com um tom persuasivo. — Você gostaria de aprender como eliminar alguém sem que ninguém saiba que foi você?

Griselda alargou os olhos, confirmando com um aceno de cabeça e um sorriso. O desejo de aprender parecia revigorá-la, tornando-se o elo entre nós. Aliás, essa palavra, "aprender", seria o gatilho ideal para despertar sua vontade de viver e a motivação necessária para se sobressair. Ela aprenderá tudo o que eu quiser que ela aprenda. O caminho para a perfeição estava se aproximando.

MINHA FAMÍLIA FELIZ

O início da tarde era marcado por um sol reluzente, que aquecia suavemente o ambiente. Eu retornava para casa, caminhando com passos tranquilos, enquanto minha mente se deleitava em reviver os eventos daquela manhã histórica. Afinal, meus parceiros e eu finalmente colocamos um ponto-final na tirania de Cláudia e John sobre o parquinho, um território que agora pertencia a nós.

Estava quase chegando à entrada de minha humilde morada, onde meus pezinhos cansados deslizavam pelas ruas da parte mais modesta e, simultaneamente, perigosa do condado. Os carros passavam apressados nas estradas, enquanto os pedestres, absortos em suas rotinas banais e sem emoção, dominavam as calçadas. Aproximei-me do corrimão enferrujado que me guiaria até a porta da casa, cujo rosa desbotado revelava a passagem implacável do tempo e a falta de dinheiro para restaurá-lo e deixá-lo novinho em folha. Deslizei minha mão pequena pelo metal frio, sentindo a textura áspera que se tornou tão familiar. *Céus! Como essa casa é pequenina... a privacidade ali era quase um luxo inexistente para mim e para cada membro da minha família.*

Parei diante da entrada, inspirando profundo, preparando-me mentalmente para as responsabilidades que recairiam sobre meus ombros assim que eu cruzasse aquele limiar. Desde que completei cinco anos, até agora, aos seis, sou eu quem assume a maior parte dos afazeres domésticos, além de aconselhar as mentes perturbadas daqueles que compartilham o teto comigo. Para meu infortúnio, o dia de hoje prometia ser tão exaustivo quanto eu temia, mas havia uma gotícula de esperança em meu coração de que, ao anoitecer, eu seria recompensada se todos os meus planos se concretizassem conforme o esperado. Apertei a campainha da porta, que soltou um som rouco, quase desesperado, como um galo velho com dor de garganta. Do lado de fora da morada, ouvi os passos rápidos do meu irmão, Michael, aproximando-se pelo interior. Ao som de seus passos, o choro da bebê Marjorie se tornou mais alto e insistente.

— Mas que demora, Griselda... — reclamou Michael assim que abriu a porta, seu tom desbocado me atingindo de imediato.

— Aqui... pegue ela... — Ele praticamente jogou a bebê em meus braços, forçando-me a equilibrá-la com os livros que eu carregava. — Aquela mulher maluca está no banheiro... — referiu-se à nossa mãe biológica. — Você já sabe o que tem que fazer. Agora, preciso ir... estou atrasado. — E saiu sem se despedir.

— Michael! Espere!

— O que foi, Griselda? — respondeu-me do *hall* jardinado além da porta, impaciente.

— Seus olhos... estão vermelhos... você não está usando as mesmas coisas que a mamãe, está?

Michael lançou-me um olhar furtivo, mas preferiu não responder, embora eu soubesse o motivo da vermelhidão em seus olhos.

— Tenho coisas para resolver, Griselda. Agora entra e avisa à mãe que só volto amanhã, quando ela estiver melhor — disse ele, com a maturidade precoce de seus treze anos e meio, antes de desaparecer nas ruas, correndo como se o mundo o raptasse de nós.

— Olá, bebê... — murmurei para Marjorie, que completara um ano na semana passada e começara a engatinhar. — Vamos entrar... acho que você vai gostar de assistir àquele programa colorido, em que cada personagem é de uma cor diferente e todos repetem as mesmas coisas sem sentido. Venha comigo... — falei, enquanto fazia força para mantê-la segura em meu colo.

Como parte do meu ritual diário após a escola, coloquei Marjorie no tapete da sala e construí uma barricada de travesseiros ao seu redor, criando um espaço seguro. Liguei a TV, permitindo que ela se distraísse com os quatro personagens do programa que interagiam com um sol risonho. Marjorie, apesar de seus esforços, ainda não conseguia falar; apenas emitia gritos, risadas altas ou resmungos incompreensíveis.

A casa estava uma bagunça, e não... isso não era novidade. Joguei meu material escolar no sofá, peguei um pano mofado de trás da poltrona e com ele limpei um líquido derramado no assoalho de madeira. Cheirei o pano após secar a poça, confirmando que era obra da minha mãe. Ela havia bebido novamente e provavelmente derrubou parte da bebida no chão. Eu poderia tentar encontrar a garrafa e jogá-la fora, na esperança ingênua de que minha mãe, não cometesse o mesmo erro no dia de amanhã. No entanto, temi que a busca me fizesse perder um tempo precioso, desviando-me dos principais planos que estabeleci para esta noite. Mesmo com a casa pequena, Hillary sempre escondia as suas garrafas muito bem de nós.

Caminhei até o único banheiro da casa e lá estava ela... a pessoa mais frágil que já conheci em toda a minha curta vida. Hillary estava deitada na banheira, completamente vestida, desmaiada. Por sorte, a banheira estava vazia desta vez; não me surpreenderia nada se um dia eu a encontrasse afogada, enquanto Marjorie tivesse tacado fogo na casa... não mesmo! Ao lado da banheira, vi uma colher, uma seringa e um lenço colorido, que ela usava para amarrar o braço e facilitar a injeção de drogas ilícitas em sua corrente sanguínea. Joguei a seringa no vaso sanitário e dei descarga. Peguei a colher e o lenço do chão e medi a temperatura de Hillary com minha mão. Ela estava pálida e fria, como se sua pele fosse feita de gelo. Percebi que uma veia em seu pescoço ainda pulsava, embora fraca, acompanhando o lento bater de seu coração.

— Você está viva... — Eu murmurei ao corpo adormecido diante de mim, quase por necessidade de ouvir minha própria voz. — Você é tão patética, Hillary. Tão frágil e tola que nem sequer consegue encontrar forças para se extinguir de forma eficaz. Você recorre às substâncias na esperança de que elas realizem essa tarefa por você, não é verdade? — desabafei ao relento no banheiro. — Michael precisa de você. Marjorie precisa de você. Se ao menos você soubesse o quanto eles sentem falta das suas palavras de encorajamento, das mesmas que você proferia para nós. Toda a sua melancólica decadência é consequência de Jack. Foi ele quem lhe apresentou às seringas e aos traficantes do condado. Tudo isso é culpa dele. Se você não o tivesse conhecido, talvez ainda pudesse ser aquela mulher benevolente que sempre se preocupou mais com os outros do que consigo mesma. — Eu interagi, com uma pausa dramática para refletir. — Eu entendo que você tenha perdido a vontade de viver e até mesmo compreendo que busque uma forma milagrosa de desaparecer, mas, por favor, não arraste Michael e Marjorie para o abismo profundo no qual você se afunda, sufocando-os dia após dia. Não faça isso com eles. Não permita que carreguem em seus ombros parte da dor que você espalha contra aqueles que verdadeiramente lhe querem bem.

    Torci para que o subconsciente adormecido de Hillary me escutasse de alguma maneira, fosse qual fosse.

    Examinei cuidadosamente as condições físicas de Hillary, verificando em seu braço se ela havia, de fato, injetado algo ou se teria se ferido ao bater a cabeça na quina da banheira quando apagou. Por sorte, seu corpo não apresentava sinais de uma queda severa. Contudo, seu braço ostentava duas novas marcas de agulhas. Peguei a toalha do encosto do nosso *box* de plástico, adornado com ondas azuis e golfinhos, e a utilizei como encosto para a cabeça da minha mãe biológica. Abandonei Hillary sozinha na banheira e dei uma rápida olhada na bebê. Marjorie ainda balançava seus bracinhos molinhos enquanto sorria incessantemente para aquele tipo de programa que, claramente, havia sido feito para pessoas com baixo índice de QI. Sem perder mais tempo com as travessuras habituais da bebê, agarrei o telefone de parede em frente à porta do banheiro e disquei o número certo.

— Emergência, boa tarde, em que posso ajudar?

— Alô... é a Jasmine?

— Sim, aqui é a Jasmine... é você, Griselda?

— Sou eu, sim, Jasmine.

— Griselda, querida... o problema é novamente com a sua mãe?

— Isso mesmo... ela está adormecida na banheira e não acorda. Você pode enviar ajuda?

— Claro, minha querida. Eu enviarei auxílio imediatamente. Já sei como proceder daqui em diante.

— Obrigada, Jasmine. Bom trabalho para você.

Jasmine pareceu desmoronar com um suspiro de pesar.

— Obrigada, Griselda, para você também... um ótimo dia! — Ela disse, com um tom de voz que quase expressava tristeza por mim, como se desaprovasse o sofrimento que enfrentávamos em nossa residência devido à irresponsabilidade da mãe que a vida resolveu me dar.

As excentricidades de minha mãe foram responsáveis por me fazer conhecer toda a equipe de atendentes da emergência da nossa região, bem como a equipe de paramédicos que sempre vem buscar Hillary quando ela se encontra naquele mesmo estado lamentável. Desliguei o telefone e comecei a arrumar a casa. Varri o chão da sala e da cozinha com atenção redobrada à poeira e passei um pano no piso logo em seguida. Recolhi a banqueta virada na cozinha e a coloquei em frente à pia, de pé, para iniciar a lavagem da louça. Foi quando a campainha soou no exato momento em que eu subia na banqueta para alcançar a cuba de inox da pia. Corri para a porta e a abri.

— Olá, senhor Diego, entre... a mamãe está lá no banheiro.

O senhor Diego me observou com um sorriso de compaixão e entrou em nossa casa acompanhado de outro socorrista que eu ainda não tinha o prazer de conhecer.

— Griselda, este é Santos, o meu parceiro de trabalho — disse Diego, enquanto inspecionava o restante da casa com um amplo olhar para verificar se algo anormal havia ocorrido.

— Olá, senhor Santos.

— Olá, como vai, Griselda? — Santos respondeu com cortesia.

Sorri para ele, como se estivesse envergonhada por conhecer uma nova pessoa.

— Santos, eu irei avaliar melhor o estado da senhorita Hunter. Por que você não verifica se está tudo bem com a bebê? — pediu ao colega e direcionou um olhar indicativo para Marjorie.

— Claro. Você pode cuidar da mãe das crianças, e eu darei atenção especial à esta encantadora bebê.

— Griselda, você pode me acompanhar, por favor?

— Claro, senhor Diego.

Eu o segui até o banheiro.

— Ah, isto não está nada bom — comentou ele, após examinar alguns sinais vitais de minha mãe. — Precisaremos levá-la para o hospital. Você sabe se sua tia já está a caminho?

— Sim, minha tia Michelle está vindo agora mesmo para cá. Eu já liguei para ela — menti.

A invenção da minha tia imaginária, Michelle, foi uma criação da mente fértil do meu irmão. Sempre que Hillary se metia em encrencas semelhantes às de hoje, o fantasma da tia Michelle entrava em cena, evitando que fôssemos removidos da guarda de nossa mãe por alguma denúncia anônima daqueles que a socorreram anteriormente e daqueles que a conheceram mais a fundo; meu irmão e eu definitivamente não queríamos acabar em um orfanato ou reformatório para menores de idade delinquentes.

— Que bom que sua tia Michelle já está a caminho! Eu adoraria conhecê-la pessoalmente um dia, mas hoje precisamos levar sua mãe rapidamente para o hospital.

— Desta vez foi grave? Ela vai ficar bem? — Eu fingia me importar.

— Faremos todo o possível para que sua mãe se recupere, Griselda.

Céus! Por que os médicos e socorristas sempre repetem essa mesma frase?

— A bebê está bem. Você precisa de ajuda com a mãe das meninas? — Santos apareceu e informou.

— Sim, precisamos transportá-la até a ambulância.

— Eu pego a maca, volto em um minuto.

Santos caminhou para a ambulância enquanto Diego continuava a examinar minha mãe. Santos retornou com a maca, e os dois socorristas cuidadosamente removeram o corpo de Hillary da banheira, posicionando-a deitada na tábua.

— Griselda, eu gostaria de lhe entregar algo — disse o simpático Diego, exibindo um cartão retirado do bolso da camisa de sua farda. — Aqui está o meu número. Se precisar de qualquer coisa, seja o que for, pode me ligar a qualquer momento, está bem? Diga isso para seu irmão e para sua tia Michelle, combinado?

Eu assenti com um movimento de cabeça.

— Agora vamos, Santos. E, Griselda, manteremos você informada sobre o estado de sua mãe assim que pudermos. Fique atenta ao telefone.

— Obrigada, senhor Diego, e a você também, Santos — respondi aos paramédicos enquanto Hillary era transportada do banheiro para a sala.

Os socorristas atravessaram a porta de saída, e eu a tranquei por dentro.

— *Céus! Como é bom ter paz nesta casa!* — Eu desabafava minha verdade. Olhei para a bebê engatinhando para o canto da sala e logo me corrigi. — Com exceção de você, não é mesmo, Marjorie?

"Ploct... tum!" — Dois sons distintos de batida vieram da janela de vidro da parede lateral da sala.

Impulsionada pela curiosidade, fui até a janela do quarto, no outro lado da casa, e vi uma senhora de cabelos brancos do lado de fora. Aquela idosa aparentemente louca estava armada com outra pedrinha nas mãos, recém-recolhida do chão, prestes a arremessá-la contra nossa janela.

— Eu... não acredito... — A surpresa me dominou.

Minha avó Adelina estava na rua lateral da nossa casa. Após conseguir me recompor do susto, atendi aos apelos desesperados do balançar dos braços dela pedindo que eu abrisse a janela. Levantei o vidro e prestei atenção no que ela tinha a me dizer.

— Sua mãe está em casa?

Neguei com a cabeça.

— Então abra a porta da frente, Griselda. Vá... vá logo! — Ela exclamou, enquanto corria em direção à frente da nossa residência.

Caminhei em direção à porta da frente e esperei por um novo sinal de Adelina ao exterior. Quando ela bateu três vezes na madeira, eu a abri. Minha avó biológica me empurrou para o lado e rapidamente fechou a porta atrás de si. Passou a chave com agilidade e imediatamente trancou os dois trincos de metal no marco da porta. Também deixou uma grande mochila esportiva preta ao chão, que trouxe consigo.

— Vovó, como você chegou aqui?

— O que foi, minha neta, não está feliz em rever sua avó? Venha cá e me dê um abraço. — Eu fui envolvida por seu forte abraço e pelo odor de esgoto que emanava de sua pele e de suas roupas.

— Mas a mamãe tinha dito que você estava presa... e que ficaria mais dez anos na cadeia...

— Veja só a sua irmã! A pequena Marjorie está tão grande! Parece que foi ontem mesmo que Hillary me ligou dizendo que tinha parido uma nova cabritinha — disse, empolgada, sem me dar uma resposta direta. Caminhando até a bebê, Adelina se dirigiu para a próxima vítima de seu abraço sufocante e de seu mau cheiro excessivo.

— Eles soltaram você da cadeia? — continuei com minhas perguntas, que eram indícios de suspeitas.

— Eles não me soltaram coisa nenhuma! Eu fugi de lá. Aqueles guardas, almofadinhas fardados, ainda estão se perguntando onde estou. Vocês têm bolo na geladeira? — indagou enquanto selava um beijo na testa de Marjorie.

— Não. Nunca temos bolo na geladeira. Só temos pães, ovos e água. Também temos suquinho artificial de uva. Mas acho melhor você tomar um banho antes de comer algo. Você está fedendo!

— Boa ideia! Vou tomar um banho quente. Você acredita que na cadeia não temos nem um chuveiro com água quente? Mas agora, com a minha presença aqui, as coisas estarão bem melhores do que naquele pulgueiro que eles chamam de presídio.

— Você pensa em ficar aqui? Por quanto tempo? Muito tempo? — perguntei, lançando uma série de questionamentos impacientes à minha avó biológica. Meus olhos estremeceram com a resposta que ela me daria a seguir.

— Mas para que tantas perguntas, criança? Ficarei o tempo que for necessário. Agora vou para o meu banho. Prepare um sanduíche de ovo e pão para mim. Quero comer bem. E não mexa na mochila que deixei perto da porta. Depois eu a pego e a guardo em algum lugar por aqui. — Terminou de falar e se dirigiu para o banheiro.

Eu realmente não sou mais o tipo de pessoa que usa palavrões pesados em pensamentos, mas, desta vez, farei uma exceção: *Droga*! Eu não posso acreditar que ela vai ficar aqui por tempo indeterminado. Sabia que a polícia não demoraria para bater à porta da nossa casa em busca de informações sobre o desaparecimento de minha avó do presídio. Aliás, se algum policial me encontrasse sozinha e percebesse a ausência de um adulto responsável, meus irmãos e eu seríamos separados e entregues aos cuidados do governo. Vovó Adelina precisava sair de casa o quanto antes, ou melhor, retornar para o presídio, para que a polícia nunca viesse a esta casa novamente.

— Pronto, terminei meu banho! Será que sua mãe tem alguma roupa que me sirva? — Adelina voltou a conversar com seu tom natural, enquanto estava nua à minha frente, sob o olhar confuso e espantado de Marjorie. Minha avó se secava com uma toalha estampada com patinhos amarelos nadando em um lago azul.

— Mas você já tomou banho? Não se passou nem um minuto! — reclamei, indignada com sua falta de higiene. Meu mestre me ensinou que um banho adequadamente tomado deve durar pelo menos dez minutos sob o chuveiro.

— Estou com pressa de viver, menina! E que garota chata você está hoje, viu, Griselda? Onde está o meu sanduíche?

Revirei os olhos em exasperação.

— Vá ao quarto de minha mãe e veja se encontra algo no armário dela que lhe sirva. Eu preparo seu sanduíche em alguns instantes — conversei, com um tom de impaciência evidente.

— Que menina mandona! — Não sabia se o tom dela era um elogio ou uma repreenda. — Você será uma das minhas, Griselda. Ainda bem que puxou a mim, porque, se você tivesse herdado a personalidade desmiolada da sua mãe, minha neta... eu não me perdoaria... jamais!

— Sei... — falei, desinteressada e desconcertada ao vê-la secar suas partes íntimas com a toalha.

— E, por falar na desmiolada da sua mãe, onde ela está?

— Ela está no hospital. Teve outra overdose.

Minha avó gargalhou, já habituada com esses episódios provenientes de sua única filha.

— Claro que ela está lá. Ela sempre está por lá nos últimos meses, não é mesmo? Aliás, soube que o miserável do seu padrasto faleceu. Espero que ele tenha sofrido até o último suspiro de vida.

Concordei mentalmente com sua afirmação, sorrindo.

— Vou visitar minha mãe esta noite. A vovó Adelina acha que pode cuidar da bebê? Pelo menos até Michael voltar para casa?

— É claro que posso. Com um bando de policiais tontos à minha procura, não irei a lugar algum. Cuidarei da nossa adorável Marjorie hoje com muito prazer. — Ela continuou a falar enquanto se dirigia à porta para pegar sua misteriosa mochila preta do chão.

Adelina me presenteou com um sorriso de despedida e se trancou no quarto de minha mãe para se vestir com algo que lhe servisse.

— Bem, pelo menos encontrei uma forma de sair desta casa durante a noite sem precisar levar Marjorie comigo — disse em voz alta, mas não o suficiente para que minha avó me ouvisse do quarto. — Hoje será uma grande noite! Finalmente conhecerei meu oráculo! — continuei, empolgada. Sem mais indecisões rondando minha mente, sentia que o momento finalmente havia chegado. A hora de obter minha maior iluminação para saber como deveria agir a partir de agora. Meu oráculo passaria a ser o meu norte, sul, leste e oeste. Apenas algumas horas a mais me separavam desse momento histórico em que meu oráculo e eu teríamos nossa primeira conversa pessoal.

- FLASHBACK -

RESPEITO

— Diga-me, Griselda. Agora que você adquiriu o entendimento profundo necessário para discernir as verdades que os adultos se empenham em ocultar de seus filhos, o que realmente pensa de sua mãe? — perguntei ao objeto de obsessão de minha vida, enquanto minha Gris e eu nos entregávamos ao ritual de tomar chá, sentados em uma das quatro cadeirinhas de plástico no novo cômodo dela.

— Céus! Essa pergunta significa que finalmente podemos parar de brincar com essas bonecas? — Griselda devolveu a questão com outra, nitidamente cansada de manter a fachada infantil enquanto manipulava os objetos inanimados ao seu redor.

Sem hesitar, atirei o chá quente de minha xícara sobre ela. Por sorte, Griselda desviou o rosto a tempo e evitou que a água fervente a queimasse; as reações rápidas saíram exatamente de acordo como eu imaginara. Era necessário avaliá-la com ataques-surpresa para testar a eficácia do nosso treinamento do dia anterior, os que remetiam ao reflexo de olhos e mente.

— Muito bem, minha garotinha! Você se desviou rapidamente da água fervente. — Eu disse, e ela me observou com um sorriso, satisfeita por receber meu elogio.

— Obrigada, mestre.

— Contudo, para responder à sua pergunta anterior, meu docinho, a resposta é não. Não podemos interromper nossa brincadeira com as bonecas. Você precisa continuar com o teatro meloso que eu lhe ensinei. Agora sirva o chá à Málica e ofereça-lhe uma bebida. — Griselda suspirou, visivelmente entediada pela tarefa repetitiva. — E não se esqueça de usar sua voz infantil enquanto brinca com as bonecas.

Respeitosa como sempre, Griselda simulou uma empolgação infantil, vestiu sua máscara de dramaticidade e serviu chá à boneca sentada à minha esquerda, utilizando o delicioso timbre de uma voz infantil genuína. Gris executou sua tarefa com perfeição. Ela estava efetivamente preparada para se comportar como uma criança normal diante da sociedade defeituosa, sem que ninguém suspeitasse da mente avançada que ela agora possuía.

— E, então, senhorita Málica, o seu chá estava bom? — Griselda perguntou suavemente à boneca de pano com cabeça desproporcional e cabelos coloridos.

— *Sim, estava excelente. Agora desejo um pedaço do bolo de morango e outro de banana.* — Gris também imitou a voz arrastada da boneca para complementar o diálogo fantasioso.

— Já basta. Não é mais necessário brincar com a Málica.

— Finalmente! Brincar de bonecas tornou-se tão... sem graça e desnecessário...

— Isso depende muito da perspectiva daqueles que admiram as bonecas de outras formas, meu docinho. Eu já lhe disse isso antes. Pessoalmente, eu adoro brincar com minhas bonecas francesas de porcelana. Possuo uma coleção inteira delas em minha estante. São como uma extensão da minha família. Mas, aproveitando que o tema voltou à família, voltemos aos rastros da pergunta que lhe fiz há pouco. Gostaria de saber o que você realmente sente em relação à sua mãe, a senhora Hillary Hunter. E, por favor, seja sincera. O que o seu intelecto aprimorado e mais profundo realmente pensa sobre ela?

— Ela é uma drogada ridícula que apanha diariamente e não faz absolutamente nada para mudar quem é. Ela é tão patética que eu poderia até mesmo ajudá-la a se matar, se assim ela desejasse. Eu adoraria vê-la morrer pelas minhas próprias...

Perante às palavras cruéis dirigidas àquela que a gerou, não tive alternativa senão aplicar uma severa repreensão. Desferi um tapa firme no rosto da criança indisciplinada e calei-lhe a boca imunda que proferia insultos tão repulsivos. Um sentimento profundo de tristeza invadiu-me ao ver minha criação perfeita proferir tais asneiras sobre a própria mãe. Griselda aceitou meu castigo em silêncio. Seus olhos se arregalaram com o susto da bofetada e, em seguida, ela desviou o olhar para baixo, pois sabia que eu não tolerava olhares desafiadores ou de reprovação, seja de quem fosse.

— Com a devida licença para indagar, meu mestre... qual foi o motivo de sua indignação?

— Você não pode falar da sua família dessa maneira! Jamais! — exigi, com voz elevada. Calmamente, respirei fundo e recuperei minha compostura. Relaxei os ombros e minha voz suave voltou para a conversa. — Sua mãe é sua mãe, não importa o que ela tenha feito. Sua família é sua família, não importa o que eles tenham feito a você. Proteja-os de tudo e de todos, incluindo de si mesma. Você será uma divindade para eles e, como tal, será a portadora da salvação para as suas mentes inferiores. Auxilie-os em tudo o que for necessário, sempre agindo de forma oculta. Respeite aquela que lhe deu a vida, pois foi por meio dela, quando lhe deu à luz, que você teve a oportunidade de hoje alcançar o status de ser onipotente.

— Sim, meu mestre. Agora compreendo. Minha mãe foi o receptáculo através do qual eu vim a este mundo e obtive o privilégio de tentar me tornar uma criança perfeita. Nunca faltarei ao respeito com minha família, especialmente com minha mãe. Eu devo auxiliá-la em tudo o que for necessário e, na medida do possível, não permitirei que ela se destrua. Agora entendo a importância de ela ter me dado à luz. Foi para que eu dominasse o mundo, assim como você o dominou e continua a dominar com demasiada maestria.

— Excelente, minha Griselda! Mais um grande ensinamento assimilado corretamente! — declarei com um tom pacífico, e, como de costume, ela me recompensou com um sorriso encantador.

— Mas... ainda tenho uma dúvida, mestre.

— Exponha-a, por favor.

— O respeito pela minha família... ele se estende também a Jack, o meu padrasto?

Sorri para minha perfeita criação.

— Jack não lhe deu a vida, minha Gris. E ele não respeita ninguém além de sua própria ignorância e senso de violência. Sempre que qualquer membro de sua família lhe causar dor, física ou emocional, essa pessoa poderá ser o alvo de sua ira. Faça o que achar necessário com ele, desde que consiga superar todas as provas que eu lhe apresentarei nos próximos dias.

Griselda sorriu aliviada.

— Agradeço pelos esclarecimentos, mestre.

— Muito bem, nossa sessão de hoje chegou ao fim. Receio que devo deixá-la sozinha novamente. Estou cansado de permanecer neste sombrio porão da minha mansão. Agora preciso partir.

— Espere! Por favor, não me deixe sozinha aqui! O que acha de me dar outro tratamento de choque, agora mesmo?

— Griselda... Não sei se minha esposa aprovará minha demora...

— Mas você gosta de me dar choques, não é? Por favor, fique comigo... Apenas dez minutinhos a mais. Por favor, por favor, por favor?

Cedi completamente diante daqueles olhos que emanavam ternura e persuasão emocional. Ver alguém se humilhar para mim daquela forma elevava meus níveis de crueldade e psicose à estratosfera. Era fascinante observar como minha astuta Griselda faria qualquer coisa para garantir minha presença insidiosa ao seu lado.

— Está bem, Gris. Concederei alguns choques adicionais, mas apenas por mais dez minutos.

— Oba! — Gris exclamou, com um sorriso radiante, e correu para os meus braços.

Levantei-me e estendi minha mão para que ela a tomasse. Em vez de simplesmente colocar sua palma na minha, ela agarrou meu braço direito com ambas as mãos e, juntos, caminhamos em direção à sala de tratamento de choque.

BONECA DE RUA

M eus olhos vagavam inquietos, mergulhados nas entranhas da ansiedade. Eu fixava um olhar implacável no relógio de ponteiros vermelhos, pendurado na parede ao lado da geladeira azul da cozinha. Os ponteiros marcavam dezenove horas e vinte e oito minutos. *Céus! Como esses minutos pareciam se arrastar eternamente.* Apenas dois míseros minutos a mais, e eu finalmente iniciaria minha peregrinação ao encontro de uma das mentes mais iluminadas deste planeta imperfeito. Meu oráculo aguardava por mim... ainda que inconsciente disso.

Restando agora menos de um minuto para minha partida, caminhei até a gaveta emperrada da cozinha e saquei uma faca de cortar legumes, de serra fina. Sem que Adelina me visse, enfiei a faca dentro da minha meia vermelha longa e, sem demora, me aproximei da porta.

— Vovó Adelina... já estou indo ao hospital ver como a mamãe está — contei minha mentira com doçura.

Minha avó estava afundada na poltrona, assistindo a um programa de TV em que uma mulher loira de cabelos curtos entrevistava uma celebridade milionária que chorava e se dizia infeliz por não conseguir viajar a Paris devido a um voo atrasado ou algo do tipo.

— Mas você vai ao hospital a essa hora? E por acaso os médicos permitirão que uma menina de seis anos faça uma visita a um doente sem a presença de um adulto? — A desconfiança transparecia em sua voz.

— Eu conheço a enfermeira Dorothy. Ela sempre me deixa ver a mamãe à noite — repliquei, com a convicção necessária para afastar qualquer recriminação por andar sozinha na calada da noite.

— E quanto ao Mikhail... não quer esperar por ele? Seu irmão pode te levar lá sem que eu precise me preocupar — insistiu Adelina.

— Acho que ele não vem hoje... e o nome do seu neto é "Michael" — corrigi, meus olhos cerrados denunciando o ressentimento por ela ter errado o nome do próprio neto.

— Que seja... nunca gostei daquele menino mesmo. — A carga de sinceridade em suas palavras me espantou. — Aquele garoto nasceu para o mundo do crime. Você vai ver só, Griselda. Escreva minhas palavras. Sempre alertei a tonta da sua mãe para manter aquele rapaz nas rédeas curtas da escola. Mas a boca aberta da Hillary jamais quis ouvir meus conselhos... sempre deixa ele fazer o que bem entende.

— Ok, vovó, já estou indo. Depois peço ao enfermeiro Dylan que me traga para casa. Não se preocupe comigo, está bem?

Adelina me lançou um olhar de dúvida, como se suspeitasse de algo.

— Tem algo diferente em você, minha neta. Às vezes você fala como se fosse uma adulta... Aquele homem... aquele que te roubou da tua mãe... ele fez alguma coisa com você?

A insinuação me irritou profundamente.

— Já disse que não me lembro de nada, vovó! Já falei isso para minha psicóloga, para a moça da polícia, para mamãe e para meu irmãozinho.

Ela se deu por satisfeita com minha resposta.

— Que seja...

Adelina levantou-se da poltrona e acariciou a cabeça de Marjorie, que engatinhava rapidamente pelo chão. As pernas tortas de minha avó biológica cruzaram a casa até a pia da cozinha, e ela retornou com uma faca de serra idêntica à que eu já escondia na meia.

— Leve isto com você — disse ela, colocando-se diante de mim. — Se algum homem tentar te tirar de perto da família ou te perturbar, enfie a faca nele, bem aqui. — Adelina cutucou meu estômago, instruindo-me a acertar o malfeitor nesse ponto. — Depois, corra o mais rápido que puder e grite para que alguém te escute, entendeu?

Fingindo surpresa ao segurar a lâmina perigosa, concordei com a cabeça. Deixei que ela escondesse a faca entre o elástico da minha calça jeans azul-marinho e minha pele, ajustando minha camiseta para melhor ocultar o cabo.

— Agora vá. E não demore muito, ouviu? Amanhã cedo, preciso que você corra até a padaria para comprar um grande bolo de morango com chocolate. Vamos celebrar minha fuga da prisão.

Adelina me deu dois tapinhas nas costas, beijou minha testa e retornou à poltrona em frente à TV.

— Não se esqueça de que Marjorie precisa tomar a mamadeira às nove da noite e ir para o berço às dez.

— Tá, menina... Pode ir que eu cuido da bebê e dou de comer para ela.

Um calafrio percorreu minha espinha ao deixar Marjorie aos cuidados de Adelina. Apesar de relutar em me apegar à bebê mais do que deveria, não pude evitar sentir pena dela, que ficaria sozinha com nossa avó doida. Eu me voltei novamente para a porta.

— Até mais tarde, vovó.

— Fique quieta, me deixe assistir à minha televisão. A mulher que colocou silicone na semana passada está brigando com a mãe e as duas irmãs. Quero ouvir. Vai logo, vai... — retrucou Adelina.

Eu até me divertia com a falta de educação e consideração de minha avó para comigo. Seu resmungo soou carregado de um humor ácido, entremeado por notas que eu tanto apreciava. Fechei a porta pelo lado de fora, passei minha cópia da chave na tranca e observei as ruas da cidade envoltas pela penumbra noturna. Um sorriso largo, de canto a canto da boca, se estampou em meu rosto, e respirei aliviada, finalmente saboreando a tão aguardada emancipação durante a noite. Eu estava livre dos encargos que me prendiam àquela família profundamente desestruturada. Marjorie, Hillary e Adelina... nenhuma delas era mais problema meu. *Céus! Foi um prazer imenso me livrar do fardo que eram esses três sacos de carne inconsequentes, pois o restante do mundo aguardava pacientemente pela minha presença, e eu faria questão de transitar sobre ele de maneira poderosa e avassaladora.*

De fato, o caminho até o meu oráculo não era tão distante de minha casa. Na verdade, estava bem ao alcance da minha presença. Apenas torci para que meu trajeto até o destino final não fosse interrompido por alguma armadilha do destino que viesse a selar meu infortúnio nas linhas empoeiradas das calçadas. Na prática, eu seria um alvo fácil diante das ameaças da noite... refiro-me aos homens e mulheres de índole pérfida que poderiam fazer mal a mim, uma mera criança, sozinha, vagando pela noite. No entanto, carregava comigo duas lâminas mortais, além das árduas aulas de anatomia e defesa pessoal ministradas por meu mestre; eu saberia exatamente como persuadir qualquer inimigo e lhe aplicar um golpe fatal, se assim desejasse. Afinal, aos olhos de todos, eu era apenas uma criança frágil e inútil, que cederia facilmente à vontade de algum adulto que se achasse esperto o suficiente para me sugerir algo tendencioso.

 Continuei meu passo pela estreita calçada de concreto e contornei a quadra onde ficava minha casa. Durante o trajeto, empenhei-me severamente em andar sempre próximo a algum adulto, para que as pessoas que me observavam de longe acreditassem que eu mantinha algum grau de parentesco com aqueles cujas sombras e passos eu seguia. Atravessei a faixa de pedestres enquanto o sinal estava vermelho e virei na segunda esquina, onde dois homens discutiam por conta de um maço de cigarros. A nova rua à minha frente era de dar arrepios a qualquer ser não acostumado com as brigas, discussões, assaltos e mortes que caracterizavam aquela vizinhança sombria —, eu mesma sabia que deveria respeitar os homens de semblante amassado que vendiam drogas e as mulheres escandalosas que vestiam pouquíssima roupa; os ânimos ali eram intensos e poderiam explodir a qualquer instante. Como forma de evadir-me da presença daquelas figuras ameaçadoras, decidi pôr em prática minha tática mais fofa. Comecei a cantarolar baixinho, bem baixinho mesmo, uma melodia ao ritmo latino. Eu não me recordava da letra daquela música, tampouco de quem a cantava, mas o ritmo estava bem fixo em minha memória. Para complementar meu cantarolar de "lá… lá… lá…", também executava pequenos saltos para frente, quase como uma corridinha, tal qual uma criança empolgada faria. Contente, com um sorriso sempre presente nos lábios, uma criança assim jamais seria vista como uma ameaça, pois até o adulto mais ranzinza se encantaria por uma garotinha sorridente que canta e salta pelas calçadas. Enquanto eu saltitava de forma sincronizada, os homens me olhavam com desdém e as mulheres de poucas roupas acenavam graciosamente; as ameaças que poderiam surgir foram dribladas facilmente pelo meu doce disfarce, como o mel mais puro da região.

— Pronto... caíram como patos tontos em minha encenação — celebrei comigo mesma, admirando o perigoso progresso que havia feito pelas ruas. — Agora, o momento mais belo de minha nova vida está mais próximo.

Dobrei outra esquina à frente, segurei firme numa grade de arames de ferro cortada rente ao chão, ergui sua tela quadriculada e passei por debaixo dela, me arrastando pelo solo coberto de pequenas graminhas, invadindo o terreno baldio cheio de mato. Atravessei o emaranhado de plantas pegajosas e alcancei uma outra cerca de metal no lado oposto daquele vasto terreno em meio à cidade, que revelou a mim uma nova estrada asfaltada mais à frente. Antes de pensar em escalar a cerca e avançar para a rua, finalmente avistei meu oráculo, surgindo do outro lado da minha grade, caminhando lentamente pela calçada, quase ao meu lado. Escondi-me atrás do mato e passei a observá-la, como uma onça-pintada que espreita sua capivara na floresta. Era a mesma mulher que meu mestre havia me mostrado no passado quando fizemos nossa curta viagem de carro por esta mesma rua, após eu finalmente obter o direito de abandonar o porão de sua casa. Por um momento, apenas por estar ali e vê-la pertinho de mim, senti meu coração quase saltar pela boca. Queria muito me apresentar a ela, para que pudéssemos finalmente iniciar nossa primeira conversa esclarecedora. Contudo, a vontade de observá-la, de compreender seus costumes e testar seu humor, foi maior do que qualquer outro sentimento que pudesse oferecer ao oráculo naquele instante. Como meu querido oráculo ainda não havia me notado, engatinhei mais para a frente, escondendo-me atrás das estacas de madeira rentes à cerca de metal, e fiquei a admirá-la, espiando-a pelas frestas estreitas das tábuas. De frente para a rua, meu oráculo largou o cigarro no chão, pisou sobre a bituca e expeliu a fumaça de seus pulmões.

— Ai, que ódio! — adorei ouvir sua primeira manifestação sincera. Sua voz, delicadamente afinada, transmitia uma sensação de leveza, ainda que estivesse carregada por um tom misteriosamente rouco, como se houvesse uma sutil melancolia escondida. — Não acredito que o *bofe* saiu correndo, achando que eu era da polícia. Ele nem imagina o que perdeu... horas e mais horas de puro prazer, eu te disse...

    A mulher alta, de pele deslumbrantemente escura como a noite e cabelos longos e cacheados, falava sozinha, apesar de parecer estar em um diálogo com outra pessoa. Talvez cultivasse o hábito peculiar de narrar seus próprios pensamentos na terceira pessoa.

    — Olá, papai, tudo bem com você? — Ela dirigiu-se a um homem de estatura baixa que caminhava do outro lado da rua. Sua voz, agora, reverberava com uma doçura inesperada.

    O homem a encarou, visivelmente alarmado.

    — Você está a fim de um programinha bem legal, meu amor? Cinquenta pelo básico e cem dólares pelo completo — continuou, com um sotaque diferenciado e um linguajar que em nada refletia sofisticação. Meu mestre já havia me alertado que a linguagem dos oráculos seria, por vezes, exótica, pois as bonecas que trabalhavam nas ruas e aconselhavam os homens e as mulheres que contratavam seus serviços encantadores desenvolviam entre si uma comunicação intrincada, compreendida apenas por elas. *Céus! Espero desvendar todos esses termos enigmáticos.*

    O homem de jaqueta azul, interessado na proposta, atravessou a rua para se aproximar do oráculo.

    — Cinquenta? Mas eu só tenho dez dólares aqui comigo...

    — Dez dólares! O que você pensa que eu sou, meu amor? Acha que valho menos que um prato de porcelana que eles vendem na loja Tudo Por Dez? Cai fora daqui, seu miserável. — O homem seguiu seu caminho, escorraçado pela fúria da minha diva da noite. O oráculo continuou a falar, gesticulando e caminhando despreocupadamente entre a calçada e o meio-fio. — Eu, hein... se bobear, ele ainda me passava alguma doença grave. Ai, caralho! — gritou subitamente, surpreendendo-me, após o salto de sua bota quebrar. A última palavra que o oráculo proferiu me causou grande dúvida quanto ao seu verdadeiro significado, pois ainda desconhecia o que de fato ela representava em nossa língua. Talvez fosse algum termo comum em outro dialeto, usual entre a sociedade de seu país de origem, embora me parecesse ser da língua portuguesa do Brasil, se a memória não me falha. — É nisso que dá comprar as coisas baratas na loja da Lurdinha... olha só! O salto da minha bota quebrou de novo... — murmurou, desapontada, mancando e retirando o calçado defeituoso, arrancando de vez a haste que sustentava a bota de cano longo, vermelha.

— Olha lá... a rapariga caiu do salto! — comentou um pedestre para seus dois colegas, todos uniformizados com o logotipo de uma empresa de transportes da região. Eles riram descaradamente da desgraça do meu oráculo, e deveriam pagar por isso.

— Rapariga? Onde é que você está vendo rapariga por aqui? Aqui é travesti, caralho! E olha bem para minha cara: por acaso estou rindo? — O oráculo replicou, furiosa. Os homens intimidaram-se imediatamente. — Querem um programinha, meus amores? Eu faço um plano básico para os três. A gente pula essa cerquinha aqui atrás e vai ali no matinho, vai ser bem legal... o que acham? — reformulou, com o tom amoroso de antes, contrastando com seus xingamentos recentes que distribuíam notas cheias de cólera.

— Estou fora... não pego um vampiro da noite — respondeu um dos homens num linguajar que mostrava desdém pela pessoa do oráculo. Não compreendi o motivo de ele ter dito isso, pois meu oráculo em nada se assemelhava aos vampiros míticos das lendas.

— O que é isso aqui? É preconceito? Eu até entendo que vocês não queiram provar de toda essa delícia, mas me chamar de morta-viva que suga sangue? Vamos manter o respeito, sim? — replicou novamente, dando a entender que poderia correr em direção a eles a qualquer momento. — Tu me respeita, que eu sou travesti de cadeia, caralho! E, se continuar falando, eu sugo o teu sangue. Agora, vazem daqui, os três... andem, vão...

— Corre, Manolo! — exclamou um dos homens, e todos apressaram o passo, acuados pela nova postura do oráculo.

— Meu bom Senhor, mas quanta baixaria! O que está acontecendo aqui? — intrometeu-se uma senhora de cabelos brancos, atravessando a calçada em direção ao meu oráculo, arrastando seu carrinho de compras com duas rodas.

— O que está acontecendo aqui, minha senhora? Tá acontecendo que aqui é travesti! Olha bem pra esse corpo... eu sei que você sempre quis ter um igual ao meu — respondeu o oráculo, ao mesmo tempo em que dançava lentamente de forma peculiar, exibindo orgulhosamente suas curvas, o tronco alto e as coxas torneadas.

A senhora fez o sinal da cruz na testa e acelerou o passo, murmurando algo incompreensível.

— Sai daqui tu também, sai! Some da minha frente, que hoje estou louca pra dar na cara de alguém! Meu amor, hoje eu estou é para o crime! — desabafou, gritando para o vento com as mãos em concha diante da boca.

Aliviada pela ausência dos três homens e da senhora intrometida, meu oráculo pareceu aquietar-se. Da mesma forma, a presença de pedestres ao redor também havia diminuído drasticamente. O oráculo observou atentamente ambos os lados da rua e, então, retirou um maço de dinheiro de dentro de sua saia curta rosa-choque. Começou a contar suas notas de dólares em voz alta.

Aproveitei o silêncio e a ausência de outras pessoas perambulando pela calçada e rapidamente abandonei meu esconderijo atrás das tábuas para finalmente me apresentar a ela. Examinei melhor a cerquinha do terreno baldio e identifiquei uma abertura cortada na grade de ferro enferrujada. Silenciosamente, passei pelo caminho semiaberto e me mantive parada atrás da minha nova conselheira-mor. Meus lábios se moveram inicialmente como num esboço de palavra, mas logo me vi obrigada a interromper minha tentativa de falar. A emoção era tanta que percebi que, talvez, eu ainda não estivesse à altura de me dirigir a ela, frente à sua beleza impactante, acentuada pela maquiagem exagerada nas bochechas e no contorno dos olhos. Ajeitei minha franja rebelde para o lado e limpei a poeira em meu jeans azul. Por fim, agora me sentia bem apresentável, pronta para causar uma boa primeira impressão ao meu oráculo. *Céus! Eu realmente precisava dos seus conselhos.*

— Olá? — Eu disse bem alto, sorridente.

— Ah! Mais que porcaria é essa? — gritou, me fitou, levou a mão ao coração e me encarou com os olhos arregalados por cerca de cinco segundos consecutivos. — *Acuenda*, menina? Tu estás é louca? Tu queres me matar de susto?

Congelei o meu sorriso e me desesperei por tê-la assustado sem querer.

— Não... me desculpe, não foi essa a minha intenção... de te assustar... eu juro que eu não queria fazer isso! — continuei, a minha voz era bem explícita em mostrar para ela quão arrependida eu estava por ter-lhe causado aquele espanto indevido.

— O que é que tu estás fazendo por aqui uma hora dessas? A tua mãe sabe que tu estás andando pela rua sozinha? — interrompeu-me a fala e aguardou por uma nova resposta de minha parte.

Observando diretamente a parte frontal do corpo do meu oráculo, eu entrei em estado eufórico, de pura admiração. Da mesma forma que o meu mestre havia relatado anteriormente, todos os aspectos no corpo do meu oráculo eram tão... exageradamente belos, poderosos e hipnotizantes. Seu cabelo cacheado molhado se movimentava sempre que ela falava ou gesticulava com a cabeça — ou seja, a todo instante. Seu pescoço longo e seus ombros largos eram desproporcionalmente exóticos e intrigantes. Seu sutiã laranja comportava duas imensas e lindas "meninas", que quase saltavam para fora do bojo. Seu abdome bem definido à mostra e suas pernas largas depiladas me causavam inveja e ficavam à mostra — ela vestia um tomara que caia, uma saia e uma bota de cano longo com saltos altos. O seu formato largo do rosto também era algo cativante, como já era de se esperar. Aliás, aquela mulher realmente sabia como se maquiar! O batom vermelho, a sombra preta nos cílios e os brincos dourados de argola grandes combinavam com o seu rosto de bochechas também grandes, perfeitamente simétrico. *Céus! Eu realmente havia feito a melhor escolha dentre todos os oráculos que pudesse eleger, tanto da cidade quanto do país... quem sabe até mesmo do mundo inteiro.*

Vê-la na minha frente foi uma experiência única, que fez a minha vida valer a pena. Eu estava tão feliz por nos falarmos. Era como se eu tivesse a certeza de que havia nascido para seguir as diretrizes que ela me incumbiria e de que ela nascera para fazer de mim a criança mais sábia e sensata entre todas. A nossa simbiose ungida por liderança e caos nos tornaria duas divindades destinadas a controlar os humanos.

— O que foi, garota? O gato comeu a tua língua? Fala alguma coisa de uma vez... desembucha! — Ela me cobrou uma resposta ao mesmo tempo em que eu retornava o meu pensamento para o momento presente, o que me obrigou a abandonar o meu êxtase de admiração infinda pela graça do oráculo.

— Olá... o meu... o meu nome é Griselda... — Droga, eu gaguejei. Agora ela realmente não gostaria de liderar uma criança fraca, que não é capaz de dizer as coisas direito e sem gaguejar. Eu me odiei profundamente por tê-la decepcionado nesta nova etapa de nossa importante conversa.

— Prazer, meu docinho. O meu nome é Avalon 1500. São setecentos e cinquenta mililitros nessa daqui e mais setecentos e cinquenta na irmãzinha dela. — O oráculo apresentava de forma engraçada a quantidade de silicone que havia injetado em suas pomas túmidas, apontando para cada uma de suas "meninas" durante a descrição detalhada que dera; pois setecentos e cinquenta mais setecentos e cinquenta resultavam em mil e quinhentos, visto que seu sobrenome era a somatória dos dois, um nome realmente digno de uma mente perspicaz. — Mas agora me responda de uma vez, criatura... o que você faz da vida além de andar nas calçadas à noite e assustar as pessoas? — retomou a fala agressiva, resultante de anos e mais anos de trauma por ela provavelmente ter sido discriminada durante sua vida inteira; meu mestre me ensinou também que a fala ríspida dos oráculos era uma forma de autodefesa, pois a sociedade lhes surrava constantemente, o que provavelmente tornou o meu oráculo um ser predisposto a atacar as outras pessoas com o tom de fala firme na primeira vez em que desenrolasse uma conversa com um desconhecido.

— Na verdade... eu vim aqui para encontrar você...

— Me encontrar? Para quê? O que você quer com uma travesti? Aliás, eu sou uma travesti belíssima, toda montada, e com muito orgulho! — Meu mentor também me alertou que muitos dos oráculos se autodenominariam como o gênero "travesti", em vez de um "oráculo" conselheiro que estava predestinado a me indicar todas as direções que eu deveria adotar a partir de agora.

— Eu queria pedir... conselhos — falei com um jeitinho meigo.

— Ótimo! Tu queres o meu conselho? Vai ter que me pagar! Eu cobro cinquenta dólares o conselho. Se tu tens dinheiro, pode me passar ele agora mesmo, que depois eu te dou o conselho que quiser, meu amorzinho.

Eu permaneci chocada perante o deslize. É claro que eu também fui alertada pelo meu mestre sobre a fome eterna dos oráculos por notas frescas de dinheiro vivo e virtual; acabei por me esquecer deste pequeno detalhe.

— Mas eu não tenho dinheiro algum aqui comigo... eu posso lhe pagar amanhã? Eu juro que eu lhe trarei o dinheiro de que necessita...

— Tu achas mesmo que eu, Avalon 1500, travesti internacional, exportada de São Paulo, Valinhos, do Brasil para os Estados Unidos da América, vou cair no conto do pagamento fiado? Eu caí nesse conto uma vez só, minha filha. A minha sorte é que pelo menos foi um *bofe* belíssimo que me aplicou esse golpe... senão, eu não ia é me perdoar jamais!

— Mas eu trarei o dinheiro... você tem a minha palavra...

— Me traga dinheiro vivo que eu te dou o tal do teu conselho. E sai daqui de uma vez. Nenhum *boy magia* vai parar aqui de carro enquanto eu estiver com uma criança catarrenta grudada no meu pé. Vaza... vaza! — Ela terminou, me encarando.

— Tudo bem... eu irei... — Eu disse, a voz era sofrida, com a derrota da batalha, mas ainda não da guerra. Eu reverteria esta situação em meu favor em questão de minutos.

Motivada e determinada a arranjar os cinquenta dólares exigidos pelo meu oráculo, ativei o meu radar de visão de caçadora nata e selecionei um alvo proeminente nas costas de um homem adulto que usava um casaco largo e calça apertada, do outro lado da rua. As minhas palavras fuzilariam, esquartejariam e devorariam aquele pobre desconhecido. *Céus! Como as pessoas eram alvos fáceis para minhas armadilhas mentais.* Coloquei o sorriso de uma criança tonta e amável no meu rosto e atravessei a rodovia depois de olhar atentamente para os dois lados da estrada. Aproximando-me da minha presa pelas costas, o homem permanecia parado em frente a uma loja com letreiro vermelho chamada "Contos Eróticos da Princesa". Sem que ele me avistasse, apliquei um puxão mortal na ponta do seu casaco.

— Me dê todo o dinheiro da sua carteira se não quiser que eu grite e diga a todo mundo que você quer me mostrar uma boneca da Jinger Kymmy no beco da rua ao lado. — Eu cravei os meus dentes pontiagudos em seu pescoço e esperei que ele sangrasse e se espernasse ineficazmente.

O pobre desconhecido, abatido pela minha emboscada, removeu o seu sorriso inicial para a criança tonta que ele julgava ter em sua frente e tornou-se pálido após o término da minha ameaça. Ele permaneceu sem reação por um instante e depois tentou me dizer algo, mas não foi nada que soasse além de um suspiro impregnado com confusão mental. Um carro de polícia apareceu no início da estrada, ao longe, e eu fiz questão de olhar para o veículo de propósito, indicando para o homem que eu poderia gritar ali mesmo, caso ele não atendesse imediatamente à minha exigência.

— Vamos! Eu não tenho a noite inteira! Me dê todo o dinheiro vivo que está em sua carteira agora ou eu gritarei para a polícia e direi a eles que você quer me arrastar para o final do beco!

Apavorado por ser confundido com um homem malfeitor que abusava de criancinhas inocentes, o meliante cedeu à pressão e abriu a carteira. Ele me entregou todo o dinheiro vivo, assim como eu lhe pedi, e, depois, nós dois aguardamos que o carro da polícia cruzasse diante de nossos olhos. Quando a viatura nos ultrapassou, eu apontei brevemente com a minha cabeça para o lado contrário da rua, para que ele sumisse dali. Para o bem dele, assim ele o fez.

Suspirei contente. Com tanto dinheiro em minha posse, agora eu finalmente poderia pagar para obter o grande entendimento que Avalon 1500 me repassaria em breve. Olhei para os lados da rua, a fim de atravessá-la outra vez, e os meus olhos descansaram em outros dois oráculos que acabavam de dar o ar de suas graças, cruzando pelo ambiente do outro lado da calçada em que Avalon se encontrava.

— Elas são como bonecas... sempre tão lindas, bem-humoradas, cheirosas e arrumadas... — Eu disse para o vento. Mesmo que eu soubesse que as minhas palavras não chegariam a nenhum outro ouvido além dos meus, achei que deveria ressoar minha eterna admiração por aquelas pessoas altamente espiritualizadas e avançadas.

Retomei minha rota primordial e cheguei à calçada ao outro lado da rua.

— Puta que o pariu! — explodiu comigo outra vez ao reconhecer minha aproximação, falando novamente outra de suas gírias brasileiras; acho que falava um caloroso palavreado de boas-vindas. — O que é que tu vieste fazer aqui de novo? Tu estás querendo estragar a minha noite? O que é isso aqui? Foi a vadia da Shirley Megatron que te pagou pra espantar a minha clientela? Sai de perto de mim, menina catarrenta. A tua mãe não te disse que a rua é perigosa?

— Eu não vim a mando de Shirley Megatron alguma, Avalon 1500 — neguei a sua insinuação de atrapalhá-la em seu concorrido horário de expediente. — Eu estou aqui por livre e espontânea vontade.

— Nossa, olha só... essa criança sabe falar difícil... que tudo! Adoro quem sabe falar que nem pessoa inteligente! — Agora conversava comigo de forma mais calma e até mesmo bem-humorada.

— Obrigada... eu tive muitas aulas particulares de como aprender a falar bem com o meu...

Encerrei minha revelação para não comprometer a identidade de meu mestre.

— Tu és o quê? Tu és filha de algum figurão da cidade? Tu és rica?

— Não... minha origem é de família humilde. Mas o que eu posso lhe dizer por enquanto é que eu sou uma raríssima criança perfeita que habita nesta sociedade de patetas em que vivemos.

— Criança perfeita? Se tu és uma raríssima criança perfeita, eu sou a incansável criança do entretenimento noturno. — Após vozear, Avalon liderou uma série de gargalhadas gostosas por conta da própria piada, a qual eu confesso não ter compreendido direito.

Eu a acompanhei em seu riso, mesmo sem compreender o motivo de aqueles lábios se alargarem. Em seguida, abri a minha mão, repleta de dinheiro, e a estendi para ela.

— Puta que o pariu! De onde surgiu toda essa quantia? Assaltaste um banco, foi? — exclamou Avalon 1500, visivelmente assustada. Sem hesitar, ela apoderou-se da totalidade das notas verdes que eu lhe oferecia.

— Acredito que esta quantia exceda em muito o valor que você requisitou anteriormente. Você acredita que agora poderá me oferecer um conselho? — perguntei.

— Trezentos e cinquenta... — Ela interrompeu a contagem das notas para me dedicar plena atenção. — Claro, meu amor... eu te darei o conselho que desejar... venha aqui, meu doce. Sente-se aqui... — convidou-me com uma voz muito mais afável do que o habitual. Com um gesto convidativo, o oráculo indicou que eu me acomodasse no meio-fio da calçada, ao seu lado.

Avalon 1500 fixou em mim um sorriso radiante, seus olhos permanecendo na minha face, disposta a oferecer-me toda a sua atenção. Eu desabei com um suspiro de alívio e outro de indecisão.

— Tenho tantas dúvidas... não sei por onde começar.

— Calma, lá! Eu prometi que te daria o conselho que desejasse. O valor que me deste foi apenas para uma sessão de conselhos... se quiseres mais, tu vais ter que pingar mais *aqué* na minha mão, entendeu?

— Mas o valor que lhe ofereci foi consideravelmente superior aos cinquenta dólares que você me pediu anteriormente... eu acho que...

— Desde quando crianças podem achar algo? Crianças servem apenas para serem desajeitadas, gritar e obedecer aos adultos... — afirmou ela. Infelizmente, tudo o que ela dissera era verdade. Contudo, tal regra não se aplicava mais a mim, embora eu devesse ocultar tal fato dos ouvidos do oráculo.

Reconhecendo que o olhar do meu oráculo resistia, agora com uma nova condição imposta, percebi que não deveria contradizê-la. Teria que submeter-me às suas novas regras se quisesse obter a oportunidade de ouvir os mais profundos entendimentos de minha vida.

— Está bem... apenas me conceda um tempo para refletir sobre a pergunta que farei.

Raciocinei intensamente e simulei diversas questões. Poderia perguntar-lhe sobre como prosseguir com minha vingança contra a insuportável Cláudia, mas, naquele momento, a preocupação com a presença de minha avó Adelina prevalecia. Uma foragida em minha casa preocupava-me mais do que qualquer outro problema.

— Já sei! Gostaria de saber se... hipoteticamente...

— "Hipo"... o quê? Mas que porcaria de palavra é essa?

Esqueci-me de que, devido a uma vida difícil e geralmente abandonada pelos pais ou marginalizada pela sociedade, os oráculos costumavam carecer de refinamento no vocabulário. Não era surpreendente que Avalon 1500 desconhecesse o significado da palavra "hipoteticamente", assim como eu ainda não compreendia alguns termos coloquiais, tais como *acuenda, aqué, bofe* e *boy magia*. Admito que nós duas, em certo sentido, estávamos na mesma situação de falta de conhecimento e deveríamos aprender uma com a outra.

— Quero dizer... se, por acaso... alguém da sua família... se ele ou ela estivesse em sua casa... convivendo com você... e se essa pessoa tivesse cometido algo extremamente grave no passado e estivesse sendo procurada pela polícia... o que você faria com relação a essa pessoa? Seria sensato denunciá-la ou protegê-la a todo custo?

— Essa pessoa que foge da polícia já te agrediu ou disse que preferia te ver morta em vez de te ver na rua? Ela te chamou de inútil a vida inteira ou algo do tipo? Ela grita contigo e diz que você vai queimar no fogo do inferno por ser quem você é?

Pensei brevemente e concluí minha resposta.

— Não... ela nunca me fez mal ou me disse tais coisas. Ela é um pouco excêntrica, extravagante, desajeitada e, por vezes, tem um odor peculiar. Mas nunca, jamais, faltou-me com o respeito. Na verdade, ela sempre me dá um beijo na testa ao menos uma vez por dia e sempre sorri para mim...

— Então, proteja essa pessoa com todas as suas forças! Se algum policial tentar prendê-la, passa a faca nele e faça o que for necessário para impedir que ele a prenda. A maioria dos policiais são respeitosos comigo, mas muitos não respeitam as travestis, seja na rua ou na prisão. Se eu tivesse mais alguém que me tratasse bem na minha família, além da minha irmã, eu seria melhor orientada e não cometeria muitos dos erros de uma infinidade que cometi. Se alguém te apoia e te respeita verdadeiramente, proteja essa pessoa até o último dia da sua vida! Não seja traidora com essa pessoa, ouviu?

Eu a olhei com um fervoroso sentimento de gratidão. Sentia-me lisonjeada por receber tal resposta libertadora. A voz dela soou como uma trombeta celestial, indicando o caminho certo a seguir no que diz respeito à minha avó Adelina.

— Muito... muito obrigada pelo seu precioso conselho, Avalon 1500. Quero que saiba que você acabou de tirar um grande peso das minhas costas.

— Você é maluca, sabia? Já te disseram isso?

— Sim, minha professora Zilda Quentin já me chamou de maluca, doida, desmiolada e fora de mim várias vezes.

Avalon 1500 lançou-me um olhar esnobe e desconfiado.

— Muito bem, a sessão de conselhos chegou ao fim. A partir de agora, você sabe como as coisas funcionam aqui. Traga mais dinheiro para a titia Avalon, e eu te darei outro conselho. Agora tu te levantas e segues teu caminho. Hoje eu pretendo ir à boate e gastar todo o dinheiro que você me deu. Quem sabe o *bofe* em frente ao meu prédio esteja na boate Pink & Blue. A propósito, eu moro naquele prédio ali — disse, apontando para um edifício distante do nosso lado da calçada. — O número do meu apartamento é 69. Se tu quiseres mais conselhos, é só me procurar durante o dia e trazer mais dinheiro, entendeu? Agora vá... saia da minha vista... "criança perfeita". — Ela riu ao final de suas últimas palavras.

— Claro, Avalon! Estou indo. Obrigada pela sua atenção.

Avalon 1500 observou-me com um olhar intrigado — um semblante que demonstrava um certo tédio — e pareceu ajustar a roupa debaixo da saia. Admirei o meu oráculo enquanto ela se afastava, mancando por estar calçando apenas um dos saltos. No demais das casualidades, agradeci à minha própria astúcia por ter feito com que tudo desse certo no final da noite. Conheci meu oráculo sagrado, estabeleci um vínculo significativo com ela por meio do pagamento justo e obtive o primeiro conselho que iluminaria as dúvidas que ainda pairavam em minha mente. Munida de sua sábia orientação sobre como agir com minha avó biológica, eu certamente seguiria suas instruções de modo rigoroso e protegeria a vida e a integridade de Adelina.

· FLASHBACK ·
ORÁCULO

Pela primeira vez, durante todo o período de desenvolvimento da minha pequena Griselda, carregava dentro de mim o peso da insegurança. Estava diante da porta da sala número três, onde minha notável pupila permanecia confinada. Temia que o olhar de reprovação que poderia ser dirigido por Griselda me forçasse a assumir, permanentemente, outra identidade assassina, uma identidade que se apoderara de minha personalidade em alguns obscuros e incompreendidos momentos do meu passado. Respirei profundamente, expulsando todos os vestígios de vergonha que minha mente pudesse manifestar, e, finalmente, deixei-me ser consumido pelo meu novo avatar. Contudo, meu verdadeiro eu, ou seja, quem eu realmente era aos olhos de Griselda, estaria em constante vigília e passaria a observar, até mesmo a intervir, durante alguns dos preciosos ensinamentos que eu repassaria à minha estrela Gris. Seria uma conversa a três e tanto...

Abri a porta lentamente. Entrei no quarto de Griselda de costas, para adiar o choque que minha aprendiz experimentaria em breve.

— Mestre? — chamou ela, e eu a ignorei.

O silêncio de minha parte fez com que Griselda permanecesse em silêncio, interpretando os sinais de que aquele ser ainda estranho e misterioso à sua frente estava pensando, chegando a alguma conclusão.

— Mestre, é você?

— Sim. — Finalmente respondi, com minha outra personalidade, minha voz agora assumindo o timbre amaciado do meu eu feminino.

O medo do desconhecido levou nossa amada criança a uma nova fase de quietude.

— O mestre acha que poderia virar o rosto para mim... apenas para que eu tenha certeza de que você é realmente você? — sugeriu Gris, com um tom repleto de preocupação e curiosidade.

Sem mais delongas, meu novo avatar retirou o celular de última geração de dentro da calcinha bege que vestia e o colocou para tocar a música número dez da minha lista. Ao som da magnífica melodia do Lago dos Cisnes, meus braços tomaram vida própria, assim como minhas pernas esguias e elegantes. Os poderosos acordes daquela sinfonia impulsionavam minha performance de balé clássico. Com passos suaves e leves, nas pontas dos pés calçados em sapatilhas, flexionei meu corpo, estendi os braços de baixo para cima e, em seguida, de cima para baixo. Continuei com piruetas, saltos com as pernas esticadas ao ar e giros perfeitos. À medida que a música avançava, meus movimentos se aprofundavam, ágeis, precisos, impecáveis. Quando a melodia estava prestes a terminar, diminuí o ritmo da dança e congelei meu corpo em frente à face de minha tagarela favorita.

— Mas o que é tudo isso... o que você está vestindo? — questionou-me ela, seus olhos cerrados denunciando que parecia assistir a uma grande e absurda bobagem de um velho homem insensato.

— O que foi, minha querida? Não gostou da minha performance? Eu ensaiei especialmente para você. — Desta vez, a voz do meu verdadeiro eu falou com a pequena.

— Sim... na verdade, eu amei sua coreografia. Foi estupenda, mas... por que você está usando esta peruca loira com cabelos lisos e este vestido branco transparente que mais se parece com a camisola de minha mãe?

— Ora, minha querida Griselda... o que eu lhe disse sobre a aceitação das escolhas de gênero e a aceitação ao próximo na nossa última aula?

— Você disse que não devemos julgar as pessoas pelas suas aparências. Disse para, inicialmente, enxergarmos, aceitarmos e compreendermos que, por trás de qualquer vestimenta ou escolha pessoal, há um ser humano frágil que aguarda ser respeitado, assim como qualquer outro.

— Exatamente! E o que você acha que o seu olhar está fazendo comigo neste momento?

Griselda fechou os olhos rapidamente, desejando ter desaparecido naquele instante. Ela sabia muito bem que havia sido pega de jeito pelos ecos de seu preconceito enraizado, de sua ignorância; eu nem precisei aplicar um dos meus tapas ou chutes ao peito para que ela aprendesse de uma vez por todas a lição que lhe havia dado no dia anterior. A dor visível em seus olhos apertados e na sua expressão contorcida, como se tivesse chupado um limão azedo, revelou-me que ela estava profundamente angustiada. Minha pequena Gris já estava sofrendo o suficiente ao perceber que havia caído na armadilha pegajosa do preconceito.

— Eu sei que falhei com o seu ensinamento... eu julguei você pela aparência, e não pela pessoa maravilhosa que você é por baixo dessa pele. — Ela disse, muito zangada consigo mesma. — Eu não deveria ter te julgado... fui uma grande tola. Você acha que poderia me perdoar?

Seus olhos, expressando um afeto genuíno, como os de um filhote de gato que encontra seu novo lar nos braços de um humano, enterraram qualquer ideia de um castigo mais severo que eu devesse aplicar nela.

— É claro que eu te perdoo.

Griselda respirou profundamente, agora aliviada.

— Você quer saber o motivo pelo qual estou vestida assim? — Ela me observou com confusão, mas, em seguida, acenou com a cabeça, demonstrando interesse. — Fiz isso para começar a te preparar para o dia em que você conhecerá seu "oráculo".

— Os "oráculos" também se vestem assim, como você? — perguntou ela, com uma grande vontade de absorver o conhecimento que eu estava prestes a compartilhar.

— Sim, a maioria das nossas subestimadas e belíssimas "bonecas" que vivem nas ruas usa até menos roupas do que estou vestindo agora.

Ambos nos acomodamos em uma das cadeiras da mesinha de chá de bonecas, onde Griselda praticava a habilidade de brincar como uma criança qualquer. Pausei a música no meu celular para que pudéssemos conversar sem a interferência da poluição sonora.

— Por acaso, os oráculos dos quais você me falou... eles também são homens que se vestem de mulher? — A dúvida persistia na testa franzida de Griselda.

— Minha querida Griselda, nunca duvide do seu mestre. Os oráculos não devem ser rotulados como homens que se vestem de mulher. Aliás, todos nós podemos ser o que quisermos, independentemente do que digam. Até mesmo você haverá de percorrer uma longa jornada mundana, para que se sinta confiante com suas próprias escolhas, sobre quem realmente deverá ser e o papel que desempenhará na sociedade.

— Claro, mestre. Eu entendo que devo aguardar minha idade adulta para agregar maior entendimento acerca de mim mesma.

— Exatamente, minha criança.

— Mas... você ainda não me disse a respeito da verdadeira finalidade dos tais oráculos e o porquê de eu ser apresentada a um deles... poderia me fornecer essa informação?

— Claro que sim. Na verdade, acredito que já está mais do que na hora de lhe contar mais sobre a existência e a resistência dos oráculos.

Griselda se iluminou com um sorriso entusiasmado e cruzou os bracinhos sobre a mesa. Ela prendeu sua total atenção nos movimentos meticulosos dos meus lábios.

— Os oráculos são os seres mais fortes, sábios e inquebráveis que habitam nosso planeta. Cada pessoa nesta vida, minha querida, assim como você, torna-se mais forte após sofrer uma decepção, uma humilhação ou uma agressão, seja física ou verbal. Entretanto, os oráculos que trabalham arduamente nas ruas, por sua própria natureza incompreendida e excluída da sociedade, são os seres vivos mais propensos a serem insultados, discriminados, difamados, julgados e condenados de forma equivocada pelos hipócritas que apenas acreditam que sua forma de viver é a ideal para manter a ordem mundial. Assim como muitas outras minorias, os oráculos experimentam o pior que a hipocrisia e a falta de aceitação podem oferecer. Imagine passar uma vida inteira sendo alvo de olhares de ódio, nojo, intolerância e vergonha... muitos humanos normais nem sequer compreendem a dádiva divina que esses seres representam para nosso mundo. Os oráculos vieram para este mundo com a missão de chocar, confrontar e forçar a aceitação do próximo. Infelizmente, a maioria das pessoas ordinárias adota uma postura contrária a isso. Muitos oráculos são expulsos de suas próprias casas por seus pais ainda quando jovens. A maioria deles não possui amigos, empregos estáveis ou benefícios do governo... o que recebem da maior parte das massas se resume a desprezo e abominação. Muitos dos oráculos que tive o prazer de conhecer foram colocados para fora de casa antes dos treze anos, porque seus pais não os queriam por perto justamente por serem quem realmente são. Imagine ser expulsa de casa por sua mãe, Griselda. Imagine ter que se sustentar sozinha em uma idade tão jovem, em um mundo repleto de perversidade, dor, drogas e prazeres noturnos. Os oráculos são sobreviventes, assim como cada um de nós, e devem ser respeitados como tais, acima de tudo.

— Nossa... eu realmente nunca parei para pensar nisso. Acho que não aguentaria o peso de viver uma vida inteira sendo odiada por todos e sentindo-me sempre sozinha e discriminada.

— Nem eu, minha criança — respondi, com uma imensa dor de tristeza na voz. — Contudo, após a dor de sermos violados, vêm a calmaria, a força e a alegria. Quando se está no fundo de um esgoto infestado de ratos, as coisas só tendem a melhorar, não é mesmo? Nem tudo na vida dos oráculos é regado com sentimentos negativos. Suas maiores qualidades são a sobrevivência, a capacidade de superação, a resiliência que resiste à violência, a alegria e, claro, sua profunda e absoluta sabedoria em dar conselhos aos outros. Como os oráculos experimentam amargamente a vida e a ignorância do restante da humanidade, quase que constantemente, são capazes de enxergar o que ninguém mais vê, o que ninguém quer ver. Qualquer pergunta que você fizer a essas mulheres batalhadoras, elas lhe dirão apenas a verdade... nua e crua aos seus ouvidos. Elas compreendem e enxergam a vida como ela realmente é: um emaranhado de pessoas corruptas que desejam enganar o próximo em troca de proveito próprio e dizer apenas o que lhes convém. Em virtude disso, seus conselhos completamente livres de censura são os frutos mais valiosos que podemos colher ao pé da árvore sagrada de nossa sociedade, seu reflexo, na verdade. Mesmo que uma resposta dos oráculos venha carregada de drama, humor ácido ou ódio, ainda assim há uma verdade inquestionável oculta nas entrelinhas de seus conselhos.

— Uau! Isso... beira o magnífico! — exclamou Gris, ofegante, com os olhinhos brilhando como diamantes.

Eu estava contente por ela demonstrar em seu rosto meigo a mesma admiração estonteante que eu sentia pelos oráculos.

— Caso você consiga superar todas as minhas provações, terá de encontrar seu próprio oráculo quando achar que deve. E as respostas do oráculo que você escolher resultarão no fim de todas as suas dúvidas cruéis sobre a vida, pequena Griselda. Qualquer conselho do seu oráculo deve ser seguido à risca, sem contestar, sem hesitações. Apenas execute o mandamento e aceite-o como a verdade absoluta.

— Eu gostaria muito de conhecer alguém que possa me aconselhar e que tenha certeza sobre qualquer coisa, sobre como devemos agir... os oráculos me tornariam alguém ainda mais poderosa, não é?

— Sim, minha pequena Gris... você está absolutamente certa.

O REFLEXO, A LOUCA DAS SACOLAS, A FUGITIVA E O POLICIAL

Em frente à pia da cozinha de minha casa, eu lavava o último prato daquela interminável pilha de louça. Na noite anterior, enquanto eu me ausentava daquele lar, minha avó Adelina havia fabricado um edifício inteiro de louça suja, que se acumulava sobre a pia e o fogão. Como eu não recebia um centavo para limpar as sujeiras que Adelina multiplicava, ao retornar e me deparar com aquele monstro devorador de tempo, decretei que, no dia seguinte, eu até lavaria toda aquela louça, mas enquanto Adelina a secaria e guardaria logo em seguida. Minha avó até tentou abrir a boca para contestar minha ordem, mas bastou eu mencionar que não compraria o bolo que ela tanto desejava para qualquer interjeição de oposição desaparecer completamente.

— Pronto! Terminei! — expressei minha satisfação ao concluir a árdua tarefa.

Eu me sentia radiante naquele dia. Nem mesmo todas aquelas toneladas de pratos, copos, talheres e panelas interferiram em meu ânimo de paz e alegria ressoante. Desde a conversa com meu oráculo na noite anterior, sentia como se todas as janelas e portas ao meu redor se abrissem. Tudo estava tão claro e límpido em meus pensamentos. Minha satisfação era tão evidente que me fazia duvidar que algo desagradável pudesse apagar a luz da minha euforia.

— Griselda, traga mais papel para o banheiro... acabou todo o papel do rolo por aqui...

Céus! Isso foi sério? Algo me dizia para não duvidar de que minha boa fase pudesse se inverter.

— Já estou indo, vovó Adelina... — falei sem entusiasmo algum.

Caminhei até o "lixão de entulhos", como todos aqui em casa chamavam o quarto da minha mãe, e abri a porta do armário, à procura de algum rolo de papel higiênico que pudesse haver naquele emaranhado de botas, sapatos, camisolas e cachecóis. Apanhei dois rolos na estante de roupas de inverno de Hillary e caminhei até o banheiro.

— Abra a porta — solicitei.

Adelina abriu a porta levemente, e uma de suas mãos surgiu pela fresta. Entreguei-lhe os dois rolos e rapidamente me afastei dali, pois o odor naquele ambiente não era nada agradável para o meu nariz.

Fiz uma breve visita à sala de estar para verificar o bem-estar de Marjorie, e lá estava ela... dormindo feito um anjinho. *Céus! Como eu amava ver Marjorie imóvel, inapta a gritar, engatinhar freneticamente de um lado para o outro ou sujar a fralda.*

Armada com meu momento de paz, finalmente pude me dar ao luxo de cuidar de mim mesma. Andei até a penteadeira do quarto que dividia com Michael e sentei-me no banquinho de madeira sem encosto. Diante do grande espelho oval, com moldura de ferro em argolas, analisei meu reflexo em um piscar de olhos. Durante esse breve instante, mirei um enorme e mortal alvo sobre o topo de minha cabeça; meus fios de cabelo se apresentavam de forma horrenda aos meus olhos. Cerrei o olhar, demonstrando que seus dias de revolta estavam contados. Abri a gaveta da penteadeira e, de dentro dela, meus dedos agarraram o punho da escova de pentear. Ergui a escova larga acima da cabeça e liberei meu desejo de exterminar aqueles cabelos desordenados.

— Morram, fios de cabelo armados, teimosos e quebradiços! — O ser sinistro que habitava minha mente explodiu, sorrindo insanamente ao alisar todas as minhas vítimas.

Após esfregar as hastes flexíveis de náilon como tiros de AK-47 contra meu cabelo, um a um daqueles fios espetados se tornaram nada mais do que pesos mortos, postos lado a lado em suas covas, enterrados junto aos outros que agora se comportavam. Meu massacre surtiu o efeito esperado. Meus cabelos retomaram a aprovação do meu gosto e transformaram-se de patinhos feios em elegantes cisnes de penas radiantes. Animada com o que testemunhava no reflexo, continuei a aplicar as passadas da escova lentamente, só para garantir que a próxima rebelião daqueles fios travessos demorasse mais um dia inteiro. Entretanto, como nem tudo nesta vida é um mar de rosas, algo estranhamente absurdo e impossível ocorreu enquanto eu desembaraçava minhas mechas. Enquanto exercia o movimento, meu reflexo simplesmente abdicou das leis da física e parou de pentear, congelando-se no tempo. O evento seria considerado normal aos meus olhos afiados, se, por acaso, eu também tivesse interrompido os movimentos repetitivos de minhas mãos; o que não era o caso. Diante dessa excentricidade, arregalei os olhos. Pisquei rapidamente para testar se tudo aquilo não passava de um mero devaneio, mas, ao que tudo indicava, aquela cena irreal continuava a se desenrolar diante de mim. Desacelerei o movimento da escova e estanquei meu braço no ar para colocar minha sanidade à prova. Em resposta ingrata à minha mirabolante estratégia, agora o reflexo continuava a escovar os cabelos, como se também quisesse testar minha sanidade, alisando-os lentamente. Meus olhos se arregalaram ainda mais, e imediatamente coloquei a escova sobre a bancada. Para aumentar a bizarrice do evento, quando retornei minha atenção ao espelho, um novo fator macabro havia ocorrido. Atrás de mim, havia outro espelho pendurado na parede, o espelho que Michael usava para aparar o que ele chamava de bigode ralo, seus primeiros pelos de barba que nasciam acima da boca. Por aquele pequenino espelho retangular que refletia minha imagem traseira para o espelho da penteadeira, avistei a compleição de minhas costas inteiras sentadas na cadeira e, numa esperança vã de tentar aumentar meu desespero, o reflexo atrás de mim se apresentava de modo completamente diferente do habitual. A parte frontal de meu corpo, no espelho grande da penteadeira, permanecia como antes, passando a escova vagarosamente pelos cabelos; embora meus braços reais permanecessem imóveis. Porém, quanto à parte de trás, no espelho de Michael, meu cabelo no reflexo estava sujo com poeira grossa, como se eu tivesse ressurgido de uma cova, opaco e tão armado quanto o cabelo de um espantalho que vivia no milharal. Já a escova naquele reflexo também havia sido personalizada com intrigantes notas de horror explícito. Em vez de hastes flexíveis de náilon, suas hastes eram feitas de pregos grandes, pontiagudos e enferrujados. Ao mesmo tempo em que a escova macabra penteava meu reflexo traseiro, eu também podia sentir os pregos arranhando cada vez mais meu couro cabeludo. Foi quando o reflexo no espelho de Michael começou a acelerar as passadas da escova de pregos, pressionando-a com mais força sobre minha cabeça. As pontas de ferro dos pregos passaram a arranhar minha pele e a riscar meu crânio; confesso que senti um ligeiro arrepio na espinha por conta do som que fazia, mas sabia que não deveria gritar e me desesperar com aquele tipo de assombro que parecia vir da mente, uma mera casualidade de minha própria insanidade. Meu reflexo maligno acelerou cada vez mais o movimento e passou a me pentear numa velocidade inumana, o que resultou em um forte estalo em minha cabeça, como se meu crânio houvesse se quebrado. Com toda aquela agressão trevosa que eu sofria, uma chuva de sangue escorreu da minha testa até a beirada do meu queixo. Antes que a primeira gota caísse no chão do quarto, fechei firmemente os olhos para me livrar de toda a pressão. Mantive o controle de mim mesma sob o fio de uma espada e apliquei, à risca, uma das frases de autocontrole mental que meu mestre me ensinou; pois ele já havia me alertado: no decorrer dos meus processos de aprimoramento mental, que ocorreram de forma acelerada devido ao curto tempo que haveríamos de ficar juntos, eu estaria suscetível a me deparar com momentos de loucura extrema exatamente como aquele, incompatível com a realidade.

— Você não é real! Sou mais poderosa que os seus ecos depreciativos! Jamais conseguirá envenenar minha mente com a loucura. Eu sou mais poderosa do que você... Eu sou mais poderosa do que você!

Terminei de proferir essas palavras e, num ímpeto de tirania, abri os olhos. Tudo ao meu redor havia retornado à normalidade, exceto pelo corpo da minha avó Adelina, que agora estava postado ao meu lado, vestindo um conjunto de duas toalhas úmidas; uma delas envolvia sua cabeça, e a outra, seu tronco. Pelo reflexo no espelho da penteadeira, percebi que seus olhos me observavam com uma confusão genuína.

— O que há de errado com você? Por que não vai brincar com um tablet e para de ser esquisita o tempo todo? Se fosse eu que estivesse falando sozinha, aposto que todos diriam que estou ficando louca e me internariam naquela clínica horrível da penitenciária.

— Eu não tenho um tablet — respondi, sem paciência para a questão irrelevante de Adelina, embora eu quisesse muito ganhar um de presente. Adelina me ignorou por um momento, mas logo percebeu que meu ânimo não estava dos melhores. — Você ainda precisa secar e guardar a louça, não se esqueça do nosso trato. Eu já faço demais nesta casa e mereço algum descanso.

— Já vou, criança... — respondeu, chateada por eu assumir o papel de adulta entre nós duas.

Vovó Adelina deixou meu quarto e seguiu em direção à nossa cozinha conjugada com a sala. Olhei novamente para o meu reflexo e despedi-me dele com um semblante de superioridade, convencida de que havia vencido aquela batalha contra os primeiros traços de loucura que ameaçavam comer minha sanidade pelas beiradas. Com passos de menina tola, caminhei até a cozinha e observei atentamente minha avó Adelina, certificando-me de que ela secava e guardava cada peça de louça em seu devido lugar. Irritada como nunca, Adelina manteve o rosto emburrado enquanto eu inspecionava sua tarefa. *Céus! Definitivamente, os papéis de adulto e criança nesta casa haviam sido invertidos.*

A campainha, com seu som estridente de bruxa que lança um feitiço letal, tocou.

Adelina e eu nos entreolhamos de imediato, nossos olhos arregalados. Ficamos apreensivas, sem saber quem poderia estar à porta. Entre falar algo ou fingir que não havia ninguém em casa, optamos pela segunda opção.

— Griselda, abre a porta... aqui é o Michael! — Meu irmão disse do lado de fora, com uma voz mais desanimada do que de costume.

— Meu neto! — exclamou Adelina, seu semblante iluminado. Agora, ela parecia empolgada em rever meu irmão. Aposto que, na primeira oportunidade, o chamaria de "trombadinha", a forma carinhosa com que sempre se referia ao seu neto encrenqueiro, que vivia zanzando pelas ruas e causando problemas na vizinhança.

Minha avó correu até a porta, e eu a segui, para juntas darmos as boas-vindas a Michael.

— Olá... — O sorriso de Adelina se alargou. — Meu neto... — Mas seus lábios logo se retorceram em desgosto.

Para o nosso desespero, Michael estava à porta acompanhado de um policial. O homem fardado segurava Michael pelo braço, provavelmente por meu irmão ter se metido em outra confusão; eu apostava que ele havia sido pego tentando furtar biscoitos recheados de chocolate em algum mercadinho da vizinhança, como de costume.

Michael também olhava para vovó Adelina com uma surpresa inconcebível, pois ele estava ciente de que nossa avó deveria passar dez anos a mais na cadeia.

— Boa tarde, minha cara. Por acaso a senhora Hillary se encontra? — O policial, identificado pelo nome Randall, escrito no letreiro em seu uniforme, questionou Adelina; a propósito, recordo-me de que ouvi minha mãe biológica e a vizinha dos cabelos de fogo comentando sobre um tal de policial Randall que cortejava minha mãe pelo telefone.

— Não... ela não está... Está no hospital, na verdade...

— Espere um momento... — O oficial retomou a fala, seus olhos confusos fixos nas feições de minha avó. Quando ele inclinou a cabeça para o lado direito, em cerca de quinze graus, imaginei que havia desvendado o enigma envolvendo a verdadeira identidade de minha avó biológica. O rosto de Adelina certamente era conhecido por todos os postos policiais das redondezas, que deviam ter seu retrato impresso como uma criminosa, estelionatária, fugitiva e assassina.

Céus! Minha avó está com sérios problemas.

O policial Randall soltou o braço de Michael, sacou sua arma e apontou para Adelina Hunter.

— Mãos na cabeça! Vá para a parede no fundo da sala e coloque as mãos nela! Agora! — Ele ordenou, sua voz alta, carregada de agressividade e autoridade. Meu mestre já havia me dito que os policiais utilizavam essa técnica de elevar a voz para intimidar seus prisioneiros e impor respeito.

— Mas por que está apontando essa arma para mim, bom policial? Sou apenas uma senhora idosa que vive cuidando de seus netos queridos...

— Vá para aquela parede e coloque as mãos nela! Não vou pedir de novo! — exigiu, sem querer perder tempo com conversa fiada.

— Ei, mas que porra é essa, cara? Ela é só uma velha caquética! — O "boca-suja" do meu irmão Michael entrou em cena, apenas para atestar que seu linguajar era altamente inapropriado e desrespeitoso com os demais.

— Michael, pegue sua irmã e a bebê que está dormindo no sofá e as tire desta casa. — O policial continuou, sem desviar o olhar da fugitiva.

Michael pensou por um instante, algo que raramente fazia da maneira certa, e optou pela decisão mais sensata e, ao mesmo tempo, egoísta de sempre: correu para as ruas, nos abandonando à mercê do destino.

— Volte aqui, Michael! — Randall gritou em vão. Naquele momento, meu irmão provavelmente já virava a esquina da nossa quadra.

O desvio do olhar do policial para a rua, à procura de algum rastro de Michael, custou caro. Minha avó tentou avançar contra o homem para tomar sua arma, mas, como foi altamente treinado para lidar com situações extremas, a investida de Adelina falhou. Antes que ela pudesse alcançar a mão que segurava a arma, o policial foi mais rápido e tomou a postura dominante de antes, apontando a arma com maior ênfase para o rosto de Adelina.

— O que você pensa que está fazendo? Vá para a parede, já lhe disse!

Céus! O grito do policial foi tão alto que quase estourou meus tímpanos.

Como resposta inapropriada, Adelina sorriu para ele e se recusou a obedecer.

— Acho que não estou com vontade de caminhar até aquela parede mofada — disse ela, provocando a paciência de Randall.

Se minha avó realmente desejava levar um tiro em alguma parte de sua pele calejada pela vida, estava quase conseguindo.

— Último aviso! Vá para a parede, ou atiro no seu joelho! — Ele ameaçou, seu tom repleto de raiva.

— Está bem, está bem! — Adelina respondeu apressadamente, antes que o homem abrisse um buraco em sua perna. Minha avó se encostou na parede da sala.

— Sua maldita fugitiva! Foi você quem matou o policial durante a condução para a visita médica, não foi? — O policial gritou, revelando uma parte do ocorrido na fuga de minha avó biológica.

— Quietos! Os dois! — intervim na algazarra. Minha voz alta fez valer a pena. Os dois adultos ao meu redor finalmente calaram suas bocas e me observaram, assustados, ainda que de canto de olho.

— Vocês têm alguma noção de quanto tempo levei esta manhã para que a bebê finalmente adormecesse? Se Marjorie acordar agora, terei que acalmá-la e fazê-la dormir novamente. Então, falem baixo para que ela não acorde, e eu não precise segurá-la no colo por mais algumas horas até que adormeça outra vez! — exigi, lançando um olhar preocupado para minha irmãzinha, que dormia tranquilamente no sofá da sala, cercada por almofadas amarelas para que não rolasse para o lado e caísse no chão.

Os adultos me observaram abismados, impressionados com a ponderação excessiva que fluía da criança de seis anos diante deles. Em seguida, um silêncio de três segundos se estendeu, enquanto assimilavam a razão que emanava de minha voz.

— Ok, Griselda, ficaremos todos calmos. Agora, preciso que você pegue sua irmãzinha e a leve para fora da casa, está bem? — disse o policial de barba rala e olhos escuros, com um tom moderado, exatamente como eu desejava que ele se reportasse a mim em minha sala de estar. — Pegue a bebê e me espere na calçada, ao lado do carro de polícia.

Eu fixei meus olhos na expressão de desagrado no rosto enrugado do policial e respondi, sem hesitação:

— Não!

Houve uma pausa, e os olhares arregalados dos dois adultos à minha frente se cruzaram mais uma vez.

— Griselda, ouça o policial. Pegue minha neta Marjorie e a tire daqui! Não seja uma criança estranha novamente...

— Eu não posso ir agora, vovó... ainda não... — interrompi-a, enquanto me dirigia apressadamente para a cozinha.

— Griselda? Para onde está indo? Volte aqui... eu preciso que você...

— Um momento, oficial Randall... só preciso pegar algumas coisas antes de sair de casa.

Minha hesitação em abandonar o local incomodou visivelmente o policial, mas não o suficiente para desviar sua atenção da minha avó ou para tomar uma atitude mais drástica.

Já na cozinha, de costas para eles, abri a gaveta abaixo da pia e procurei rapidamente um saco de lixo verde transparente, com capacidade para cem litros. Eu o virei de ponta-cabeça, fiz três aberturas na base: duas nas laterais e uma central ao fundo. Vesti o saco, passando meus braços pelos furos laterais e a cabeça pelo central. Com minha nova vestimenta improvisada, estilo "musa de gari", peguei mais três sacolas plásticas no suporte em formato de galinha preso à parede. Usei-as como luvas e calçados, e fiz uma touca para cobrir meus cabelos. Em seguida, abri a gaveta dos talheres; então, voltei ao confronto silencioso entre a fugitiva e o policial. Peguei Marjorie cuidadosamente no colo, para que ela não acordasse, e a segurei no peito apenas com a força do meu braço esquerdo.

— Minha mãe sempre me dá um beijinho na testa antes de eu sair de casa, para me proteger. Você poderia fazer isso por mim, senhor Randall? — pedi ao policial, enquanto ele se preparava para usar o rádio comunicador em seu ombro, para relatar o que estava acontecendo aos seus colegas. Fingindo dificuldade em sustentar Marjorie com apenas um braço, ele sabia que deveria me conceder essa pequena bênção antes que a bebê supostamente caísse do meu colo.

O policial me olhou com suspeita, instinto natural de alguém treinado para desconfiar de tudo e todos. No entanto, como o homem de bom coração que parecia ser, o oficial Randall cedeu ao meu pedido e se inclinou para dar um beijo de proteção em minha testa, não querendo perder mais tempo comigo. *Céus! Como ele foi ingênuo ao se dobrar aos caprichos de uma criança aparentemente inofensiva.* Enquanto ele apontava a arma para as costas da minha avó e se aproximava para me beijar, empunhei discretamente com a mão direita a faca de serra que peguei na cozinha sem que ele notasse. Num movimento rápido e preciso, enfiei a ponta da lâmina por debaixo da pele flácida do seu submaxilar triangular. Girei a faca levemente, intensificando o dano que a ponta de corte alongado poderia ter causado em seu cérebro e o incapacitando instantaneamente. Deixei a faca cravada ali mesmo, presa em seu maxilar, e dei um passo para o lado, permitindo que seu corpo inconsciente caísse pesadamente no chão.

Kaboom: esse foi o som do corpo quando encontrou o chão.

— Olha só, vovó... como o policial está engraçado agora — zombei do corpo caído, com os joelhos dobrados e as nádegas voltadas para o alto.

Minha avó me olhou como se estivesse vendo um fantasma. Aproximou-se do policial e deu-lhe um leve empurrão com o pé. A parte traseira do oficial Randall tombou para o lado, e seu cadáver caiu sobre o nosso tapete, o sangue dele escorrendo sem parar do ferimento e se instalando em cima do tapete. Um sorriso largo de pura satisfação iluminou o rosto de minha avó.

— Eu não vou ser presa! Eu não vou ser presa! Eu não vou ser presa! — Adelina repetiu três vezes, a voz transbordando de alegria. — Não acredito que você esfaqueou esse policial para proteger sua avó! Ha... ha... ha... Eu jamais esperaria por isso...

Ela continuava a me lançar aquele sorriso contagiante, cheio de vida, enquanto saboreava outra vez a liberdade.

— Sim, vovó... fiz isso por você, porque era o certo a se fazer. — Ela me agradeceu com outro sorriso maroto, meigo, orgulhosa de minha façanha. Ao passar a faca no policial, segui à risca as instruções de Avalon 1500 em proteger minha avó de toda adversidade, eliminando qualquer um que tentasse fazer mal à mãe biológica da minha mãe. — Mas, na verdade, foi você quem o matou... não eu — completei.

Agora, o rosto dela mostrava uma expressão ainda mais incrédula e espantada.

— Eu não o matei! Foi você quem enfiou a faca de legumes na cabeça desse policial, eu vi!

— Sim, você viu. Mas quem, em plena sanidade, acreditaria que uma criança indefesa fez isso? Basta eu dizer à polícia que foi você, e eles acreditarão em mim. Não se esqueça de que você é uma assassina e ladra foragida. Além disso, usei a faca que você me deu ontem à noite. Ela contém apenas "seu" DNA e digitais, pois eu nunca a toquei diretamente, por isso estou usando essas luvinhas de sacolas de mercado. Quanto a mim, serei sempre a criança perfeita e inocente, que relatará aos policiais a forma trágica e traumatizante como você matou este pobre oficial. O que quer que eu diga, eles acreditarão em mim, não em você. Então, seja grata a mim e não cometa a loucura de mencionar a ninguém essa conversa que tivemos aqui na sala, fui clara?

Minha avó compreendeu a verdade inquestionável que eu havia exposto.

— Você tem razão... tudo o que disse faz sentido. — A expertise ultrapassada de Adelina afirmava para ela que caíra em minha armadilha.

— Agora, acredito que você precisa abandonar esta casa e desaparecer para sempre, caso não queira ser presa novamente e acabar sendo condenada à execução ou à prisão perpétua por ter retirado a vida de outro policial. — Pressionei-a com meu olhar exausto, esperando que tomasse a decisão mais sensata.

— Mas que raios, menina... O que há de errado com você? Como sabe tanto das coisas? Foi o seu sequestrador que a transformou nessa criatura inteligente feito o diabo, não foi?

— Isso não vem ao caso agora, vovó Adelina. O mais importante é decidirmos o que faremos com este corpo em nossa casa e com a viatura estacionada na calçada. Acha que consegue sumir com ambos?

Ela refletiu por um longo tempo. Como o peso de Marjorie, adormecida em meu colo, era demais para meus bracinhos fracos suportarem, devolvi-a ao sofá.

— E então... já pensou no que faremos? — Meu olhar impaciente forçou-a a abandonar aquele transe de possibilidades que rondavam sua cabecinha confusa.

— Quanto a você, eu não sei... — Ela começou a dizer, correndo para o quarto da minha mãe, do qual se apossou desde que chegou. — Mas... quanto a mim... — ressurgiu com uma mala em uma mão e, na outra, sua outrora misteriosa grande mochila preta. — Eu vou é me mandar daqui! Quero estar o mais longe possível deste fim de mundo quando a polícia bater nesta porta outra vez — disse, enquanto pegava a chave do carro do policial no bolso do defunto. Pelo menos, ela teria a decência de sumir com a viatura em frente à minha casa. — Boa sorte em sua vida, minha neta... Eu te amo... jamais esquecerei o que você fez pela sua vovozinha. Devo minha liberdade aos seus feitos.

— Ei... espere! Vai me deixar aqui sozinha com a Marjorie e este corpo na sala? Fiz isso por você! Então, deve-me alguma gratidão! Ainda precisarei de sua ajuda para me livrar do corpo! — tentei apelar ao seu lado emocional, desesperada ao vê-la se aproximar da porta de saída.

— E serei eternamente grata a você, Griselda... exatamente como lhe disse há pouco! — disse, sem ao menos "me dar um beijo de despedida na testa"; acredito que a acidez contida nesta piada seria compreendida apenas por Adelina, por mim e pelo policial, caso ele ainda estivesse vivo.

Adelina sumiu pela porta, deixando-me no vazio das almas abandonadas. Aceitei rapidamente a partida de minha avó e assimilei uma nova estratégia de contingência perante a cena caótica da sala. O corpo deitado no tapete de minha casa seria um grande problema caso fosse descoberto. Como não conseguiria arrastar sozinha aquele corpo para longe, muito menos dividi-lo em pedaços, ensacá-los e colocá-los em um carro para dar-lhe um sumiço permanente, o defunto estava fadado a apodrecer no cômodo até que alguém o encontrasse. Decidi que não tocaria mais nele, a fim de evitar o erro fatal de contaminar o corpo de Randall com meu material genético. Resolvi que minha casa não era mais um lugar seguro para mim e para a bebê. Assim como minha avó fez, nós duas também precisávamos abandonar aquele local imediatamente.

Fechei a porta aberta de casa, caminhei calmamente até meu quarto e, de baixo da cama, puxei minha velha e rasgada mochilinha que usava para ir à escola. Abri-a e conferi se tudo o que precisava estava ali dentro: meus cadernos, meus livros e, claro, os cento e cinquenta e dois mil dólares que furtei da misteriosa bagagem preta que minha avó trouxe consigo. Nem imagino como, quando e onde ela conseguiu levantar essa quantia, mas, como meu mestre sempre me disse para nos agarrarmos às oportunidades que a vida nos dá em relação ao capitalismo, decidi que a saquear seria a melhor decisão. Eu apenas gostaria de ver a cara de Adelina quando descobrisse que todo aquele dinheiro não estava mais sob seus domínios. Enquanto ela tomava banho mais cedo, fiz uma pequena visita ao seu novo quarto e confisquei todo o conteúdo da minha nova descoberta, sem que ela percebesse. Dentro da sacola grande que Adelina carregou consigo até a viatura, havia apenas algumas peças de roupa íntima da minha mãe e os livros velhos que Michael usava quando frequentava a escola, pois eu os substituí pelo dinheiro.

Agarrei mais uma muda de roupa minha e de Marjorie no quarto da minha mãe biológica e as coloquei dentro de uma sacolinha plástica de mercado. Em seguida, retirei todas as sacolas de plástico que meu corpo vestia e as coloquei em uma panela grande. Despejei álcool sobre o plástico e o queimei com o fogo de um fósforo aceso. Esperei o plástico derreter e virar cinzas. Depois, lavei a panela com palha de aço e detergente, sequei-a e guardei-a na estante. Após reunir toda a bagagem de que precisava, bem como limpar todas as provas restantes do crime que cometi, peguei minha irmã no sofá e a coloquei novamente em meu colo. Juntas, minha irmã de sangue e eu nos rebelaríamos contra o resto do mundo e trilharíamos nosso próprio caminho para a liberdade. Aliás, eu sabia exatamente para onde nossos destinos deveriam nos levar a partir de agora.

- FLASHBACK -

ANATOMIA

— Este aqui é o cérebro... este é o coração... aqui fica o fígado, e... este aqui é o pâncreas. Acertei? — Griselda falou comigo, enquanto eu apontava para os órgãos no cadáver aberto à nossa frente. Ela deveria nomear cada um corretamente.

— Meus parabéns, Griselda! Você aprendeu muito rápido!

— Mesmo? Isso é verdade? — continuou ela, sorrindo para mim com uma empolgação insuperável.

— Sim... todos os créditos são seus. Você sempre demonstrou um empenho e um amor inigualáveis ao aprender qualquer coisa que eu lhe ensino.

— E eu agradeço o seu elogio, mestre — disse com uma voz doce, tão suave quanto mel. Eu adorava vê-la encabulada quando a elogiava. Era um prazer observar desde o momento em que os vasos sanguíneos de suas bochechas se enchiam, tingindo sua pele pálida de um leve rubor, até o instante em que ela baixava o olhar, subjugada pelo adorável peso de sua timidez.

— Agora que demonstrou conhecer precisamente cada órgão do corpo humano, acredito que esteja na hora de você avançar para o próximo fundamento.

— Avançar ainda mais? — A empolgação dela quase me devorou vivo.

— Sim, claro! Venha comigo.

Abandonamos o corpo aberto na minha câmara frigorífica do porão e caminhamos juntos até outra passagem, dentro do mesmo ambiente refrigerado, separado apenas por grossas cortinas de plástico branco. O ar ao nosso redor, antes congelante, tornava-se menos frio, mas ainda assim não ultrapassava os cinco graus Celsius. Dentro daquela nova sala refrigerada, Griselda e eu nos deparamos com cinco outros corpos. Contudo, todos eles estavam vivos, amarrados dos pés à cabeça em cadeiras de madeira maciça, com as bocas amordaçadas.

— Mestre... eles estão vendo o nosso rosto... — Minha pequena Griselda me disse, com um tom de voz que revelava certo desconforto. — Isso significa que teremos que acabar com eles, não é?

— Você está correta novamente.

Após minha confirmação, os corpos despertos, levemente drogados, com os olhos arregalados, expressaram uma intensa preocupação. Todos começaram um coro de resmungos, como se aquela tentativa patética lhes fosse de alguma utilidade. *Céus! Por que os seres humanos comuns sempre cedem aos instintos irracionais ditados pelo próprio cérebro e tentam gritar na primeira oportunidade?*

Ao lado de Griselda, apontei para o primeiro corpo na fila, um homem de cabelos raspados.

— Este será o senhor Coração... aquela mulher ao lado dele será a senhora Rim Esquerdo... o outro homem será o senhor Pulmão Direito... este jovem rapaz será o distinto senhor Intestino Delgado e o homem idoso, no final da fila, atenderá pelo nome de Lado Esquerdo do Cérebro. Agora, vá até eles, pegue a faca em frente ao primeiro corpo e perfure-os nos lugares que indiquei, de acordo com o nome dos órgãos.

Griselda me fitou um tanto assustada no início, mas logo percebi que sua hesitação se devia à profunda gratidão por eu lhe permitir, finalmente, seguir com o ato de tirar a vida de um ser humano usando as próprias mãos, olho por olho, dente por dente. Sorrindo para mim, Griselda partiu em sua solitária saga de carnificina. Meus olhos se encheram com o doce sabor da vingança contra todas aquelas pessoas amarradas às cadeiras que, em algum momento do meu passado, me violentaram sexualmente, me roubaram, me insultaram ou me humilharam até a exaustão. Todos precisavam morrer. Diga-se de passagem, eu faria um imenso favor ao mundo livrando-o dessas pessoas horrendas. E minha Griselda, bem, ela se tornaria parte daquele momento tão especial para mim.

O MUQUIFO DO FIFULIN

Toc-toc.
  Bati suavemente na porta do apartamento de número 69, e Avalon 1500 a abriu de supetão, como se um intruso tivesse invadido seu espaço sagrado.
  — Que diabos é isso aqui, na minha porta? — Ela questionou, fixando seus olhos em mim. O semblante do meu oráculo transparecia uma expressão aterradora; a máscara de cílios escorrida nos cantos dos olhos e o batom borrado no lado direito da boca a tornavam uma figura... no mínimo peculiar. Havia em seu olhar uma fúria incontida, algo que me fez suspeitar de que talvez a minha presença fosse a causa de seu aborrecimento. — E esse bebê aí no teu colo? Vais me dizer que agora viraste traficante de crianças, por acaso?
  — Avalon 1500... — Sorri, tentando, desesperadamente, conquistar sua simpatia e quem sabe ser convidada a entrar para uma xícara de café bem adoçado. — Estou tão contente em revê-la...
  O oráculo continuou a me encarar com uma ira fulminante e, sem mais, fechou a porta bruscamente na minha cara, interrompendo minha fala cortês. O estrondo ecoou pelo corredor, fazendo Marjorie dar um pequeno sobressalto no meu colo; mas logo ela voltou a dormir. Consolei-me, sentindo-me momentaneamente desamparada por Avalon, em especial após a noite anterior, em que nos tornamos amigas, ou pelo menos era o que eu pensava. Meu mestre já havia me alertado sobre as imprevisíveis mudanças de humor dos oráculos, seres cuja mente estava sempre em ebulição.
  Apesar da tentativa de Avalon 1500 de me deixar plantada à sua porta, eu trazia comigo a virtude da persistência. Respirei fundo e ergui a mão novamente para bater na porta, determinada a ser recebida. Antes que meu segundo "toc-toc" ressoasse pelos corredores decadentes e mofados daquele edifício assustador, Avalon 1500, surpreendentemente, abriu a porta mais uma vez. Fiquei espantada ao vê-la de novo, mas logo compus um sorriso radiante, desejosa de mostrar que eu era, de fato, uma criança comportada, sorridente, e que sabia me manter em silêncio na sua presença.

— Trouxeste mais dinheiro? — Ela inquiriu, sem rodeios.

— Claro que trouxe.

— Pode entrar — respondeu ela, de maneira simples e direta. Avalon aguardou que Marjorie e eu adentrássemos seu lar antes de fechar a porta.

Meus olhos brilharam como se eu tivesse acabado de entrar em um reino encantado. Embora fosse um lar de um cômodo apenas, o apartamento de Avalon era uma explosão de cores vivas, tecidos sofisticados, plumas, manequins, fantasias, vestidos e máquinas de costura.

— Avalon 1500... o seu apartamento é...

— Olha lá o que você vai dizer... se tu disseres que minha casa parece uma zona de guerra, eu te ponho para fora na hora, entendeu?

— Não... jamais diria tal coisa. Eu apenas ia dizer que este apartamento é tão... encantador. É apertado, sim, mas é belíssimo e decorado com muito bom gosto.

— Ah, hã... sei — respondeu, desinteressada, ignorando meus elogios sinceros.

— Foi você quem fez esses vestidos? — perguntei, referindo-me às peças dispostas nos cantos das paredes.

— Fui eu, sim. Além de trabalhar duro nas noites, eu também costuro para algumas amigas. Em nome de Madonna... essa criança no teu colo está acordando! — Avalon 1500 exclamou, olhos arregalados fixos em Marjorie. — Essa criaturinha não vai começar a gritar e sujar a fralda aqui, vai?

— Não... ela não vai. Quando acorda, ela adora assistir à televisão. Você poderia ligar a TV para que ela se distraia enquanto conversamos sobre algo importante? Está quase na hora do programa favorito dela.

— Tu achas que tenho cara de quem gosta de receber visitas e ainda fazer as coisas para os outros? Vai tu lá e liga a televisão, menina preguiçosa.

— Ok, claro! Já vou...

Coloquei minha mochila, a sacolinha plástica com nossas roupas extras e Marjorie sobre o grande tapete em formato de lábios vermelhos na sala e liguei a TV. Busquei o canal que exibia o programa o dia inteiro e observei enquanto Marjorie se hipnotizava com aqueles personagens coloridos e cabeçudos na tela.

— Pronto... — suspirei, aliviada. O peso da bebê finalmente dava uma trégua aos meus bracinhos cansados. — Podemos nos sentar à mesa?

— Claro, meu docinho... vem aqui... — disse-me ela, desta vez com um tom mais suave. Recolhi minha mochilinha do chão, e nós duas nos acomodamos à mesinha redonda de vidro transparente com pés de ferro cromado. — Antes de qualquer coisa, me diga quanto você trouxe para mim desta vez?

Seus olhos ansiosos não desgrudavam dos meus lábios finos, aguardando minha resposta mágica.

— Antes de tudo, preciso propor algo a você.

Avalon 1500 me encarou com desconfiança, mas permitiu que eu continuasse. Cruzou os braços e aguardou em silêncio.

— Quero que você cuide de mim e da minha irmã. Nós duas iremos morar aqui com você por um tempo — falei com firmeza, certa de que o oráculo cederia ao meu pedido.

— Tu bateste a cabeça ao nascer, foi? Não tens noção da loucura que estás me pedindo?

Antes que Avalon 1500 continuasse a berrar ou proferisse outra palavra em seu dialeto e sotaque nada usuais, abri a presilha da minha mochilinha e despejei sobre a mesa todo o dinheiro que minha avó Adelina havia roubado de alguém ainda desconhecido. O oráculo arregalou os olhos de surpresa, levantando-se num salto. A mulher gigantesca ficou ali, boquiaberta, admirando a quantia de notas de cem dólares enroladas em papel branco.

— Mas que porcaria é essa? De qual banco você roubou todo esse dinheiro, menina? — indagou Avalon 1500, com um leve toque de exagero, embora seu olhar deslumbrado revelasse a fascinação pelo montante que tinha diante de si. Nota por nota, ela começou a verificar a autenticidade do dinheiro, segurando as cédulas contra a luz do teto da sala para se certificar de que aquelas pilhas de notas eram realmente verdadeiras. Em seguida, lançou-me um olhar desconfiado, de suspeita renovada. — Tu não assaltaste nenhum banco e correste para o meu apartamento, não é? — perguntou-me, desta vez com um tom sério e incisivo.

— Não… é claro que eu não assaltei nenhum banco — respondi, tentando manter a calma.

Avalon 1500 explodiu em uma risada descontrolada, como se estivesse à beira de um surto de loucura. Enquanto ria, começou a guardar novamente o dinheiro na minha velha mochilinha, mas, ao colocar o último maço de dólares, surpreendi-a ao segurar firmemente sua mão, deixando claro que todo aquele dinheiro ainda me pertencia por direito. Ela me encarou com uma expressão feroz, mas também com um resquício de respeito; sabia que eu precisava elucidar todos os termos do nosso acordo antes de entregar-lhe aquele tesouro.

— Minha irmã e eu ficaremos aqui pelo tempo que precisarmos. Você nos alimentará, comprará roupas para nós, fraldas para a bebê e me dará todos os conselhos que eu pedir, sem cobrar mais dinheiro por cada um deles, entendeu? — falei com firmeza, deixando claro que para Avalon 1500 tornar-se a dona daquele dinheiro ela teria de cumprir todas as minhas exigências, senão eu poderia abrir meu bico "sem querer" e acabar contando aos outros sobre sua inusitada e novíssima aquisição patrimonial.

Avalon 1500 me observou timidamente, desviando o olhar para o lado e, em seguida, para o chão.

— Fechado. Agora esse dinheiro é meu?

— Na segunda-feira, eu vou precisar da minha mochila para ir à escolinha. Você poderia guardar o dinheiro em outro lugar?

— Sem problemas, meu docinho. Isso eu resolvo agora mesmo!

Avalon 1500 pegou um saco de lixo preto na cozinha e despejou todo o dinheiro dentro dele. Caminhou até o banheiro apertado, desprovido de porta, e, antes de esconder o saco atrás do vaso sanitário, no fundo de um cesto de roupas sujas, retirou um dos maços de dinheiro e o escondeu dentro da saia. Rapidamente, voltou à sala, agarrou minha mão e me puxou na direção da minha irmã.

— Avalon 1500... espere, o que você está fazendo? Por que está me arrastando desse jeito?

— Cuidar de você, que é uma criança comportada, eu até cuido... mas dessa outra aqui, nem pensar! — replicou enquanto também pegava Marjorie do chão, sustentando-a no colo. — Minha casa não é creche, menina. Vou entregar essa menina para a velha louca dos gatos cuidar... Ela precisa mais de uma criança por perto do que qualquer outra pessoa que mora neste prédio.

— Mas a bebê é minha irmã biológica, nós precisamos ficar juntas... e quem é essa tal mulher que atende pelo nome de Velha Louca Dos Gatos?

Avalon 1500 abriu a porta do apartamento, e nós três caminhamos pelo corredor escuro à esquerda.

— Ah, mas quanta pergunta que tu fazes, menina doida. Na minha casa criança não faz pergunta, entendeu? Criança fica quietinha no canto, paradinha, sem abrir a boca para me perturbar. Agora, vem comigo...

— Mas, Avalon 1500, eu insisto que você reconsidere sua decisão...

— Tu estás surda, é? Fecha a matraca, menina, e confie em mim. Toc-toc!

O oráculo bateu na porta do apartamento de número 61. Uma senhora idosa, com grandes óculos e cabelos brancos cacheados, abriu a porta.

— Oi, João Paulo... o aluguel... tem que pagar hoje... — disse a senhora, sua voz era a mais suave e encantadora que eu já havia escutado. Por um momento, tive que me controlar para não a abraçar e lhe pedir que cantasse qualquer coisa que pudesse. O tom de sua fala parecia acalmar minha alma.

— Isso aqui serve? — respondeu Avalon 1500, entregando uma quantia "x" à idosa, que, ao que tudo indicava, era proprietária do apartamento de Avalon.

— Serve sim... obrigada, João Paulo!

— Avalon 1500... por que ela a chamou de João Paulo de novo?

O meu oráculo lançou-me um olhar de ódio mortal; eu havia me esquecido de que ela me proibira terminantemente de fazer qualquer tipo de pergunta diretamente a ela. Baixei o olhar para o chão, aceitando que ela não iria me responder naquele momento.

— Aqui... bebê... essa aqui é a Senhora Velha Louca Dos Gatos. Velha Louca Dos Gatos, essa aqui é a bebê. — Avalon 1500 apresentou uma à outra.

A Velha Louca Dos Gatos soltou uma gargalhada leve, duas vezes seguidas.

— Senhora Velha Louca Dos Gatos... que engraçado você dizer isso de mim... eu até que gostei do nome. — O bom humor da senhora era tão amável quanto o timbre de sua voz doce. Enquanto ela ria, um gatinho laranja tentou escapar pela fresta da porta. — Não saia, Fifulin... está frio lá fora... você vai pegar um resfriado — disse ela, afastando o gato da porta com um movimento delicado da perna.

— Aqui... pegue essa criança antes que ela comece a soltar catarro pelo nariz... — Avalon entregou Marjorie à senhora.

— Ah, mas que menininha mais linda... uma gracinha! — exclamou a Senhora Velha Louca Dos Gatos, recebendo Marjorie em seu colo com imenso carinho. — Quanto tempo essa preciosidade vai ficar comigo, João Paulo?

— Pago por três semanas... — Avalon 1500 entregou o restante do maço de dinheiro nas mãos da idosa.

— Mas que tanto dinheiro... não preciso de mais do que você me deu da primeira vez... fique com metade para você. — A Velha Louca Dos Gatos, demonstrando preocupação com as finanças de Avalon 1500, insistiu generosamente, revelando sua natureza altruísta, um colírio para este mundo de vistas embaralhadas.

— Já que insiste... — respondeu Avalon 1500, revelando-se o oposto de sua vizinha. Rapidamente, pegou o dinheiro devolvido e o guardou dentro do mesmo sutiã que vestia desde a noite anterior.

— Avalon 1500... — Eu disse ao meu oráculo, com uma voz carregada de irritação. — Você não deixará minha irmã aqui, na casa da Senhora Velha Louca Dos Gatos, sem que eu inspecione o interior do apartamento e confirme, com meus próprios olhos, que a bebê permanecerá em condições adequadas de saúde e conforto. — Bati o pé no chão, em sinal de protesto.

Avalon 1500 me lançou aquele olhar de puro ódio, como se quisesse exterminar qualquer um que ousasse cruzar seu caminho, mas me mantive firme, expressando desaprovação.

— Entrem... eu deixo a menina ver minha casa — ofereceu a anfitriã, abrindo a porta.

— Tem comida na geladeira? — indagou Avalon 1500 à senhora.

— Tenho bolo de banana... fui eu quem fiz...

— Já corta a metade, que eu quero levar para comer em casa... — ordenou o oráculo, enquanto entrava na sala e se dirigia apressadamente ao banheiro, trancando-se no lavabo.

O ambiente na sala de estar da respeitável Senhora Velha Louca Dos Gatos era o completo oposto do apartamento de Avalon 1500. Tudo estava impecavelmente organizado e limpo. Os móveis e as cores das paredes alternavam entre tons de cinza, azul e verde-abacate, compondo uma decoração típica de uma casa de avó dos anos oitenta. Cada detalhe emanava uma sensação de paz, de aconchego, e o forte cheiro de naftalina se misturava ao aroma acolhedor do bolo de banana, que parecia ter acabado de sair do forno.

— A bebê e eu vamos cortar o bolo para o João Paulo... sente-se no sofá, menininha linda — sugeriu a anfitriã.

Era reconfortante ver o apreço que a Senhora Velha Louca Dos Gatos parecia desenvolver por Marjorie. Seu olhar de total devoção junto aos lábios sempre sorridentes — ambos dedicados inteiramente ao carinho pela bebê — me davam a certeza de que Marjorie estaria segura naquele lugar. Marjorie, sem dúvida, encontrava-se em um lar capaz de criar uma criança com base no afeto e no amor incondicional dos tolos. *Céus! Como eu gostaria de que minha avó Adelina se assemelhasse à Senhora Velha Louca Dos Gatos em no mínimo dez por cento de sua graciosidade e empatia.*

Sentei-me no sofá verde-abacate de couro e observei com mais atenção os outros cômodos da casa. Além da sala, da cozinha e do banheiro, que dividiam o mesmo espaço, notei a presença de dois quartos ao final do corredor. Se eu estivesse certa, Marjorie teria seu próprio quarto durante sua curta estadia naquele apartamento. Enquanto finalmente aprovava o conceito de normalidade ao redor, devido à ambientação e à vibração positiva que ressoavam naquela residência, meus olhos pousaram na parede perto da porta de entrada. Acima do marco superior da porta, estavam penduradas cinco cabeças empalhadas de gatos. Foi então que compreendi plenamente por que Avalon 1500 deu aquele nome, antes impróprio, à Senhora Velha Louca Dos Gatos. Afinal, quem em plena sanidade manteria a cabeça daqueles pobres bichanos penduradas em sua casa?

O gatinho alaranjado de antes surgiu entre minhas pernas e se enroscou nelas, pedindo carinho. Acariciei a cabeça dele, e ele respondeu com um grato "miau". A casa do Fifulin era o melhor ambiente familiar que já conheci na minha vida passada, digo, quando eu ainda era uma criança despreocupada e desocupada como as outras.

— Aqui... coma um pouco do bolinho... — disse a gentil senhora, sentando-se ao meu lado no sofá, com Marjorie ainda nos braços. Ela me entregou um pratinho com um pedaço generoso de bolo de banana, acompanhado de um pequeno garfo de plástico rosa.

— Obrigada! — agradeci, por educação.

— Aqueles ali na parede são os outros gatinhos que eu tive. Todos já morreram... — explicou a senhora, de forma redundante. Afinal, se as cabeças dos animais já estavam separadas dos corpos, empalhadas, era óbvio que tinham falecido. Mas não quis ser rude ao corrigir algo desnecessário, então a deixei continuar a falar. — Eu os amava tanto... mas eles se foram, me deixando aqui com o Fifulin...

Desviei meu olhar das cabeças na parede e fixei-me na estante da sala, que sustentava a TV de tubo com tela de vidro. Sobre a prateleira, repousavam cinco retratos idênticos de um menino que aparentava ter a mesma idade que eu. Ele sorria para a câmera com uma alegria contagiante. Voltei a observar outra parede e, em seguida, a bancada que separava a sala da cozinha. Em ambos os locais, estavam os mesmos retratos daquele menino de cabelo curto que vestia uma boina de lã.

— Quem é ele? — perguntei, movida pela curiosidade.

— Era meu neto... faleceu no mês passado... — A tristeza no olhar da Senhora Velha Louca Dos Gatos era sutil e cortante, capaz de tocar até mesmo os corações mais endurecidos que não fossem o meu ou o do meu mestre. — Ele estava doentinho... eu cuidava dele todas as terças e sextas-feiras... Sinto falta dele... assim como sinto falta dos meus gatinhos.

O desabafo da senhora estava carregado de um profundo pesar. Seus traços faciais lutavam para não se entregar às lágrimas, e ela parecia olhar para o nada, refém de sua própria tristeza. No entanto, em minha mente, a última frase dela contradizia a negatividade que envolvia seu semblante; a informação sobre a perda de seu neto revelou, nas entrelinhas, a nobreza oculta de meu oráculo ao trazer minha irmã para os braços solitários da anfitriã.

— Avalon 1500... ela trouxe a bebê para que você não se sentisse tão sozinha... — sussurrei para mim mesma, mas acreditava que o som suave de meu timbre também havia alcançado os ouvidos da dona do Fifulin. Como meu tutor já me explicou anteriormente, os oráculos podem parecer "durões" à primeira vista, mas, no fundo, escondem uma das pessoas mais bondosas e generosas que existem no mundo. — Acredito que Avalon sabia da sua tristeza pela morte de seu neto e trouxe Marjorie para aquele apartamento na esperança de que isso pudesse te consolar ou trazer boas lembranças.

— O João Paulo fez isso por mim? — indagou ela, comovida.

— Tenho certeza de que sim. Mas por que você insiste em chamar Avalon 1500 de João Paulo?

Antes que a caridosa senhora pudesse responder, Avalon 1500 retornou de sua "demorada" visita ao lavabo.

— Onde está o meu bolo? — perguntou, ajeitando sua roupa por baixo da saia.

A Senhora Velha Louca Dos Gatos se levantou com certa dificuldade, devido ao peso de Marjorie em seu colo, e sorriu amplamente para meu oráculo.

— Obrigada por trazer a criança para mim... — A dona do Fifulin agradeceu à Avalon 1500 com um abraço caloroso e prolongado.

Meu oráculo arregalou os olhos diante daquele gesto incomum e permaneceu congelada, visivelmente constrangida com o abraço destoante àquela cena.

— Imagine, minha senhora... eu que agradeço por cuidar dessa bebê catarrenta para mim.

O abraço duradouro terminou.

— Pegue metade do seu bolo, João Paulo... está ali... — disse a anfitriã, indicando o prato em cima da bancada. Avalon agarrou as bordas do prato e fez um leve aceno de cabeça para me chamar. Coloquei meu pratinho de bolo sobre a bancada e caminhei até o oráculo.

— Até mais, bebê... e até mais, Senhora Velha Louca Dos Gatos... — despedi-me das duas.

— Até logo, menina linda... — respondeu a senhora.

Ela ia fechando a porta e, entre a abertura e o fechamento da fresta, o Fifulin me observou com seus olhos de pupilas dilatadas em formato de fenda, dando um último adeus.

A porta do apartamento se encostou de vez.

— Puta que o pariu! Você viu quando ela me bolinou? — desabafou Avalon 1500.

— O que significa a palavra "bolinou"? — perguntei, ansiosa para entender o significado dessa nova expressão, ainda desconhecida do meu vocabulário avançado.

Avalon me lançou outro olhar zangado e, após pensar por um momento, respondeu:

— Não significa nada, meu anjinho. Agora entra no meu apartamento e prepara-te para sair, porque hoje vamos visitar alguém muito especial para mim.

Adentramos juntas em meu novo lar, e fechei a porta. Avalon 1500 guardou seu prato de bolo na geladeira verde-esmeralda, que estava descascada nas bordas rentes ao chão.

— Ótimo! Que bom que vamos passear. Adoro caminhar pelas ruas e ouvir o canto dos pássaros...

— E eu te perguntei algo? Bico fechado, tal da criança perfeita.

Calei-me imediatamente.

— Agora eu quero que tu te escondas debaixo da coberta em cima da minha cama, enquanto eu troco de roupa — vociferou outra ordem.

— Mas você pode se trocar na minha frente. Não me importo com isso. Afinal, somos mulheres, não é? Já estou acostumada a ver minha mãe e até minha avó se trocando... confie em mim quando digo que não ligo mais para essas coisas — afirmei e fiquei em silêncio.

Avalon 1500 me fulminou com um olhar furioso. Antes que ela me repreendesse mais uma vez, corri para me esconder debaixo da coberta e permaneci ali, em minha cabaninha abafada. Eu deveria ter aprendido a ficar calada e seguir as ordens do oráculo.

— Avise-me quando terminar.

Esperei cerca de um minuto e meio.

O DINHEIRINHO É DA JUJU

— Pronto... agora pode olhar para mim. — Avalon 1500 me liberou da prisão sob a coberta que exalava o aroma suave de amaciante com notas de flores silvestres.

Diante do que meus olhos avistavam naquele instante, não pude evitar a surpresa que fez com que meus olhos se arregalassem.

— Avalon... por que você está vestindo calças jeans masculinas? E por que prendeu o cabelo para trás? Eu gosto mais dele solto e volumoso, como estava antes...

— Você realmente acha que fico melhor como antes?

— Sim... além disso, essa sua camisa social azul não valoriza em nada sua silhueta perfeita...

— Agradeço o elogio, mas preciso me apresentar assim toda vez que visito alguém da minha família, senão sou escorraçada da casa deles. Agora, vamos embora; não quero chegar tarde em casa...

Avalon pegou sua bolsa preta, adornada com pedrinhas brilhantes, de cima do sofá e agarrou minha mão. Literalmente arrastada pelo oráculo, seguimos para fora do apartamento, e Avalon trancou a porta. Descemos um lance de escadas pelos corredores malcheirosos e, antes de abandonarmos o prédio pela porta principal, Avalon 1500 interrompeu nosso avanço, demonstrando uma postura inquieta.

— Menina... preciso que você faça um favor para mim. Há um apartamento bem em frente a este... quero que espie e me diga se por acaso tem algum *boy magia* na janela do terceiro andar daquele prédio. Ele tem cabelo castanho-claro, pele bronzeada e um corpo musculoso que nem um touro. Vá até lá e veja se ele está tomando banho de sol na janela do quarto dele.

— Ok... — respondi, estranhando a tarefa, e espiei além da porta grande do *hall*. — Não há ninguém com as características que me descreveu na janela do terceiro andar, nem mesmo nos dois lados da rua.

— Então vamos embora rápido; não quero correr o risco de que o *boy magia* me veja vestida desse jeito.

Avalon novamente agarrou minha mão e avançou pela calçada. Atravessamos a rua, chamamos um táxi e nos acomodamos nos bancos de trás do veículo.

— Oi, meu amorzinho... — disse Avalon ao taxista de bigode espesso. — Este é o endereço... não fica muito longe daqui... — Ela entregou ao motorista um papelzinho com o endereço a ser percorrido.

— O *senhor* é quem manda... — respondeu o taxista, ousando tratar Avalon de forma contraditória.

— Senhor taxista, Avalon 1500 é uma menina assim como eu, e não um senhor, como a chamou — corrigi, ciente da gravidade do erro. O taxista possivelmente precisava de óculos novos, pois só alguém com problemas de visão não distinguiria que Avalon era, de fato, uma mulher imponente, sedutora e exemplar que veio ao mundo com a missão de quebrar paradigmas.

— Puta que o pariu, menina... você nunca fecha a boca? — Avalon me repreendeu pela vigésima vez. *Céus! Como era difícil agradar ao meu oráculo.* — Não ligue para essa mal-educada, senhor taxista... ela é sempre assim, só abre a boca para falar em hora errada...

Irritada pela injustiça cometida contra mim, já que Avalon esnobou minha tentativa de defendê-la, decidi que não diria mais nenhuma palavra até o término da nossa viagem.

O carro avançava rápido nas estradas.

— Aqui, moço... é aqui mesmo... Pode parar na esquina; não quero pagar por mais nenhuma milha... — disse Avalon, enquanto abria a porta do veículo ainda em movimento.

Ela entregou ao taxista o dinheiro da corrida, e nós duas retornamos à calçada.

— Puta que o pariu! — exclamou, empolgada ao dar o primeiro passo na calçada. — Olha só, Griselda, tem gente caída na calçada logo ali! Já amei esse lugar... é a minha cara! — comemorou com um sorriso satisfeito, referindo-se aos corpos de dois homens bêbados estirados no chão, tentando se levantar sem êxito.

Meu oráculo apanhou do chão uma pequena garrafa de bebida ao lado de um dos bêbados, cujas mentes estavam entorpecidas pelo álcool em suas veias, sem que ele percebesse, e a guardou em sua bolsa de alça longa. Avançamos pela nova vizinhança ao compasso dos passos mais ligeiros de Avalon.

— Estou com fome... poderíamos parar naquela lanchonete do outro lado da calçada. O que acha, Avalon? Segundo a placa, eles têm sorvete de chocolate...

— Gastar dinheiro nessa pocilga de pulgas? Nem pensar! Ouvi dizer que o sorvete de chocolate daqui dá diarreia.

Fiquei desanimada com a rápida negativa.

— Quem estamos indo visitar, afinal? — perguntei, tentando mudar o rumo da conversa.

Avalon sorriu serenamente. Acho que foi a primeira vez que a vi sorrir com uma expressão limpa e graciosa, livre das provações que o mundo cotidianamente lhe impunha.

— Vamos visitar a Juju... ela é minha sobrinha. Tem cinco meses e é uma fofura... É filha da minha irmã Jéssica. Minha irmã e o marido vieram do Brasil para os Estados Unidos há dois anos. Agora moram pertinho de mim — concluiu com outro sorriso iluminado.

— Aposto que Juju e Marjorie se dariam muito bem, não acha? — falei, expressando amor na voz, na esperança de arrancar alguma simpatia de Avalon.

— Sim, meu amorzinho... acho que elas se dariam muito bem...

Agora fui eu quem sorriu com zelo, pois, pela primeira vez, Avalon 1500 e eu tivemos uma conversa verdadeiramente produtiva e saudável — uma conexão genuína entre uma criança perfeita e seu oráculo. Eu tinha certeza de que todo aquele sentimentalismo excessivo, cuidadosamente forjado por mim, fortaleceria ainda mais os laços da nossa amizade. Amei escutá-la me chamar de "meu amorzinho", com aquele tom carregado de doçura e carinho, similar a uma mãe para com uma filha. Isso me fez sentir importante... e essa nova sensação alimentava meu ego de forma inesperada.

— Ali... ali é a casa da minha irmã — disse Avalon, apontando com o dedo indicador para uma casa humilde, similar aos outros imóveis desgastados e pequenos que compunham a vizinhança. — Olhe só! Minha irmã já está tão rica que deve ter contratado um jardineiro... — comentou ao reconhecer a figura de um homem usando uma grande tesoura para podar os galhos de um limoeiro em frente à casa da irmã. O jardineiro, um senhor de poucos cabelos brancos, estava de costas para nós, concentrado em sua tarefa de aparar os galhos e embelezar a natureza em volta da propriedade. — Olá, moço... eu queria saber se a Jéssica e a Juju estão em casa...

Ao chamar a atenção do suposto jardineiro, Avalon desfez o sorriso dos lábios, e a alegria que havia irradiado até então esmoreceu. Quando o homem se virou para encará-la, o espanto que cruzou suas feições refletia o choque que também tomava conta do rosto de Avalon.

— João Paulo? É você? — perguntou o senhor, com um sotaque pesado, como se ainda estivesse aprendendo a falar nossa língua nativa.

Um silêncio mortal pairou, criando um abismo de tensão entre os dois.

— Pai? O que você está fazendo aqui nos Estados Unidos? — indagou Avalon, inicialmente hesitante, mas, depois de um sorriso incerto, pareceu animada em revê-lo. — A mamãe... ela também está aqui? Vocês vieram visitar a Jéssica e a Juju? — questionou, esboçando outro sorriso tímido enquanto dava um passo à frente, indicando sua intenção de entrar na casa da irmã.

— Tu não me dás mais nenhum passo pra frente, sua aberração dos infernos! — falou rudemente, um asco gigantesco era lançado do rosto do pai de Avalon contra a própria filha; contudo, a entonação na voz do senhor foi dita de forma retraída, como se ele não quisesse que ninguém ao redor escutasse aquela conversa.

Avalon 1500 entristeceu seu belíssimo rosto, e os cantos de seus olhos logo se encheram de lágrimas.

— Pai... você não pode falar desse jeito comigo...

— E como você quer que eu fale? — repetiu ele, mantendo o mesmo tom de voz e a mesma expressão de nojo. Sua voz continuava em um quase sussurro, carregada de desprezo. — Olhe só para você! Por tudo que é sagrado, João Paulo... você é um homem! Eu te trouxe a este mundo para ser um homem! Por que você continua me envergonhando assim, se vestindo e agindo como mulher? Quando é que vai parar com essas coisas? Olhe só para o seu rosto! Olhe para esses peitos falsos que colocou em você... — Ele fez uma pausa, deixando que sua carranca de repugnância se acentuasse ainda mais contra a pobrezinha da Avalon.

— Agora eu sou uma mulher direita, pai... — Avalon tentou sua última cartada, na esperança de reverter a situação e evocar algum sentimento nobre no pai. — Olhe só para essa criança... — disse ela, tocando-me pelos ombros e colocando-me à sua frente, usando-me como exemplo. — Eu estou cuidando de crianças agora. Não saio mais para as ruas... para fazer...

A mentira de Avalon não me enganava.

— E quem, em plena sanidade, deixaria que você cuidasse de uma criança inocente? — Ele atacou novamente, com palavras duras que feriram profundamente Avalon. O oráculo engoliu em seco, sugando o ar pesado ao seu redor e prendendo a respiração, chocada com a brutalidade de seu pai, daquele que deveria acolhê-la e protegê-la de todos os perigos mundanos. — Quem deixaria que você contaminasse os próprios filhos com essa sua doença de achar que é uma mulher?

— Eu não sou obrigada a ouvir isso tudo de novo... — Avalon 1500 tentou falar com firmeza, mas seu tom de voz traiu a dor que estava sentindo, quase escorregando na corda bamba do sentimentalismo. — Eu vim falar com a Jéssica, e é exatamente o que eu vou fazer — afirmou com mais propriedade, dando dois passos à frente em direção à porta da irmã.

— Tu não vais entrar nesta casa abençoada! — esbravejou o senhor turrão, erguendo rapidamente a grande tesoura de poda que segurava, como uma ameaça física contra mim e Avalon, caso tentássemos seguir adiante. A ponta do tesourão raspou em meu ombro.

— Mas que porcaria é essa que achas que estás fazendo? — Avalon aumentou o tom de voz contra o pai, puxando-me para trás, tentando evitar que ele me acertasse com a ponta da tesoura. — Se tu acertares essa criança, tu és um homem morto, tu me ouviste? Tu não mexe com as minhas crianças, senão eu te parto ao meio! — ameaçou, com razão, pois violência gera violência em nossa ordem mundial. Como forma de nos proteger, caso o senhor tentasse nos atacar novamente, eu me precavi, levando minha mão direita até a faquinha de serra que tinha surrupiado da casa de Avalon, escondida sob minha calça. Se fosse necessário, eu cortaria a garganta daquele homem para que Avalon e eu permanecêssemos vivas.

— A tua mãe está do lado de dentro desta casa. Não cause mais um desgosto para ela! Eu não vou deixar que ela te veja com esses seios de mulher e esse cabelo longo... — continuou, exaltado. — Pelos Céus, eu te expulso da frente desta casa, sua maldita aberração! — exorcizou, levando sua ignorância a um novo patamar de sandices. As palavras daquele homem nos escandalizavam na mesma medida em que nos deixavam boquiabertas. A presença daquele ser, que deveria ser imediatamente dizimado da face da Terra, era uma profanação contra a aceitação e o respeito ao próximo.

Avalon deixou de lado sua dor, pois, após suportar toda aquela sessão deprimente de vergonha alheia protagonizada por seu pai, transformou o sofrimento em sabedoria ancestral que somente os oráculos eram capazes de proferir. Sabia que qualquer tentativa de aceitação por parte daquele homem primitivo seria inútil. O pai de Avalon estava contaminado pelo pior tipo de ignorância, aquela que carece de respeito; para mim, ele era um caso perdido, incapaz de evoluir, marcado em minha mente por meu olhar de assassina nata.

Diante de todo aquele vazio de bondade e amor, Avalon olhou para seu pai com desprezo. Rapidamente, limpou uma lágrima que escorreu pelo canto do olho esquerdo, retirou a carteira, as chaves do apartamento e a garrafa de bebida alcoólica que usurpou dos homens bêbados de sua bolsinha preta, arremessando-a contra o rosto do pai com o restante do conteúdo que havia em seu interior. O senhor idoso agarrou a bolsa no susto, seus olhos temerosos diante da possibilidade de Avalon partir para a agressão física. Meu oráculo apontou o dedo indicador para ele, e eu senti que ela estava prestes a feri-lo com verdades irrefutáveis.

— Eu posso não ser a melhor pessoa deste mundo... posso não ser o que você e a mãe sempre quiseram que eu fosse... mas eu sei que sou uma *mulher* incrível... e isso basta para mim. Não preciso da sua aprovação. E o meu nome não é João Paulo! O meu nome é Avalon 1500... Setecentos e cinquenta nesta aqui e mais setecentos e cinquenta na irmãzinha dela... — disse, sua voz oscilando entre raiva, tristeza, seriedade e serenidade. Enquanto falava, Avalon dramatizava com seus seios, como fizera durante nossa primeira apresentação na calçada ao lado do cercado de tela metálica. — Agora olhe para dentro dessa bolsa, seu Antônio — ordenou, chamando-o pelo nome.

O pai de Avalon obedeceu. Ainda receoso com o novo ar de onipotência que emanava do meu oráculo, a curiosidade o levou a abrir a bolsa bem devagar. Espantado, o homem que antes se mostrara briguento e atendia pelo nome de Antônio olhou para Avalon com uma expressão incrédula.

— Este dinheiro é da Juju! — Avalon assegurou. — Entregue essa bolsa cheia de grana nas mãos da Jéssica. Aí dentro tem os quarenta e dois mil dólares que a Juju precisa para fazer aquela cirurgia caríssima na cabeça dela. A Juju não vai mais morrer daqui a cinco meses, como o médico da pediatria disse à minha irmã no mês passado. A Juju terá uma vida inteira pela frente e será muito feliz! E, só para deixar bem claro a você, seu Antônio... foi essa *aberração dos infernos* que salvou a vida da tua neta — disse, girando em trezentos e sessenta graus, usando a si mesma como exemplo, apenas para dar-lhe uma lição de moral sobre como não tratar os outros de maneira tão deplorável e humilhante.

Avalon destruiu o ignorante senhor Antônio sem precisar recorrer a palavreados amargos que o desclassificassem perante a sociedade. Pela primeira vez, meu oráculo mostrou toda sua superioridade personificada diante dos outros meros mortais, aqueles hipócritas que se consideram donos do que é certo e errado.

— Vamos para casa, Griselda — disse, dando as costas para a casa de Juju e para seu pai resmungão. Seu Antônio começou a chorar baixinho enquanto nos afastávamos; talvez estivesse arrependido.

Eu, por outro lado, lancei um último olhar para aquele homem incapaz de amar e aceitar as escolhas do próximo. *Céus! Meu mestre não exagerou quando disse que cerca de oitenta e oito por cento da civilização atual não tem a mínima noção de que as outras pessoas também possuem sentimentos.*

— Vamos, criança perfeita, ande logo! Ligeiro! — Avalon me apressou, para que eu a seguisse rapidamente.

NECA, AQUENDAR, CHUCA, CHEQUE

Avalon 1500 e eu já estávamos novamente em seu lar. Já era final de tarde. Retornamos ao apartamento de Avalon sem pronunciar sequer uma palavra. Durante todo o percurso, em nossa segunda viagem de táxi pelas estradas, os olhos do meu oráculo pareciam fixos, encarando diretamente os fantasmas do seu passado. As duras palavras do senhor Antônio provavelmente foram as responsáveis por mergulhar Avalon em um estado de profunda reflexão. Embora, naquele momento, eu não estivesse particularmente preocupada com a carga emocional que ela carregava em seus ombros largos, eu sabia que ela estava triste. Muito triste, por sinal. Contudo, conforme meu mestre disse, os oráculos são todos projetados — de maneira injusta — pela vida para se tornarem seres inabaláveis diante de qualquer implicação que tente lhes diminuir a autoestima, e minha conselheira pessoal Avalon não fugia a essa regra. De costas para mim, sentada à mesinha de sua minúscula cozinha, Avalon comia seu pratinho de bolo de banana que a Senhora Velha Louca Dos Gatos havia lhe dado de bom grado. A pequena refeição demorava, o que me fez desconfiar daquele silêncio incomum, pois Avalon adorava falar, ainda que sozinha ou com uma espécie de amigo imaginário que somente ela enxergava. Com os cabelos agora soltos, e ainda de costas para mim, ela provavelmente estava chorando, encarando a parede cinza, sem fazer barulho algum. Aposto que ela não queria que eu a visse em um momento de fraqueza.

— Avalon 1500... você precisa terminar de comer seu bolo. Coma logo, que depois eu lavo a louça para você — tentei animá-la. Como uma sacerdotisa devota à sua entidade maior, era meu dever exaltar seu conforto e bem-estar acima de todas as minhas outras tarefas mundanas.

— Já terminei... e é melhor você esperar para lavar a louça, pois daqui a pouco teremos visitas — avisou, sem usar um tom de voz ríspido ou qualquer palavra que me ferisse.

Alguém bateu à nossa porta.

Avalon se levantou rapidamente, passou a mão no rosto, provavelmente para enxugar as lágrimas, e colocou o pratinho do bolo na pia. Sorridente, caminhou até a porta de entrada e a abriu com agilidade.

— As travestis chegaram, caralho! — exclamou Avalon 1500 para os dois outros oráculos que estavam diante dela. A alegria da recepção amistosa parecia ter eliminado qualquer vestígio do sentimento de tristeza que outrora transparecia em seu rosto.

— Amiga, mas que cabelo *uó* é esse? — perguntou uma das oráculos. Ela era loira, alta e magra, e sua voz era tão suave e afinada quanto o canto manso de um passarinho ao alvorecer.

— Teu cabelo está horrível! — completou a outra mulher, de cabelos avermelhados. Sua idade, contudo, parecia bem mais elevada que a das amigas. Se eu pudesse arriscar, diria que, mesmo com a quantidade exagerada de maquiagem que tinha no rosto, ela já deveria estar na casa dos quarenta, talvez cinquenta anos.

— Entrem, meninas, e já conheçam a pirralha que eu peguei pra criar — disse Avalon às suas amigas, anunciando a elas a significância da minha presença.

Envergonhada pela apresentação de minha pessoa, ajeitei meu cabelo para o lado e me preparei para adentrar no próximo ciclo de amizades extraordinárias que a roda do destino me impunha.

— Mas que menina linda!

— Quem é essa gracinha, Avalon? Qual é o nome dela?

Disseram as duas, quase ao mesmo tempo.

Avalon me observou inicialmente confiante, mas, logo a seguir, seus lábios titubearam e falharam. Ela se calou por um momento, pensou... pensou novamente... e finalizou sua pausa com um novo vazio de pensamentos.

— Anda, menina! Apresente-se às minhas amigas de uma vez — exigiu Avalon. Eu não podia acreditar que ela havia esquecido meu nome, pois essa era a única explicação para que meu oráculo não o informasse às amigas.

— Meu nome é Griselda... Griselda Hunter! — respondi educadamente às minhas duas novas aliadas, mas uma fagulha incandescente em meu olhar foi disparada em direção à Avalon 1500, para que ela se lembrasse definitivamente do meu nome e sobrenome para um momento do futuro.

— Prazer, gracinha... O meu nome de guerra é Linda Open Cyclone — falou a loira, apresentando-se.

— E eu sou Donna Deephole — completou a mulher de cabelos avermelhados, formalizando a apresentação que lhe cabia, apertando minha mão graciosamente.

— Linda, Donna, é um grande prazer conhecê-las.

— Nossa, mas que criança comportada... onde foi que a arranjou, Avalon? Foi no Beco da Aurora? — Linda perguntou ao meu oráculo, seu sorriso largo, como se cada canto de seus lábios quase tocasse o alinhamento dos próprios ouvidos.

— Estou cuidando desta menina para uma tia distante — mentiu Avalon. — Ela vai ficar aqui comigo por um tempo. Então, tratem de não falar coisas indevidas perto dela, ok? — Ela vestiu o manto da hipocrisia, pois, até o momento, cada vez que abria a boca, algo maldoso ressoava em meus ouvidos.

— Amiga, preciso usar seu banheiro... — falou Linda, correndo para o banheiro sem porta da sala.

De costas para nós, a belíssima travesti abaixou sua saia na parte frontal do corpo e permaneceu em pé.

— Avalon... como é que Linda Open Cyclone consegue fazer xixi em pé e sem se molhar? — questionei, admirada e confusa ao mesmo tempo, ao vê-la de costas num relance de olhar.

— Avalon, pegue o lençol e faça uma barreirinha para Griselda não ver a Linda — instruiu Donna.

Avalon pegou uma manta de sua poltrona velha, estendeu-a e segurou-a sobre os cantos superiores da porta, formando uma barreira para que eu não visse Linda realizar suas necessidades fisiológicas de mulher adulta.

— Você não vai inventar de fazer o "número dois" aí dentro, não é? — perguntou Avalon, de forma preocupada e um tanto carismática.

— Não, amiga... já estou quase terminando aqui... — respondeu ela.

Linda finalizou seus afazeres no lavabo, e Avalon soltou a parede de tecido maleável que segurava no batente da porta, jogando a manta cinza para um canto qualquer da casa. Linda acomodou-se no sofá da sala, enquanto Avalon se apoiou de costas contra a parede da bancada da cozinha, com a frente de seu corpo voltada na nossa direção.

— Amiga... como é que você ainda não está com a maquiagem pronta? Daqui a pouco temos que marcar presença na esquina. — Linda retomou a conversa.

— Amiga, você não acredita... o dia de hoje foi cheio de *bafos* pesados! — investiu Avalon, agora mais animada do que antes. — Mais tarde, nas ruas, eu conto tudinho pra vocês... todos os detalhes, eu te disse.

— Jura?

— Babado, menina!

Ambas expressaram suas interjeições de forma assustada.

— Mas... por agora... — pausou Avalon sua fala, seus olhos se arregalaram, e ela balançou a cabeça de um lado para outro, como num chilique nervoso. — Preciso me maquiar, porque não aguento mais olhar no espelho e ver esse rosto de *ocó*.

— Arrasou, amiga! Isso mesmo! Espanta a tristeza para debaixo do tapete, eu disse! — Linda contribuiu para a mudança de humor de Avalon, sempre com uma voz empolgada.

— Venha, amiga, vamos para a tua penteadeira. Vou fazer uma maquiagem incrível em você, e vai ficar deslumbrante de novo... Vai arrasar na praça, e os *boys magia* do quarteirão vão cair de amores por você... — Linda continuou, enquanto pegava os acessórios de maquiagem de uma gavetinha ao lado da penteadeira de Avalon.

Meu oráculo se sentou na penteadeira e imediatamente fitou seu reflexo melancólico.

— Em nome de Madonna! — exclamou Avalon, expressando um grande espanto. — Olha só para minha cara! O meu rosto está igual ao dia em que saí da prisão no mês retrasado!

Céus! Como eu amava ouvir Avalon falar desse jeito irreverente, esnobe e dramático.

Donna e Linda se armaram com delineadores, paletas de sombras, esponjinhas de base e tudo mais que estava à disposição na bancada. Enquanto as duas realizavam o árduo e gratificante trabalho de embelezar meu oráculo, eu continuei sentada no sofá, ouvindo aquela adorável conversa paralela.

— Amiga, você não vai acreditar... soube que o Ryan está muito na sua... ele quer muito sair com você — informou Donna para Avalon 1500.

— Você está falando daquele *ocó* de cabelo ralo que tem a *neca* parecida com um cogumelo?

— Esse mesmo... — confirmou a senhorita Deephole.

Minha sobrancelha esquerda se ergueu, emergindo uma dúvida das profundezas da minha mente.

— *Neca*? Quem é essa senhorita? — perguntei, as três imediatamente se aquietaram, chocadas, e me observaram. — Por acaso é algo de comer? — continuei, tentando incentivar alguém na sala a explicar o assunto para mim.

Elas se fingiram de mudas e continuaram com a maquiagem, conversando apenas entre si. *Céus! Como eu detestava permanecer no limbo da ignorância, separada da sabedoria eterna por não aprender uma nova palavra para agregar ao meu vocabulário refinado.*

— Agora que sei que ele está caindo de amores por mim, vou cobrar o dobro dele — estendeu Avalon, com uma entonação que exalava orgulho e sagacidade.

— Amiga do céu... você ainda tem aquela fita adesiva larga? Preciso *aquendar* a *neca* no teu banheiro.

Ok... agora eu realmente estava mais confusa e intrigada do que nunca. Como Avalon relacionou a palavra *neca* a um cogumelo, deduzi que se tratava de algum tipo de comida exótica. Mas se Donna tinha uma *neca* com ela, possivelmente em sua bolsa, por que precisava ir ao banheiro para comê-la? E quanto à palavra *aquendar*... o que significava? Eu teria que interpretar melhor aquela conversa para desvendar por mim mesma os seus significados, pois, como na tentativa anterior, se eu perguntasse sobre essas palavras aparentemente proibidas para crianças da minha idade, nenhuma delas me daria atenção.

— Eu não acredito, Donna... meu rolo de fita adesiva já está quase acabando por tua causa! Não tem mais fita na tua casa? Daqui a pouco, você vai querer tomar banho no meu banheiro pra fazer a *chuca*. Em nome de Madonna! Que garota mais folgada você é!

— É que eu me esqueci de comprar a fita, amiga... estou necessitada... mais tarde, tenho um show de performance na boate Pink & Blue...

— Você se esquece de comprar as coisas, e sou eu quem paga o pato, né? Na primeira oportunidade, vou aplicar essa tua técnica de dissimulação de usar as coisas na casa dos outros. Vou dizer que me esqueci das coisas só para pegar emprestado dos outros, você vai ver só. — Avalon respondeu com uma indireta carregada de sarcasmo para Donna.

Ok, agora preciso confessar que minha mente quase explodiu. Tudo o que elas disseram sobre essa tal de *chuca* causou uma confusão colossal dentro da minha cabeça. Eu me perguntei o que ou quem era a *chuca*, mas me vi em um beco sem saída, incapaz de chegar a qualquer conclusão.

— Amigas... agora fui eu que soube de um *bafão!* — disse Linda exasperadamente, e os olhos de Avalon e Donna brilharam, famintas por curiosidade.

— Conta tudo para a gente, mulher!

— Desembuche de uma vez...

Avalon e Donna disseram isso uma após a outra.

Linda se aproximou das duas como se fosse cochichar nos ouvidos de suas parceiras e logo revelou:

— Soube que a Shirley Megatron passou o *cheque* no dono da boate Pink & Blue...

— Mulher! Eu não acredito!

— *Acuenda*, menina!

Ambas exclamaram, tornando seus rostos alarmados, como se a tal Shirley Megatron tivesse cometido um sacrilégio temido pelos oráculos.

— Fiquei sabendo de toda a história na madrugada de ontem... fiz um programinha básico com um dos sócios da boate, e ele me contou que a Shirley Megatron e o outro dono da boate foram a um estacionamento deserto para se engraçarem. Foi lá que a Shirley passou o *cheque* no carro importado dele... sujou todo o banco de couro. O dono da boate deve estar lavando o carro até agora por causa do mau cheiro...

Enquanto Avalon, Donna e Linda riam alto em meio à prosa, eu me ative a novas dúvidas que me assombravam. Eu sabia o significado da palavra cheque, afinal, quem não sabe que cheque é um tipo de pagamento em papel? Porém, não compreendi como um cheque poderia sujar um carro... isso simplesmente não fazia sentido para mim. Pedaços de papel por si só não sujam carros, muito menos deixam mau cheiro em seus bancos de couro...

— Viu só? Quem mandou ela ficar sem fazer a *chuca*? Ela não fez a *chuca* e ainda não queria passar *cheque*? A Shirley já devia saber que uma coisa não vive sem a outra... — profetizou Avalon.

— Em nome de Madonna, amiga! — glorificou Linda.

Certo... agora, ao que tudo indicava, *chuca* e *cheque* interagiam de alguma forma... E qualquer tentativa de entendimento que eu pudesse obter sobre o dialeto confuso dos oráculos se enterrava em uma cova profunda em meus pensamentos. Devido à minha falta de sucesso em atribuir um significado preciso àquelas muitas palavras instigantes, desisti completamente de teorizar sobre aquela conversa cheia de pontos-cegos. *Céus! Eu precisava urgentemente de um computador com acesso à internet para pesquisar os significados dessas palavras adversas e, posteriormente, me adaptar ao modo de falar dos oráculos para interagir nas conversas empolgantes, regadas a risos sinceros.*

TRAVESTI NÃO É BAGUNÇA! TRAVESTI É ORGULHO!

— Avalon, eu adoraria tanto poder caminhar com vocês pelas ruas... Não há absolutamente nada para eu fazer aqui nesta casa... Se ao menos eu tivesse acesso à internet, poderia me entreter e, quem sabe, pesquisar algo que ocupasse minha mente com algum aprendizado mundano que valha a pena... — falei, minha voz carregada de um tom manhoso, na esperança de que Avalon cedesse à minha súplica.

— Tu vais é espantar a minha clientela, menina... Agora, volta para o meu apartamento e vai brincar de lavar a louça, varrer o chão e tirar o pó dos móveis... Vai logo! — Ela me repreendeu, como já era de se esperar.

— Estamos indo trabalhar, gracinha... vamos ralar a noite inteira... — Linda disse, e tanto ela quanto Donna e Avalon soltaram uma gargalhada alta e contagiante; eu só não compreendi o motivo daquele frenesi de risos.

Descemos o lance das escadas do prédio e chegamos ao *hall*, cujas paredes estavam impregnadas de mofo.

— Mas eu já vi a Avalon em seu horário de trabalho nobre nas ruas... prometo que ficarei quietinha num canto... só observando vocês — insisti com a minha última cartada, cruzando os dedinhos na esperança de que a sorte estivesse do meu lado.

— Você não vai vir conosco e ponto-final! Agora, sobe para o apartamento e toma conta da minha sacola de lixo sagrada. — Avalon negou meu pedido. A mercadoria à qual ela se referia era, provavelmente, o restante do dinheiro que eu havia lhe dado, escondido na sacola dentro do cesto de palha trançada do banheiro.

Frustrada, soltei um suspiro de indignação por ser obrigada a obedecer a um adulto. *Céus! Eu mal podia esperar para me tornar uma mulher feita, capaz de tomar as rédeas do meu próprio destino e espalhar perfeição pelos quatro cantos deste planeta.* Observei as três oráculos abandonarem o prédio, e minha boca se projetou para frente, formando um enorme bico, símbolo renascido da minha fúria; pois já me via sentada no sofá da sala de Avalon, sem fazer absolutamente nada... apenas aguardando que o dia seguinte chegasse e que meu oráculo ou alguma das outras garotas retornassem para o apartamento.

Céus! Como eu queria escutar novamente toda aquela enxurrada de frases impactantes que a Avalon sempre dispara aos outros... Suspirei, entregando ao vento meu último lamento. Enquanto meus olhos vagueavam para o canto, uma pulga atrás da minha orelha me mordiscava, sugerindo uma ideia tentadora. *Céus! Eu me esqueci por um momento de que não preciso da aprovação de ninguém... para absolutamente nada!* Vibrei com minha redescoberta.

Eu certamente já havia tomado minha decisão. Como o assombro da voz marcante e autoritária de Avalon 1500 não estava mais presente, nada mais me impediria de retornar ao mesmo esconderijo de onde a observei pela primeira vez, atrás das ripas de madeira da cerca do terreno baldio que antecede a calçada onde Avalon exerce seus misteriosos ofícios de interação pessoal. Subi as escadas do prédio o mais rápido que minhas pernas permitiam, fechei a porta do apartamento do oráculo, trancando-a por fora, guardei a chave no bolso da minha calça jeans azul e corri escadaria abaixo. Certifiquei-me de que minha inseparável faquinha de serra estava comigo, sempre presa à cintura, e avancei pela calçada em frente ao prédio. A noite estava prestes a cair, o pôr do sol ao longe tingia as nuvens de vermelho. Enquanto caminhava em direção ao terreno baldio, onde Avalon oferecia seus programas de entretenimento e conselhos — seja lá o que fossem —, as luzes dos postes se acenderam automaticamente, e eu segui meu caminho cantarolando uma melodia despretensiosa, sempre saltitante. *Céus! Eu gostava muito do sol... mas havia algo de enigmático na noite que me atraía ainda mais... Não sei explicar, mas a escuridão parecia se alinhar perfeitamente com minha nova personalidade aprimorada.*

Alcancei o cercadinho nos fundos do terreno baldio com agilidade e passei por debaixo da cerca de metal novamente. Percorri o banhado e os arbustos até visualizar meu posto avançado de vigilância. Sentei-me sobre uma tábua lisa e cruzei as pernas. Através da fresta mais larga da cerca, levei as mãos fechadas ao queixo, apoiei os cotovelos nos joelhos e me preparei para assistir ao grande espetáculo da vida real. *Céus! Nenhum reality show a que assisti na televisão com o meu mestre se comparava ao entretenimento e à sabedoria que Avalon proporcionava aos meus olhos e ouvidos.*

— Amiga, vamos te deixar aqui no seu ponto... Linda e eu vamos até o posto de gasolina comprar um copão de bebida e cigarro e logo voltamos para colocar os nossos *babados* em dia. — Donna disse à Avalon, e tanto ela quanto Linda se afastaram, cruzando para o outro lado da rua.

— Em nome de Madonna! Não sei como essas duas ainda estão vivas até hoje, de tanto que fumam e bebem... já devem estar com a bexiga apodrecida por dentro de tanta fumaça que engolem... — Avalon resmungou, sem que suas amigas a ouvissem. Se eu pudesse me manifestar naquele momento, certamente corrigiria Avalon, explicando que o apodrecimento da bexiga não poderia ser associado ao consumo exagerado de cigarros, pois, na verdade, os pulmões são os mais afetados por essa prática.

Um carro azul, caindo aos pedaços, parou próximo à Avalon. O motorista, encoberto pela escuridão da noite, provavelmente desejava o entretenimento que Avalon lhe proporcionaria.

— Mas que desgraça de carro é esse? Onde foi que tu compraste isso? Num desmanche de carros? — Avalon se apresentou ao homem, insultando seu veículo; se ela pretendia entreter alguém em troca de dinheiro, talvez fosse prudente reconsiderar as suas abordagens, pois, de fato, atacar a honra do carro de qualquer pessoa não era algo amigável ou comercialmente sensato.

— Meu carro pode até ser feio, mas é mais bonito do que essa tua cara de tijolo quebrado — retrucou o homem, e eu mal pude acreditar que ele ousara desmerecer a beleza do meu oráculo, ainda mais por criticar o rosto perfeito de Avalon.

— O que é que tu disseste? Estás me desrespeitando? — Avalon elevou o tom de voz, seus braços desenhando uma performance tão intensa que seu corpo todo balançava para os lados. — Tijolo quebrado é a cara da tua mãe, isso sim!

— Não fale assim da minha mãe, sua baranga! Diga isso novamente, e eu desço deste carro para te quebrar toda, está me ouvindo? — O homem elevou a voz, intensificando a tensão que pairava naquela calçada.

— Baranga? — Avalon 1500 retrucou, agora ainda mais alterada. — Tu estás me desrespeitando de novo? Deixa eu ver bem essa tua cara. — O oráculo congelou a expressão por um instante, fixando o olhar no sujeito por cerca de sete segundos. — Agora, o teu rosto está gravado na minha memória... Se eu te encontrar rondando por aqui de novo, eu te passo a faca, entendeu?

— Você é baranga, sim! — insistiu o homem com sua afirmação infantil e mentirosa, permanecendo dentro do carro, protegido pela lataria do veículo e pelas janelas fechadas.

— Eu posso até ser baranga, meu amor, mas também sou a mestra do canivete... Continue falando desse jeito comigo, e você vai ficar sem língua. Abre um pouco mais essa janela pra ver o que te acontece...

— Amiga, que baixaria é essa por aqui? — Donna apareceu, por trás da cena caótica, seguida por Linda, que logo se aproximou da confusão.

— E o que você esperava de mim, Donna? Eu sou travesti. Baixaria é o codinome das travestis, caralho! Não é isso que todo mundo fala de nós? Pois, então, agora eu estou vestindo a carapuça! — Avalon gritou, enquanto suas mãos impacientes e cheias de fúria tentavam abrir a porta do carro, disposta a dar uma lição no homem.

— Droga! Tem mais dessas barangas chegando... Eu vou é dar o fora daqui... — O homem mal-educado disse em voz alta, desrespeitando os três oráculos que dominavam a calçada.

— É isso mesmo, meu amor, pode vazar daqui antes que eu anote a placa do teu carro e saia por essa cidade atrás de você. — Avalon ameaçou novamente.

O desconhecido tentou ligar o carro pela terceira vez, sem sucesso.

— Maldição! Esse carro não pega! — Ele esbravejou, sua voz agora claramente impregnada de desespero.

— Está vendo como a energia das travestis castiga? Praga de travesti pega na hora, meu amor... Só para te avisar... E quem avisa amigo é. — Avalon compartilhou seu ensinamento, com a arrogância exalada por cada palavra destinada àquele ocó, termo cujo significado ainda também me escapava.

— Vocês três sumam daqui... Eu vou chamar um mecânico, e não quero ninguém me incomodando... — ordenou o homem, ainda acovardado dentro do carro.

— E quem disse que você manda em mim, meu amor? Este aqui é o meu ponto; você é quem tem que sair daqui... — Avalon defendeu seu território com firmeza.

A sirene de uma viatura policial soou, aproximando-se por trás do carro do homem nervoso. Tanto ele quanto os dois policiais desceram de seus respectivos veículos. Os oficiais, ungidos pela autoridade da lei, se apresentaram às meninas e ao dono do carro sucateado.

— Está acontecendo algum problema aqui?

— Olha só, policial... Aquela ali. — O sujeito do carro desmontado apontou rudemente para Avalon com o dedo indicador. — Aquela ali está me ameaçando, dizendo que vai me cortar com uma faca...

— Quem te ameaçou com uma faca, meu querido? Eu não tenho faca nenhuma, seu policial... O senhor pode me revistar, se quiser. — Avalon, dissimulada e atrevida, tentou reverter a acusação do *ocó*, fingindo-se de vítima desinformada, agora usando um tom suave. — Esse fulano aqui é quem chegou mexendo com as travestis... Ele falou mal da minha cara e ainda xingou minha mãe...

Os policiais olharam ao redor e soltaram um suspiro de cansaço, provavelmente já exaustos desse tipo de ocorrência trivial, comum nas ruas.

— Peço que se acalmem, por favor — disse o policial ruivo e magro.

— Calma? Esse rapaz chega ofendendo a mim e às minhas amigas, e o senhor acha que eu vou deixar isso barato? — Avalon exagerou.

— É isso mesmo, seu policial... Esse homem chegou aqui ofendendo a todas nós. — Linda declarou sem hesitar, defendendo suas amigas ao despejar mais mentiras da língua. — Ele disse que a minha amiga Avalon é feia como um guaxinim atropelado... — exagerou na descrição dos fatos. Avalon olhou para Linda de forma intensa, nitidamente descontente com essa nova e desagradável característica atribuída a ela.

— Senhoras, por favor, acalmem-se. Eu peço que as três fiquem ali, perto daquela parede, está bem? — solicitou o policial ruivo, em tom educado. — Fiquem por ali enquanto eu colho o depoimento do outro senhor. Já volto para conversarmos...

— Em nome de Madonna! Agora as travestis não podem nem sair de casa sem serem insultadas? Isso está errado, ouviu, seu policial? — continuou Avalon, enquanto ela e as meninas se dirigiam para a parede indicada pelo oficial, ao lado da cerquinha de metal do meu terreno baldio.

O policial sensato conversou com seu parceiro, um homem de físico mais robusto, e depois apontou na direção de Avalon. Em seguida, o policial ruivo permaneceu com o *ocó*, enquanto seu parceiro, de bigode largo e cabeça raspada, caminhou em direção ao meu oráculo.

— Minha senhora... Por favor... pode sair deste canto da parede e ir para aquele outro ali — falou o policial corpulento, com uma voz grave, nitidamente incomodado com Avalon, como se ela tivesse cometido algum grande erro contra ele.

— Puta que o pariu! Me mandam para um canto, e agora querem me jogar para outro? Que porcaria é essa? Acham que travesti é bagunça? Travesti é orgulho, meu amor, só me falta o *acué*, o *lajan*, a *bufunfa*.

— Senhora, vá para o outro canto, ou eu terei que prendê-la por desobediência. — O policial ameaçou, respondendo à fala desbocada de Avalon.

— Calma, meu amorzinho... Eu já estou indo, não precisa se estressar... — Avalon respondeu ao policial, utilizando um tom carinhoso para tentar persuadi-lo.

Meu oráculo caminhou até o novo ponto indicado, aproximando-se ainda mais da cerquinha que me ocultava no terreno baldio.

— Já te vi por aqui algumas vezes... Por acaso, a senhora se prostitui nas ruas? — perguntou o policial, em voz baixa, para que os outros não escutassem. Mas eu ouvia claramente.

— Mas é claro que não, seu policial... Eu sou só uma travesti imigrante legal que sonha em ser milionária. Eu estava nesta rua porque minhas amigas e eu vamos logo mais à boate Pink & Blue. Minha amiga vai fazer um show de drag queen lá mais tarde. — Avalon 1500 falou em seu tom mais doce.

— O outro civil nos informou que você estava armada com uma lâmina afiada. Isso é verdade?

— A única coisa que você pode me acusar é de ser uma mulher com intenções perigosas, seu policial. Se quiser me prender por isso, eu posso passar a noite inteira na cela com você... — sugeriu o oráculo, saturando sua voz com uma doçura.

O policial olhou discretamente para os lados e sussurrou para Avalon:

— No próximo sábado estarei livre... Pode me passar o seu número? Se você me entreter de graça, eu garanto que você não passará esta noite na cadeia.

Avalon sorriu, surpresa.

— Meu telefone quebrou, amorzinho... Mas me passe o seu número e conversamos durante a semana. Vou anotar na minha agenda que no próximo sábado já tenho compromisso marcado com você. Compro um telefone novo amanhã mesmo...

O policial sorriu para o oráculo, alisou seus cabelos cacheados e murmurou seu número no ouvido de Avalon.

— Pronto, meu amor, já está gravado na minha memória. Amanhã mesmo te ligo...

Com a aproximação do outro policial, Avalon e seu novo "pretendente" desfizeram o olhar cúmplice, retomando as expressões de antes.

— Senhora, pode voltar para perto daquela parede onde pedi para ficar? — O policial ruivo reapareceu e pediu novamente à Avalon.

— Puta que o pariu! Mas quanta desordem! Eu não sou osso de cachorro para ser jogada de um lado para o outro... Só para vocês saberem... — reclamou.

Os dois policiais afastaram-se de minhas aliadas, conversaram em frente à viatura e logo voltaram para perto das meninas.

— Minhas senhoras... Não efetuaremos nenhuma prisão — declarou o policial ruivo. — Como as histórias contadas pelos dois lados não apontam para maiores problemas, decidimos zelar pela pacificação no recinto. No entanto, não queremos mais esse tipo de confusão em nossas ruas. Portanto, senhor... — direcionou o olhar ao homem do carro quebrado. — Tente ligar seu carro novamente.

— Está bem... Eu vou tentar...

Ele fez uma nova tentativa e, milagrosamente, o carro ligou, o que levou toda a lataria a chacoalhar e ranger.

— Pronto, senhor. Agora, sugiro que continue dirigindo e vá até uma oficina para evitar que o carro falhe novamente.

— Vocês deviam era prender aquela ali. — O motorista resmungou de forma esnobe, descontente com o desfecho.

— Segue o teu rumo, segue... — revidou meu oráculo.

A confusão do dia havia chegado ao fim. O homem seguiu o conselho do policial ponderado e saiu dali. Os policiais entraram na viatura e partiram, mas não sem que um olhar afetuoso de despedida fosse trocado entre Avalon e o policial galanteador que lhe pedira o telefone. O território dos oráculos foi novamente demarcado, e a paz e a alegria prosperaram naquela avenida escura do subúrbio.

— Em nome de Madonna! As más notícias não param! Olha quem está vindo pela calçada... — O meu oráculo alertou suas seguidoras ao apontar com a cabeça para o alto da esquina. Como meu ângulo de visão não permitia ver a quem Avalon 1500 se referia, fui obrigada a aguardar os próximos eventos.

— Amiga... Se acalme... Não se exalte. Se os policiais voltarem e virem outra confusão, vão prender todas nós... — Linda tentou acalmar meu oráculo.

— Fique quieta e deixe que elas passem por nós, amiga... Elas não se atreverão a mexer conosco...

— Tomara, viu, Donna? Tomara! Porque minha mão já está coçando para marcar o rosto de alguém.

Linda, Donna e Avalon permaneceram quietas, olhando fixamente para o outro lado da estrada, com rostos congelados que admiravam as luzes da cidade.

Cerca de cinco segundos se passaram até que, desapressadas, surgiram três novas vozes à esquerda da calçada. Finalmente, pude identificar as donas daquelas vozes, as mesmas com que as meninas não queriam ter contato.

— Olhem, garotas! O que é isso aqui na calçada? O apocalipse das palhaças desengonçadas? — disse uma mulher zombando de Linda, Donna e Avalon. Ela estava acompanhada de duas outras damas de cabelos escuros, vestidas com roupas tão escassas quanto as de minhas aliadas.

— Isso mesmo, Shirley Megatron, meu amor, soltaram a bomba de Chernobil bem aqui nessa calçada. — Se eu pudesse falar, corrigiria Avalon para explicar que Chernobil foi um acidente nuclear, não uma bomba que explodiu propriamente a mando de algum governo ditador almejando controlar o mundo. — Nós três somos as sobreviventes da explosão, e vocês três são as baratas mutantes que saíram dos esgotos. — Avalon revidou, disparando sua criatividade contra aquelas que as afrontavam sem motivo.

A paz que antes reinava cedeu lugar à tensão, rompendo o breve silêncio. *Céus! Eu estava com tanta sorte hoje que a vida encontrou uma forma justa de me entreter com não só um, mas dois episódios seguidos da minha mais nova série favorita:* Apocalipse Nas Calçadas!

— Olhe para a minha cara, meu amor... Veja se este corpo se assemelha a uma barata... — Shirley Megatron, a rival de Avalon, falava enquanto exibia exageradamente sua pele clara e sedosa diante das meninas. É preciso admitir que aquela loira de cabelos longos e ondulados, de fato, não se parecia em nada com a "barata mutante" que Avalon havia descrito. Embora me custe admitir, Shirley era uma mulher de beleza estonteante, assemelhando-se a uma celebridade de Hollywood. — Este rosto aqui... Eu sei que você sempre sonhou em tê-lo... — continuou ela, carregada de uma ostentação despropositada.

— Em nome de Madonna! Estás falando desse teu rosto plastificado? Quantas cirurgias já fizeste nessa tua fuça descompensada, menina? — Avalon tentou se defender, embora seu argumento não fosse dos mais sólidos.

— Do que adianta saber, meu amorzinho, se você jamais conseguirá pagar por botox e preenchimento labial? — Shirley Megatron parecia ter vencido o primeiro round, ao menos na minha percepção, nesta inicial troca de provocações que se assemelhava a uma disputa de rappers.

Avalon gargalhou de modo estridente, como se Shirley tivesse contado uma piada.

— Agora eu sou uma mulher de posses, meu amor. Grana é o que não me falta... só para você saber... — Avalon tentou se reerguer após o duro golpe.

— Minha querida, no seu caso, nem todo o dinheiro do mundo vai conseguir comprar um rosto bonito pra você. — Shirley desferiu mais um golpe crítico na discussão. Além de ostentar um corpo cheio de curvas acentuadas, quase tão robusto quanto o de Avalon, ela demonstrava também uma habilidade afiada no uso das palavras. — Você sempre será essa boneca cheia de rugas sob os olhos, Avalon. Aceite, pois dói menos. Aliás, um *bofe* da boate já me disse que a tua bunda é caída, sabia?

— Olhos enrugados são os da mulher infeliz que te pariu. E, quando ela te viu pela primeira vez na maternidade, deve ter dito ao doutor: "Que merda foi essa que saiu de dentro de mim? Acho que vou puxar a descarga!". — Eu precisei juntar minhas mãos à boca para evitar uma gargalhada estrondosa. — Sou travesti, meu amor, com muito orgulho! Não sou que nem você, que injeta óleo industrial nas bochechas.

— Então quer dizer que você notou minha mais recente cirurgia plástica? — Shirley utilizou um tom de voz superior, jogando seu longo cabelo reluzente para trás e atirando um sorriso cínico em direção à Avalon, para depois lhe lançar um olhar de desprezo.

— Minha querida, se eu estalar os dedos, amanhã mesmo apareço toda turbinada como você... — Avalon não deixaria passar em branco.

— Então, aproveita e já estala esses dedos pra acabar de vez com essa bunda caída, esses peitos separados e essa maquiagem de palhaça na cara. — Shirley jogou pesado. Estava claro, para mim, que ambas já tinham um histórico de intrigas e humilhações entre si.

— Palhaça não, meu amor! Eu sou travesti de cadeia! Tenho trinta e cinco anos, vinte deles passei na cadeia. E tu me respeitas, pois estou belíssima e sou perigosa. Agora, mudando um pouco de assunto, Shirley, me diz... tu fizeste a *chuca* antes de sair de casa? — *Céus! Aquela palavra intrigante retornava para me assombrar com o reconhecimento da minha falta de saber.* — Soube por aí que tem um certo alguém, dono de boate, que ainda está usando desinfetante no banco do carro por tua causa. É verdade, Shirley? — As sobrancelhas bem-feitas de Shirley Megatron se elevaram, e a loira com batom vermelho pareceu surpresa, calando-se e olhando envergonhada para suas duas comparsas, que nada falavam. — Nem adianta negar, que eu sei muito bem que foi você a travesti que passou cheque no carro do *ocó*. — Avalon terminou a surra moral com um golpe final. — Aliás, é melhor tu saíres de perto de mim, que já estou sentindo o cheiro do teu cheque — dramatizou Avalon, tapando o nariz com os dedos e abanando a outra mão em frente ao rosto.

— Quem te contou isso? Me diz agora... porque eu vou matar essa criatura...

Enquanto a inimiga de Avalon tentava recobrar sua postura na conversa, meu oráculo ameaçou retirar algo de dentro do cano alto de sua bota, fazendo as rivais tremerem de medo.

— Fora daqui as três, antes que eu pegue a minha faca e roube o silicone no peito de uma de vocês...

A ordem de Avalon surtiu o efeito desejado. Shirley Megatron e suas parceiras correram apavoradas para longe daquela calçada, certamente pensavam que meu oráculo retiraria uma faca gigantesca do interior de sua bota com cano alto. Quanto a mim... bem, minha admiração por Avalon crescia a cada instante. Ela se tornou minha grande heroína neste mundo real, um verdadeiro modelo de força a ser seguido por todos.

— Amiga, sua louca! Se a Shirley contar para os policiais que tu tens uma faca na bota, todas nós vamos presas! — Linda alertou.

— Olha lá... — Donna falou assustada, apontando para o fim da estrada, por onde Shirley e suas cúmplices haviam fugido. — Amiga do céu! A Shirley está com o celular na mão... ela vai ligar para a polícia e te denunciar...

— Vamos pra boate, gente, antes que a polícia apareça aqui outra vez... — disse Avalon, apreensiva.

Ao iniciarem a fuga, o som dos saltos altos de Linda, Donna e Avalon foi se distanciando pela estrada.

— Uau! — exclamei, boquiaberta. Por trás do meu queixo caído, uma mistura de emoções me invadia. Meu rosto estava congelado pela euforia e satisfação de presenciar aquele turbilhão apocalíptico de confrontos interpessoais.

— Céus! Se tudo isso ocorreu em questão de meros minutos, quão interessante e intenso será o dia a dia do meu oráculo? — pensei em voz alta.

Suspirei profundamente, tentando dissipar a agitação mental. Depois de tudo o que ouvi entre Avalon, os policiais e Shirley Megatron, esta noite se tornou um marco em minha nova saga como uma criança perfeita, uma das minhas preferidas de toda a vida. Eu definitivamente havia feito a escolha certa ao trocar a televisão do apartamento de Avalon por acompanhar de perto as ações do meu oráculo. Ali, naquele canto de terreno baldio, meu rosto exibia um sorriso genuíno. Finalmente, consegui me divertir outra vez e sentir as mesmas boas emoções que experimentava ao brincar com bonecas, antes de ser encontrada e aprimorada pelo meu mestre.

— Bem… acho que por hoje já chega de tantas emoções… já me sinto satisfeita. Agora preciso voltar para a casa de Avalon e arrumar a bagunça do apartamento antes que ela retorne.

TERREMOTO!

— Avalon... acorde! Não é saudável para o seu corpo permanecer deitada nesta cama por tanto tempo. — Eu disse com doçura ao meu oráculo.

Desde a manhã de ontem, quando Avalon retornou após aquela noite memorável no ponto das travestis, ela se jogou sobre a cama no meio da sala e imediatamente adormeceu. Nem ao menos foi ao banheiro ou se reidratou com um copo d'água. A julgar pelo odor forte de bebida alcoólica e fumaça de cigarro que emanava de suas vestes, acredito que ela e as outras meninas haviam se entregado aos drinks da boate Pink & Blue de maneira imprudente, resultando em um estado letárgico no dia seguinte.

— Em nome de Madonna! — gritou comigo. — Fale baixo, meu ouvido ainda dói... Tu queres explodir o "pâncreas" nos meus ouvidos?

Ali estava eu, mais uma vez, confrontada com uma amostra da falta de precisão no linguajar do meu oráculo.

— Você quis dizer: explodir os seus tímpanos, certo? Pois o pâncreas é um órgão do corpo humano — corrigi com um tom seco, mas moderado, para não transparecer deboche diante do descuido de Avalon com o seu uso incorreto das palavras.

— Que seja... vá procurar outra coisa pra fazer, mas pare de falar alto.

Deitada no colchão, ela se virou para a parede e ajeitou o travesseiro sob a cabeça. Aceitei que aquela situação lamentável não mudaria naquele momento e permiti que Avalon contemplasse sua ressaca em solidão. Afastando-me da cama, caminhei até a cozinha e comecei a preparar ovos mexidos com bacon. Misturei os ovos em uma caneca grande, fritei duas fatias generosas de bacon em uma frigideira de teflon já desgastada e, em seguida, coloquei um copo de suco de laranja sobre a bancada. Reservei as fatias de bacon em um prato limpo e utilizei o mesmo óleo na frigideira para fritar os ovos mexidos. Quando estavam prontos, despejei-os sobre o prato com o bacon, peguei o suco de laranja e espetei um garfo de plástico na comida. Retornei até a cama de Avalon e a chamei novamente.

— Avalon... — sussurrei, para não exacerbar a dor de cabeça da minha musa do esclarecimento mundano. O oráculo virou o rosto irritado na minha direção. Ela olhou para o prato que eu segurava e franziu a testa.

— Que porcaria é essa? Tu não envenenou a comida, não é?

Suspirei, desapontada com a incoerência de sua falta de gentileza, e, prontamente, lhe apliquei uma ressalva.

— Avalon 1500... você precisa aprimorar seu linguajar na presença das outras pessoas — adverti, e percebi que ela se sentiu levemente acuada diante do novo filtro que lhe impus. — Aqui... preparei este delicioso café da manhã para você. Ainda é cedo, e eu preciso ir para a escola daqui a pouco. Alimente-se bem e beba bastante água enquanto eu estiver fora.

Avalon continuou a me encarar com olhos arregalados. Notei que aquele olhar me perscrutava com uma estranheza súbita. Após alguns segundos de análise, ela adotou uma expressão tão desconfiada quanto a anterior.

— O que é que tu queres comigo agora? Vai, desembucha logo...

Agora fui eu quem se sentiu confusa com a acusação.

— Eu não quero nada... apenas desejo que você coma, melhore... e fique bem.

Avalon 1500 manteve o olhar estranhamente cismado, mas acabou se rendendo ao aroma apetitoso do bacon e dos ovos. Ela se sentou na cama, pegou o prato em uma mão e o suco na outra.

— Desculpa por falar contigo dessa forma. É que... ninguém nunca fez suco pra mim, nem me serviu café da manhã... — murmurou enquanto mastigava sua primeira garfada de nutrientes calóricos. — Todo mundo que me fez alguma gentileza nessa vida sempre quis algo em troca ou depois me bateu na cara.

Avalon compartilhou uma fração de sua experiência de vida enquanto ajeitava um de seus cachos atrás da orelha. Lancei-lhe um olhar falsamente compassivo, como se me importasse com seus sentimentos, e optei pelo silêncio. Iniciar uma conversa longa sobre os traumas de Avalon não parecia adequado naquele momento, pois eu precisava chegar à sala de aula antes que a professora Quentin entrasse pela porta da classe.

— Eu preciso partir agora... então... cuide-se.

Peguei minha mochila sobre o sofá, conferi se os livros e o caderno estavam ali dentro e caminhei em direção à porta.

— Ei... Griselda... — Avalon me chamou, e eu me virei. Com um olhar desajeitado, jogou outra mecha de cabelo para trás, olhou ao redor e continuou. — Obrigada.

Percebi que lhe doeu pronunciar essa palavra tão simplória, provavelmente por falta de hábito em utilizá-la no dia a dia. Meu mestre estava certo ao mencionar que um ato de gentileza recebido estimula outro, criando uma corrente do bem que pode se espalhar pela sociedade, beneficiando a todos.

Sorri uma última vez para o rosto borrado de maquiagem de Avalon e saí. Fechei a porta por fora e desci o lance de escadas do prédio.

Nas ruas, o sol estava intenso. A colmeia humana infestava as estradas e calçadas com suas abelhas operárias, todas destinadas a desempenhar seus respectivos papéis na sociedade. As crianças caminhavam para a escola, os homens e mulheres se dirigiam aos empregos, e os veículos congestionavam ambos os lados do asfalto. O ciclo da vida cotidiana girava em torno da mesmice de sempre. Tudo era tão... comum de se ver. *Céus! Como não percebem que todos temos a opção de nos libertar dessa corrente patética de humanos politicamente justos e corretos?* Para não ser hipócrita, admito que, ao ir para a escola, eu mesma me incluía nesse meio de afazeres ordenados pela sociedade, mas isso estava prestes a terminar. As coisas em minha vida estavam para mudar... Eu só precisava ir em busca das oportunidades que o acaso me traria e acatar cada conselho que meu oráculo me desse; e, caso não me deparasse com nenhuma oportunidade favorável, eu mesma trataria de fabricar a minha própria chance maldita.

Caminhei por mais de cinco mil passos, todos meticulosamente contados, e finalmente cheguei à frente da minha escolinha.

Como estava ligeiramente atrasada devido ao tempo que dediquei ao preparo do café da manhã para meu oráculo, o sinal da escola soou exatamente quando atravessei a porta da sala de aula. Meus olhos encontraram Cláudia com toda a intensidade de um ódio que desejava sua ruína. Eu ainda aguardava ansiosamente pelo momento propício para desferir um golpe certeiro em sua testa.

Os alunos se acomodaram rapidamente em suas cadeiras, e aguardamos que a professora Zilda nos presenteasse com a presença de sua "desgraça". A senhora Quentin entrou pela porta e conduziu a aula de matemática e ciências. A pressão psicológica que emanava de seus olhos astutos era acompanhada por uma voz intimidadora. Até então, o dia transcorria com a mesmice desinteressante de sempre. O sinal do recreio soou, e, como era de se esperar, os alunos correram para fora da sala em uma bagunça apressada. Desta vez, nenhum outro aluno esbarrou em mim ou em qualquer outro membro da agora temida Liga do Pirulito.

— Olá, Griselda — disse Judith, com um chuvisco de sua saliva avançando pelo aparelho na boca e molhando a ponta do meu nariz. — Vamos para o parquinho? Acho que a Cláudia não estará lá. E duvido que o John apareça depois do que fizemos naquele dia...

— Eu não quero que o John e a Cláudia estejam no parquinho... — James surgiu por trás de nós, como uma sombra nefasta que assusta o próprio dono.

— Acho que eles compreenderam bem o recado de que não são mais bem-vindos ao nosso parquinho — respondi, com um sorriso sagaz.

Ao chegar ao parquinho, notei que poucas crianças brincavam de subir pela escada do castelinho e descer pelo escorregador após a ponte. A falta de crianças a perambular por aquele espaço típico para a nossa faixa etária indicava que algo estava errado.

— Onde estão as outras crianças? Por que o parquinho está tão vazio? — perguntei, refletindo sobre o que poderia estar acontecendo. Olhei ao redor e identifiquei algo incomum.

Havia um grupo de crianças próximo à quadra de esportes, concentradas em torno de Cláudia. Subi pela escadinha do castelinho e me posicionei sob o corrimão de corda trançada da ponte para obter uma visão privilegiada.

— O que está acontecendo? Por que todas aquelas crianças estão em volta da Cláudia? — questionei Judith, que seguiu meus passos e se posicionou ao meu lado, escorando o ombro em mim. James, não querendo se separar de Judith, também se aproximou.

— Hoje, a Cláudia chegou à sala com um tablet novo. É daquela marca com a fruta desenhada atrás. Foi a mãe dela quem lhe deu. Acredito que a mãe da Cláudia deve ser rica para poder comprar um tablet... Não acha, James?

— Eu queria brincar com o tablet da Cláudia... — confessou James, com o mesmo tom meloso que sempre usa.

Meu olhar fervilhou e exalou vapores de inveja, pois eu há muito tempo queria ganhar um tablet.

— Você também gostaria de brincar com o tablet da Cláudia, Griselda?

Meu olhar, impuro aos olhos da humanidade, colidiu com o sorriso meigo e os dentes expostos de Judith. Antes que eu pudesse responder algo impulsivo, meu campo de visão altivo capturou uma cena isolada na direção dos banquinhos. Cynthia parecia estar sendo importunada por alguns rapazes da nossa classe. John fez algo que deixou Cynthia chateada, e ele e seus amigos se afastaram de minha aliada. Cynthia sentou-se em um dos banquinhos no canto do parquinho, cruzou os braços e permaneceu com uma expressão emburrada.

— Liga do Pirulito... é hora de uma nova reunião. Sigam-me — ordenei e, em seguida, corri para o escorregador anexo ao final da ponte elevada. Um após o outro, James, Judith e eu escorregamos pela plataforma de plástico e fomos até nossa amiga reclusa.

— Olá, Cynthia, tudo bem por aqui? — Claro que eu sabia que algo estava errado, mas algo deveria ser dito para que iniciássemos a conversa, não é verdade?

— O John... ele vive me chateando... eu não gosto dele... — Cynthia respondeu, visivelmente zangada.

Suspirei friamente, incomodada pela falta de empatia de John. De fato, ele era uma espécie de zelote apocalíptico do bullying; eu entendia Cynthia como ninguém mais na escola, pois também estava exausta das malcriações de Cláudia contra mim.

— James, Judith... permaneçam aqui com a Cynthia... eu tenho algumas pendências para resolver durante o intervalo.

— Eu não vou deixar o John te incomodar mais, Cynthia... — James disse, sentando-se ao lado da amiga e abraçando seu ombro largo, o que fez Cynthia sorrir. Judith se sentou do outro lado de Cynthia e iniciou uma conversa ininterrupta, como sempre faz. Enquanto eu me afastava dos meus amigos, Judith falava sobre dois brinquedos de borracha alongados, semelhantes a cobras, que havia encontrado debaixo da cama de seus pais.

Determinada a pôr fim às maldades de John contra a pobrezinha Cynthia, caminhei até ele e decidi usar a melhor técnica possível, menos eficiente, porém justa, contra um inimigo: a diplomacia. Encarei os quatro meninos ao redor do maior adversário de Cynthia e, por fim, o encarei.

— John, precisamos conversar seriamente...

— E quem disse que eu quero falar com você? — respondeu ele, com desdém.

— Céus, pare de ser uma criança sem juízo... pelo menos uma vez na vida, John — implorei, e confesso que minha paciência estava em escassez nesta minha primeira tentativa de pacificação infantil. — O que você quer para parar de importunar minha amiga Cynthia e as outras crianças da classe?

— E quem disse que eu quero alguma coisa de você? — Ele respondeu novamente, com uma fala semelhante à anterior, o que me incomodou ainda mais. Era como conversar com um papagaio que repete eternamente uma frase preestabelecida em sua mente oca.

— Ok, John... desisto de você. É inútil tentar argumentar com seu cérebro minúsculo, incapaz de compreender a gravidade das atitudes agressivas e traumatizantes que você inflige aos outros com seus comentários infelizes e maldosos.

John e seu bando me observaram confusos, sem entender nada do que eu dissera.

— Saia daqui... só os meninos podem ficar aqui... — Ele falou agressivamente, para variar um pouco. Tentou me empurrar com as duas mãos nos ombros. Antecipando seu movimento, dei um passo para trás com o pé direito e o utilizei como apoio para evitar cair com o empurrão. — Saia daqui antes que eu vá pegar minha pistola de água na mochila e atire em você!

Como você se atreve a tocar em mim, sua criança imperfeita? Como castigo, desespere-se e sofra as terríveis consequências do seu perjúrio contra seu superior humano!, ponderava eu, internamente.

Encarei John mais uma vez, fazendo questão de sorrir diante de sua inocência irritante; ele nem sequer imaginava o estrago que eu poderia causar em sua vida. Durante a minha rápida troca de olhares penetrantes com John, arquitetei de modo minucioso os fatores da nossa conversa anterior e calculei precisamente todas as possibilidades do novo plano que surgia da minha expertise. Era o momento de pôr em prática minhas novas intenções. Ele pagaria por cada maldade cometida contra qualquer pessoa desta escola, em especial contra Cynthia.

— A Cynthia me contou que você é o menino mais feio da escola. Ela também mencionou que suas orelhas são tortas. E ainda me disse que não tem medo da sua pistola de água, que viu na sua mochila hoje mais cedo — menti descaradamente, mas meu propósito final era nobre o suficiente para justificar a invenção dessa história absurda.

— Ela te disse isso?

— Disse, sim! — fingi espanto. — Se eu fosse você, corria para a sala de aula, pegava sua pistola de água e disparava contra a Cynthia, bem no rosto dela. Só para mostrar a ela que é você quem manda nos outros.

John, enfurecido, saiu correndo dali.

— Céus! Eles realmente acreditam em tudo que alguém lhes conta... — murmurei para mim mesma, vitoriosa de minha manipulação. — Bem... ele é uma das minhas marionetes e já está preso sob o comando das minhas cordas mentais. Agora, resta fazer uma lavagem cerebral na minha segunda cobaia.

Sem perder tempo, ciente de que John retornaria a qualquer momento com sua arma de água, apressei meus passos em direção à Cláudia e ao grupo de meninas que assistiam a ela jogar no tablet um joguinho chato e repetitivo de encaixar frutas umas nas outras.

— A professora Quentin está vindo pegar o tablet da Cláudia... e também disse que quem estiver ao redor dela terá que trazer um caderno assinado pelos pais — espalhei o boato mais imbecil que já inventei na escola.

Inicialmente, duvidei de que essa história boba surtisse efeito, mas, ao ver todas as meninas arregalarem os olhos e se dispersarem rapidamente, percebi que meu erro foi subestimar a falta de discernimento dessas crianças avoadas. Após o sucesso em afastar aquelas pestes irritantes ao redor da tela do tablet da Cláudia, minha inimiga e eu ficamos a sós, exatamente como eu havia planejado.

— Cláudia, me entregue seu tablet. Preciso dele emprestado — solicitei com um tom de calma.

— Eu não vou te dar meu tablet, ele é *meu*!

Céus! Essa foi a explicação mais redundante que já ouvi. Não tinha mais tempo a perder com Cláudia. John poderia chegar a qualquer momento e procurar por Cynthia. Eu precisava ir até minha aliada com o tablet de Cláudia em mãos antes que Cynthia e John se confrontassem.

— Se você me emprestar seu tablet agora, o parquinho será seu a partir de amanhã, e eu nunca mais a incomodarei enquanto você e sua turma brincarem na ponte. — Eu fiz minha primeira e última tentativa civilizada de convencê-la. Se ela discordasse, eu sacaria minha faca embaixo do elástico de minha calça jeans e cortaria meu próprio braço diante dela, para aterrorizá-la e forçá-la a me entregar o tablet; e se ainda assim ela não cedesse, eu diria que a próxima a sangrar seria ela mesma, caso não me entregasse o aparelho.

Cláudia não hesitou. Entregou-me o tablet de bom grado e lançou um olhar ameaçador em minha direção.

— O parquinho será só meu! E eu não quero mais que você suba na ponte do parquinho — disse com voz nervosa. — Nunca mais! — reforçou sua ordem com uma exclamação quase gritada.

— Eu prometo — falei apenas para dizer algo. — Devolverei o seu tablet em alguns instantes.

Segurei o aparelho com firmeza e corri em direção à Cynthia. Antes de me apresentar aos demais membros da Liga do Pirulito, escondi o tablet atrás das minhas costas, para que nenhum dos meus amigos visse.

— Cynthia... diga-me, você gosta do John? — questionei de maneira dissimulada, pois nenhuma das mentes ao meu redor era sábia o suficiente para perceber que eu estava apenas preparando o terreno para minha armadilha contra o menino briguento.

— Não... — respondeu ela, balançando a cabeça em negativa.

— Você não acha que já está mais do que na hora de fazer algo para pará-lo? John não tem o direito de importunar ninguém, não acha?

— Mas eu já tentei pedir para ele parar... várias vezes... Só que ele nunca para — continuou, destacando seu nervosismo. — Mesmo depois do empurrão que dei nele em cima da ponte, ele continua me chamando de feia e outras coisas de que não gosto.

— Talvez você não esteja sendo direta o suficiente — continuei com meu discurso infame. — Tenho certeza de que, se você usar toda sua força contra ele, John entenderá perfeitamente seu recado... e também acredito que ele nunca mais a incomodará. Cynthia, você é muito mais poderosa do que aquele garoto baixinho... use isso a seu favor! Como eu já disse, lembre-se de que você é uma criança que pode erguer os outros de nossa idade acima de sua cabeça com a força de seus próprios braços.

Cynthia olhou para mim, cheia de dúvidas e ansiedade.

— Você acha mesmo que ele vai parar de me chamar dessas coisas?

— Tenho certeza..., mas agora é você quem decidirá se fará isso ou não — plantei minha última semente de discórdia em sua mente fértil, propensa à violência, diante de minha maestria na manipulação social.

O olhar receoso de Cynthia permaneceu, endurecido.

— Olhem... lá vem ele... — James anunciou para nossa facção e apontou para a direção do garoto de crista alta, tal qual um galo dominante no galinheiro, surgindo pela porta da escola.

John aproximou-se de nós, acompanhado de seus amigos, e parou diante de Cynthia. A distância entre os inimigos era de quase cinco passos. Para minha sorte, John cumpriu sua ameaça anterior, segurando a pistola de água de plástico que trouxe consigo. Sem perder mais tempo, dei três passos para trás e posicionei o tablet da Cláudia para filmar. A tensão entre os dois formava pressão psicológica na atmosfera e emanava uma enorme corrente de estresse no parquinho. Apertei o botão de gravação e mirei a câmera discretamente, focando o embate iminente entre Cynthia e John. As outras crianças que brincavam ao redor identificaram o paradigma da batalha e rapidamente abandonaram suas brincadeiras bobas para assistir à luta que se desenhava em nossa volta.

— John, deixe a Cynthia em paz... pare de chamá-la de coisas feias... — gritei propositalmente para que a câmera gravasse apenas minha versão da verdade. — Você a chama de coisas terríveis todos os dias... você a fará chorar de novo! — Minha voz dramática e impactante ressoava, preparada para ser usada contra o temível John num futuro nem um pouco distante. — Cynthia, diga ao John para não atirar em você com essa pistola de água.

Cynthia se levantou do banquinho nos arredores do parquinho e fixou um olhar firme no menino armado.

— John... me deixe em paz! Eu quero que você pare de me chamar de "bola fofa" e de "feia". Eu não gosto disso...

O rapaz desmiolado parecia desconsiderar os apelos de sua adversária e disparou contra ela uma rajada contínua de água, que a atingiu em cheio no rosto. Cynthia tentou proteger os olhos com as mãos para evitar que a torrente implacável a alvejasse, mas o reservatório da pistola de John parecia ter uma capacidade quase infinita. Os jatos persistiam, tentando transpassar a armadura de ferro de minha aliada.

— Pare, John, minha roupa está toda molhada! — A vítima exclamou, com os olhos fechados para evitar a ardência provocada pelo cloro contido na água de torneira.

O atirador de elite riu descontroladamente e proferiu o insulto que eu mais aguardava naquela majestosa manhã de aula:

— Mas as baleias como você precisam de água! — voltou a rir alto. — Baleia, baleia, baleia...

Cynthia tornou-se o alvo das zombarias. Os risos debochados de John se espalharam entre os demais alunos que assistiam ao ataque implacável. As vozes da massa replicavam aquele pecado. James, Judith e eu fomos os únicos a não apreciar o espetáculo de bullying coletivo contra um dos nossos.

John reiterou seu discurso de baixo calão, e Cynthia cessou os movimentos de defesa com os braços. Ela já não se importava com a água que a encharcava. Após ouvir a palavra que mais detestava na vida, a incivilidade tomou conta do entorno de minha principal aliada. Meu olhar atento à linguagem corporal revelou que Cynthia estava à beira de um surto explosivo, prestes a perder completamente o controle. Por um instante, coloquei-me no lugar de Cynthia e comecei uma breve reflexão. Vê-la ser alvo de tantas risadas maldosas... confesso que senti uma pontinha de culpa, pois eu mesma havia gerado e manipulado toda aquela confusão para atingir meus objetivos, sem me importar com as consequências. No entanto, se cada etapa do meu plano se concretizasse como eu esperava, minha aliada jamais seria incomodada novamente por John ou por qualquer outro aluno da escola que se sentisse minimamente inclinado a trocar farpas com Cynthia.

Mais risos ecoaram e mais ofensas foram lançadas contra minha aliada. O acúmulo de insultos de John foi tão intenso que Cynthia vestiu seu manto primitivo de guerreira e acionou seus instintos de sobrevivência. Assim como um animal selvagem ataca aquele que o acua, Cynthia rompeu os limites da paciência. Sua razão foi rapidamente dominada pelo desejo de atacar para se defender. Bufando, ela avançou em direção a John, que cometeu o terrível erro de permanecer estático enquanto disparava com sua pistola de água em sua adversária. A garota enfurecida, gritando com sofrimento, agarrou com uma das mãos a perna direita de John e, com a outra, o segurou pelo ombro. Com uma força impressionante, Cynthia ergueu John acima de sua cabeça apenas com o vigor espantoso de seus braços. Gritando com fúria por três segundos, ela exibiu seu troféu infame para os outros e o lançou contra o chão. O impacto do corpo de John contra a areia branca do parquinho foi tão forte que eu jurei ter sentido o chão estremecer.

Os risos das outras crianças cessaram, e todos ao meu redor ampliaram os olhares diante da imponência da guerreira mais forte da nossa Liga do Pirulito. Após sua investida arrebatadora, Cynthia ofegava pesadamente, sem expressar sentimento de culpa, enquanto John agonizava deitado, gemendo de dor a todo instante. Embora a areia fofa tivesse amortecido a queda, acreditei que aqueles gemidos persistentes eram genuínos, e não uma mera encenação de uma criança ferida que aguarda desesperada pelo afago dos pais.

— Cynthia, você está completamente maluca? — A professora Quentin berrou, aproximando-se da cena a partir da porta do ginásio. Correu para junto de John e o socorreu. — Veja só essa criança... deitada no chão desse jeito feio, toda contorcida e zoada... — Zilda repreendeu Cynthia, que se sentiu acuada pela repreensão, embora a professora ainda usasse adjetivos impróprios para descrever seus alunos e me fizesse rir por dentro.

— Eu pedi para ele parar, professora Quentin! Mas ele não parava de me chamar de apelidos feios... — Cynthia tentou se defender, mas sua aflição a fez se esquecer de mencionar na hora todos os insultos sofridos por John.

Eu finalizei a gravação no tablet... já tinha material suficiente para alcançar meus objetivos.

— Zilda, o que está acontecendo aqui? — perguntou o professor de Educação Física, Cuqui.

Vi Cláudia se aproximar do bando de alunos em volta da algazarra e percebi a oportunidade ideal para devolver o tablet antes que algum dos professores me visse com ele nas mãos. Cláudia agarrou o aparelho caríssimo e o abraçou ao peito com ambas as mãos.

— Aconteceu que aquela menina endoideceu de vez e acha que pode sair lançando as outras crianças para o alto a qualquer momento. — Zilda respondeu com seu humor característico; bem, pelo menos do meu ponto de vista, eu sempre achei graça em seus comentários mordazes. — Cuide dessa criança aqui, que eu vou levar essa malcriada para a sala da diretoria. — A professora vociferou para o velho professor Cuqui, referindo-se à Cynthia como a única culpada na história. — Vamos, menina... venha comigo agora mesmo para a sala da diretoria! — exigiu terminantemente e agarrou o ombro de Cynthia, arrastando-a até a presença da diretora.

— Professora Quentin... a Cláudia filmou tudo o que aconteceu... e eu também presenciei toda a situação — acrescentei, minha voz dissimulada tremendo com a emoção. — O John foi o verdadeiro culpado... não a Cynthia! Foi ele quem provocou minha amiguinha.

A professora Quentin me olhou com desdém, mas pareceu refletir melhor antes de decidir qualquer novo decreto contra a pobrezinha Cynthia, que estava com a cabeça completamente atordoada.

— Olha só... olha só... — disse, direcionando seu tom de deboche para mim. — A fofoqueira ali atrás está desesperada para me contar alguma fofoca... onde já se viu isso? Vou te contar, viu! — desabafou para o professor que ajudava John, mas o professor Cuqui pareceu não dar muita atenção à senhora Quentin. — Essas crianças de hoje em dia... são todas umas fofoqueiras! Vem você também para a sala da diretoria, para me contar essa história melhor — disse para mim. — Cláudia! — Agora gritava para meu desafeto. — Me entregue esse tablet agora!

— Mas não fui eu quem filmou, professora Quentin... foi a...

— E eu te perguntei algo, menina doida? — Eu fui salva pela intervenção da professora, antes que Cláudia revelasse a verdade sobre quem realmente manuseou o tablet. — Me entregue isso agora!

Cláudia caminhou rapidamente em direção à professora e entregou o aparelho, emburrada. Zilda iniciou seus passos furiosos em direção à diretoria, com Cynthia grudada em sua mão, e eu as segui. Avançamos pelos corredores da escola e adentramos a sala da direção.

— Zilda... o que significa isso? — questionou a diretora Jennifer Stark, surpresa com a entrada apressada e sem o devido aviso prévio de sua secretária.

— O que está acontecendo aqui, senhora diretora Stark, é que as crianças da sua escola são um bando de lunáticas! É isso que está acontecendo. Cleonice? — A senhora Quentin explicou, gritando da porta ainda aberta da diretoria. — Venha aqui também...

Cleonice, a orientadora da escola que trabalhava na sala ao lado, compareceu imediatamente após a convocação forte da professora Zilda. A diretora fechou a porta e procurou maiores explicações.

— Zilda... vamos, me diga de uma vez... o que ocorreu para essas duas meninas estarem na minha sala?

— Isso é o que vamos entender agora mesmo, senhora diretora Stark. — Zilda respondeu, enquanto seus dedos nervosos ligavam o tablet de Cláudia e acessavam sua galeria de vídeos salvos.

Cynthia e eu permanecíamos estáticas, confrontando as três figuras de maior autoridade naquela instituição de ensino atrasado. Enquanto minha companheira tremia, com os lábios a trair o pavor que a situação lhe impunha, eu discerni quão profundamente fragilizada ela se encontrava. Impelida por um ímpeto irrefletido, segurei sua mão, numa tentativa de lhe conferir algum consolo. Não soube precisar a razão exata desse gesto, mas considerei que os poucos resquícios da minha humanidade interior, ainda impregnada em minha recém-alcançada perfeição, poderiam tê-lo motivado. Cynthia, agora um pouco menos aterrorizada, pareceu apreciar esse ato espontâneo. Seus olhos me revelaram a gratidão de quem se sentia amparada nos momentos mais críticos, especialmente diante das inclemências do mundo adulto.

O vídeo que registrei começou a ser exibido, e as três mulheres à nossa frente exibiram expressões de crescente preocupação.

— Precisamos convocar os pais de John à escola... Eles precisarão assistir a este vídeo, após tomarem conhecimento dos acontecimentos — decretou a diretora, envolta em trajes de lã, demonstrando uma sensatez que eu não havia antecipado. — Orientadora Cleonice, creio que seria prudente conversar com a Cynthia, explicando-lhe que não devemos recorrer à violência física contra os outros.

— E tampouco o John pode agredir verbalmente as demais pessoas — complementei, elevando o tom da minha voz para que as três adultas compreendessem que John foi o verdadeiro instigador de toda aquela situação; ele apenas colheu o que semeou. Elas precisavam reconhecer essa verdade inquestionável.

As mulheres me observaram em silêncio após minha intervenção.

— Certamente, minha querida... — respondeu a diretora. — Cleonice, pode conduzir a Cynthia à sua sala, para que possam ter uma longa conversa.

— Venha, querida... me acompanhe. Conversaremos um pouco em minha sala, tudo bem?

Diante das mãos grandes da orientadora Cleonice se aproximando, Cynthia apertou minha mão com mais firmeza e recuou um passo, sentindo-se ameaçada. Ela buscou meus olhos, procurando a segurança de que tudo ficaria bem. Eu lhe ofereci um sorriso tranquilizador e acenei com a cabeça, confirmando que não havia motivos para temer a consulta com a intimidante orientadora. Cynthia e Cleonice se afastaram em direção à sala de orientação. A diretora Jennifer acomodou-se em sua poltrona estofada e começou a ligar para os pais de John e Cynthia. A professora Quentin e eu saímos da sala da diretoria.

— Professora Quentin, não permita que a Cynthia seja expulsa da escola... Ela é minha única amiga! A única pessoa com quem converso desde que fui sequestrada... — apelei para a emoção, modulando minha voz para soar infantil, imatura; a senhora Quentin havia me prometido que me auxiliaria no que eu precisasse, e julguei que aquele seria o momento propício para cobrar tal promessa. — Assim como aconteceu comigo, eu pensei em seu filho, senhora Quentin. E se ele tivesse retornado para casa, para a escola, e reencontrado seu melhor amigo, mas, após tudo isso, os diretores expulsassem esse amigo? Não acha que ele ficaria triste se seu único amigo fosse expulso da escola?

Ao mencionar o filho raptado da professora, cujo paradeiro permanecia desconhecido ao longo dos anos, o olhar comovido da senhora Quentin me garantiu que ela faria o necessário para incriminar exclusivamente John, protegendo Cynthia e assegurando que ela permanecesse ao meu lado no restante do ano letivo.

— Venha, minha menininha... — Ela me chamou, exatamente como meu mestre costumava fazer. Estendeu-me a mão direita, e juntas percorremos o corredor. — A maluca da Cynthia não ficará longe de você... Não permitirei que isso aconteça — jurou, com firmeza.

— Obrigada, senhora Quentin. A senhora é um amor de professora.

Sorri docilmente para ela, saboreando o momento de minha vitória definitiva sobre John; agora, restava apenas arruinar a vida de Cláudia.

- FLASHBACK -

AUTODEFESA

Griselda... antes de você começar a estudar as táticas de defesa pessoal, gostaria de lhe fazer uma pergunta. Por que acha que às vezes lhe acerto no rosto?

Minha doce Griselda me olhou com um biquinho forçado nos lábios, visivelmente intrigada com minha indagação.

— É porque faço algo errado? — Ela perguntou, cautelosamente.

— Também! Mas isso ocorre, sobretudo, porque sou mais forte que você. Meus músculos me permitiriam erguer seu corpo frágil acima da minha cabeça e arremessá-la ao chão, se assim eu desejasse. Uma das lições mais cruciais na defesa contra um ataque físico é a capacidade de controlar a raiva interna e aceitar quando se é mais fraco ou mais forte que o oponente. É imperativo saber quando recuar ou contra-atacar. Em muitas ocasiões, é mais sábio abdicar da luta antes mesmo que ela comece.

— Entendi... realmente, seria mais inteligente da minha parte avaliar o porte físico e as demais aptidões dos meus inimigos antes de enfrentá-los, assim como você disse.

— Exatamente, meu anjinho. Jamais inicie uma briga corporal sem a certeza de que sairá vitoriosa.

Inesperadamente, ela me lançou um olhar melancólico, desprovido de ânimo.

— Céus! É tão difícil ser uma criança de seis anos... Acredito que não conseguiria vencer nem mesmo das crianças de cinco anos da minha escola... — desabafou, enquanto eu observava com desdém seu corpinho miúdo e frágil, ainda desprovido de músculos desenvolvidos.

— Entretanto, se acha que não pode derrotar um oponente mais forte, nada a impede de encontrar outra forma de vencer uma briga. Diga-me, Gris... o que acha que poderia fazer para superar o fato de ser uma criança incapaz de contra-atacar outra da sua idade ou até mesmo um adulto? O que faria para vencê-los?

Um novo olhar dela, mais reflexivo, girou em cento e oitenta graus para a esquerda, e logo ela pareceu encontrar uma resposta consistente para me dar.

— Bem... talvez eu sempre carregue uma faca na cintura para enfiá-la na cabeça de alguém... ou, talvez, manipule o ambiente ao meu redor para que as pessoas briguem entre si. Acho que isso resolveria qualquer tipo de briga, não acha, mestre?

PERGUNTAS E MAIS PEGUNTAS

E lá estava eu novamente, caminhando pelas calçadas, saltitante, entoando uma melodia descontraída, um "lá, lá, lá..." que fluía suave como a brisa da manhã. O retorno da minha escolinha para o apartamento de Avalon seguia tranquilamente... Eu me sentia contente e realizada com a produtividade que alcancei naquela manhã. Sim, isso mesmo... fui eu a responsável por conceber uma série de proezas formidáveis! Livrei Cynthia das incansáveis chateações de John, que acabou sendo levado ao hospital após torcer o ombro, resultado de um vigoroso arremesso desferido por minha fiel aliada. Com minha habilidade de persuasão, convenci a professora Zilda Quentin com um melodrama barato sobre o rapto de seu filho — uma história que remetia a mim — e, como consequência, Cynthia recebeu apenas uma simples advertência pela sua agressão, enquanto Cláudia foi terminantemente proibida de levar qualquer tablet ou outro aparelho tecnológico para a escola. Jamais ela exibiria seus brinquedinhos caros para os alunos mais carentes. A minha superioridade mental em relação às outras crianças e aos adultos ingênuos que me rodeavam era evidente. Tudo o que eu desejava era entregue a mim com um simples piscar de olhos, se assim eu decidisse. Eu me sentia poderosa, como uma suprema maga com habilidades sobrenaturais para moldar a realidade, tal como li naquele livro sobre magos que navegavam pelos mares europeus em busca de sereias.

— Obrigada, mestre... você realmente me transformou em um ser intocável e perfeito — declarei em voz alta, pois todo o crédito pelo meu aperfeiçoamento como ser humano se devia a ele, meu mestre e salvador.

Se ele não tivesse me jogado naquele carrinho de sucos no dia em que fui raptada no Central Park, jamais teria me tornado essa pessoa tão perigosamente invisível aos olhos dos que estão presos na roda monótona da sociedade. Aliás, se o meu mestre não tivesse acolhido e aprimorado a minha mente patética, eu provavelmente ainda seria aquela criança deprimente e tola, esperando por um milagre divino que fizesse meu padrasto Jack parar de nos tratar como animais enjaulados e nos bater ao final de cada dia.

Enquanto cruzava uma calçada de pedras largas, fui assaltada por um vislumbre das minhas lembranças familiares. Interrompi meu trajeto para o apartamento do meu oráculo e pensei alto, dialogando com os meus anjinhos imaginários que sopravam melodias de pensamentos concisos ao meu ouvido.

Céus! Será que o corpo do policial que matei na sala da minha antiga casa... será que ele já foi encontrado por alguém? A dúvida cresceu dentro de mim, dominando meus pensamentos.

Olhei à direita, depois à esquerda. Decidi que, se fosse cuidadosa o suficiente, poderia passar despercebida pelos olhares da vizinhança na casa da minha mãe biológica, Hillary. Talvez pudesse passear por ali e medir os ânimos da residência que abrigava, misteriosamente, um cadáver em sua sala de estar. Mudei minha rota, cedendo à curiosidade. Caminhei em direção à esquina que me levaria à rua da minha antiga morada, dobrando o quarteirão a seguir e me esgueirando pela calçada, atenta a qualquer presença que pudesse notar minha passagem. Não queria ser incomodada por alguma vizinha curiosa que me fizesse perguntas sobre o súbito desaparecimento da minha família e de mim mesma.

— Não há fitas de isolamento para uma cena de crime... — murmurei ao avistar a fachada da minha casa. — Isso é estranho... será que a polícia ainda não encontrou o corpo do policial?

Olhei novamente ao redor e, ao constatar que estava sozinha naquela rua, aproximei-me da porta da casa, concentrando-me nos sentidos do meu olfato. Após algumas cafungadas pelas frestas da porta, constatei a ausência do inconfundível odor de um corpo em decomposição. Apenas o perfume doce das rosas amarelas do jardim do vizinho dominava o ar. Paralisada como uma estátua diante da entrada, lembrei-me de que havia guardado a chave de casa dentro da minha mochilinha. Abri-a e procurei pelo molho de chaves. Foi então que ouvi um passo estalando atrás de mim, como se fosse da minha própria sombra.

— Olá? — Uma suave voz se fez ouvir, e eu rapidamente olhei em sua direção.

Uma mulher adulta, aparentando cerca de trinta anos, me fitava com um sorriso macio, mas a postura impecável de sua silhueta transmitia uma aura de confiança e expertise. Ela vestia uma calça social preta, uma camisa branca e um terno de couro avermelhado. As feições de seu rosto, belas e cuidadosamente maquiadas, tentavam me seduzir, mas eu não me deixaria enganar. Seus olhos castanho-claros, bem-delineados, e o batom marrom cintilante revelavam o quanto ela se importava em parecer atraente. Se eu ainda fosse uma criança imperfeita, certamente me renderia à sua aparência cordial, acreditando que fosse uma cidadã honesta, digna de confiança. Contudo, suas sobrancelhas erguidas e o sorriso forçado indicavam que toda aquela sedução, aparentemente cheia de boas intenções, era falsa, algo que apenas meus olhos bem treinados podiam discernir. Mal ela sabia que estudei com afinco, junto ao meu mestre, todos os elementos faciais que revelavam as reais intenções das pessoas; suspeitei, então, que talvez ela fosse uma assassina de aluguel contratada por meu mestre para me eliminar ou, quem sabe, uma policial investigando a área.

Meus sentidos aguçaram-se, em alerta. Era óbvio que ela era astuta como uma raposa. Quem quer que fosse, estava claro que um jogo de questões, respostas e persuasão se iniciaria entre nós.

— Meu nome é Paty Vallery. Sou a delegada da cidade. Você mora nesta casa?

Como imaginei, adivinhei que aquela mulher era da polícia.

Respondi "sim" a ela, acenando com a cabeça.

— O seu nome é Griselda? — sustentou outra questão para a nossa conversa.

— Minha mãe sempre me disse para nunca falar com estranhos... — repliquei com uma implicância proposital, suficiente para encerrar nossa conversa ali mesmo.

— Mas nós duas já nos conhecemos, minha querida — respondeu ela, enquanto eu permanecia confusa. Vasculhei os cantos escuros da minha memória em busca de alguma lembrança que coincidisse com sua revelação. — Eu sou a delegada responsável pelo caso do seu sequestro, você não se lembra de mim? Eu estava lá... no dia em que a resgatamos. Fui eu quem a tirou da água e impediu que você se afogasse... — continuou, com um sorriso e aquele tom infantil na voz.

— Agora eu me lembrei... — executei minha voz com perfeição, adotando o tom surpreso de uma criança. — Você estava diferente naquele dia... Hoje você está mais arrumada e bonita do que naquela noite — revelei-lhe uma grande verdade.

— Você acha que sou bonita? Cuidado com essa afirmação, ou posso acabar acreditando, ouviu? — brincou e sorriu comigo. Ambas mantínhamos a ilusão de que ela era uma adulta interessada em ouvir uma criança desmiolada falar, enquanto eu me desempenhava como a criança risonha e empolgada por ser escutada por um adulto.

Céus! Eu sei que repito isso em pensamento a todo instante, mas estou realmente desesperada para que essa bobagem de falar de forma doce termine assim que eu crescer um pouco mais, talvez quando atingir os meus dez ou onze anos de idade.

— É que naquela noite estava escuro... e seu cabelo estava solto.

— Você está certa, minha querida. Eu estava bem diferente naquele dia.

O silêncio pairou por um momento enquanto nos encarávamos, como duas tontas felizes.

— Então... você está chegando agora da escola?

— Estou sim... — senti-me obrigada a responder-lhe com a verdade, pois também considerava a hipótese de que ela já me seguia desde que deixei os domínios recreativos da minha escolinha.

— Tem mais alguém com você... dentro de sua casa? — A delegada expressou preocupação com as sobrancelhas franzidas, antes de desviar o olhar para a porta.

— Sim... meu irmão está me esperando... — falei normalmente, inventando uma pequena mentira para que ela acreditasse. — Você quer entrar comigo para conversar com ele?

Meu convite à delegada era realmente perigoso, pois, assim que eu abrisse a porta de casa, seríamos ambas recepcionadas pelo cadáver de um oficial da polícia estirado no chão. Contudo, eu já estava mentalmente preparada para manipular toda a situação que se desenrolasse nos próximos minutos. Caso a delegada identificasse o cadáver na sala, eu encenaria surpresa e um ataque de pânico, para que a senhorita Vallery se compadecesse do sofrimento de uma criança novamente traumatizada pelo destino cruel. A seguir, ela certamente se aproximaria para me oferecer um abraço reconfortante, colocando-me perigosamente em meio aos seus braços. Então, eu sacaria minha faca de serra da cintura e cravaria sua lâmina na cabeça da delegada, assim como fizera com o policial Randall. *Céus! Só me pergunto quantos corpos de policiais mais terei de empilhar em minha sala para que os homens e mulheres fardados parem de me importunar.*

— Não, imagina! Não preciso entrar em sua casa! — retrucou a delegada, negando o meu convite. Seus olhos grandes e a boca levemente trêmula indicavam que ela não queria a intromissão de outra pessoa enquanto conversávamos. — Não chame ninguém, Griselda — reforçou, estranhamente aliviada, falando cada vez mais baixo. As linhas de preocupação em seu rosto deram lugar a uma expressão risonha e pacífica. — Na verdade… gostaria de conversar um pouco com você. Apenas com você. Vim até aqui por sua causa, Griselda.

Hum… agora tudo fazia sentido. Paty Vallery provavelmente estava sem uma ordem judicial que lhe permitisse fazer contato imediato comigo; a criança que foi raptada pelo misterioso assassino e sequestrador em série, cujo paradeiro e verdadeira identidade as autoridades de Nova York jamais conseguiram desvendar. Aliás, certa vez, escutei atrás da porta do consultório da psicóloga Kimie Hamilton uma conversa entre ela e minha mãe, na qual ambas comentaram que, devido ao meu "suposto" esquecimento sobre os eventos do sequestro, a psicóloga não assinaria a autorização para que os policiais me interrogassem formalmente. Segundo as análises infundadas e os diagnósticos errados de Hamilton, eu estava em um processo de profundo choque e negação. Caso fosse pressionada além do que minha mente ainda sensível pudesse suportar, sem a devida mediação psicológica, meu subconsciente poderia agravar os traumas da memória, corrompendo-a para sempre. Aos olhos de todos, eu era o último elo capaz de fornecer informações sobre o homem que me raptou, a única sobrevivente daquele monstro hediondo, o meu mestre, que capturava e assassinava crianças friamente, sem deixar vestígios para os investigadores.

— Você acha que nós duas poderíamos falar brevemente sobre o homem que a sequestrou?

Fingi medo e concordei com a cabeça.

— Ótimo, Griselda... Isso é realmente muito importante para mim! — Ela agradeceu, demonstrando uma meiguice desnecessária, apenas para massagear meu ego e me induzir a contar o que ela desejava ouvir. A delegada sabia que demonstrar gratidão a um desconhecido é uma poderosa tática de persuasão, que incentiva o subconsciente alheio a confiar e a compartilhar segredos. — Por acaso... você acha que pode me dizer se se lembra dele... de como era o rosto do seu sequestrador?

— Não me lembro de muita coisa... — falei com um tom desanimado.

— Mas por que acha que não se lembra? Será que foi porque ele cobriu sua cabeça com uma venda ou um saco?

— Talvez... não sei direito...

— E quanto ao lugar? Você consegue se lembrar de como eram as paredes, se havia algum objeto diferente ou algo do tipo? Ou até mesmo algum tipo de barulho... como um canto de pássaro?

Céus! Se eu não entregasse alguma informação à delegada, acredito que passaríamos o restante da tarde nesse desagradável jogo de perguntas e respostas.

— Acho que me lembro de um barulho... ele sempre vinha de cima. Era como o som de passos pesados... vindos de cima de mim. Mas é tudo o que lembro...

— Bem, então acredito que você esteve no porão de alguma casa velha nos arredores desta cidade. Por acaso, ele falou com você? Ouviu a voz dele alguma vez?

Neguei com a cabeça.

A delegada Paty sorriu para mim, embora com um leve indício de frustração. Contudo, em seguida, ela renovou sua expressão perspicaz. Sentou-se no degrau da escadinha em frente à minha casa e, com um olhar convidativo, sugeriu que eu me sentasse ao seu lado. Confiante, sentei-me na escadinha de concreto empoeirada e cruzei os braços em cima dos joelhos dobrados.

— Sabe, Griselda... eu já tive um irmão. Ele era esperto como você, sabia? — *Eu duvido muito*, pensei, mas me reservei ao direito do silêncio perpétuo. — O nome dele era Josh. Ele sumiu aos seis anos, exatamente como você. Eu era uma garota de quinze anos, sonhadora, querendo ser uma cantora *popstar*, quando ele desapareceu. E acredito que o homem que a sequestrou foi o mesmo ser malvado que levou meu irmãozinho. — Ok, agora a história começou a ficar interessante. — Ele sumiu no Central Park, assim como você. Um dos maiores motivos para eu me tornar policial foi o desaparecimento de Josh. Sempre imaginei que, talvez, pudesse encontrá-lo algum dia se eu me tornasse uma investigadora. Aliás, o departamento de polícia acredita que a pessoa que sequestrou Josh é a mesma que sequestrou você.

— E o seu irmão Josh também voltou para casa? Você o encontrou? — perguntei com um sorriso empolgado.

— Não, minha querida... ele nunca retornou — respondeu, com um semblante entristecido.

— Mas você ainda está procurando por ele?

— Sim, ainda procuro... de certa forma.

Tola.

— Minha mãe me disse que rezou para os céus, bem direitinho, para que eu voltasse para casa. E, então, eu voltei. Se você também rezar bem direitinho, acho que seu irmão pode voltar pra casa, assim como eu.

Ela sorriu gentilmente outra vez, como se me agradecesse pela intenção de fazê-la se sentir melhor.

— Sua mãe é uma mulher muito sábia, Griselda.

Não, ela não é... não passa de uma desmiolada viciada em metanfetamina, pensei novamente, quase respondendo em voz alta.

— Gosto dessa ideia... — continuou a delegada. — De imaginar que algum dia verei Josh outra vez... seria incrível.

Por favor... pare de enganar a si mesma e suma da minha vista.

— Tenho mais uma questão para você, Griselda — disse. Mentalmente, imaginei revirar os olhos, chateada com tantas perguntas e desabafos desnecessários que eu tinha de suportar. — Por acaso... você recebeu a visita da sua avó nos últimos dias?

Foi uma reviravolta inesperada na conversa, confesso.

— Não, a mamãe disse que a vovó Adelina não é mais bem-vinda em nossa casa. Ela me disse para ficar longe da minha avó Adelina — respondi com sinceridade. Hillary havia exigido isso de mim e de Michael, ao saber que sua mãe havia sido presa pelo assassinato de duas famílias inteiras; o motivo, uma garrafa de *whisky* quebrada.

Outro sorrisinho de frustração ornamentou os lábios da delegada.

— Bem... acho que está na hora de voltar para a delegacia... está ficando tarde — disse, levantando-se e olhando o relógio de pulso com pulseira azul. Eu também me ergui e dei dois passos em direção à porta da minha casa. — Obrigada pela conversa, Griselda.

Dei-lhe um sorriso infantil.

— Até mais, senhorita Vallery. Tenha um ótimo dia.

— Para você também.

Enquanto a delegada Paty se afastava, encenei procurar a chave da porta dentro da minha mochila. Quando a delegada finalmente desapareceu do meu campo de visão, o sorriso claro em meu rosto se desfez, e eu finalmente pude voltar a ser eu mesma.

Inesperadamente, a porta da minha casa se abriu pelo lado de dentro.

— Ela já foi? — perguntou Michael.

Meus olhos se arregalaram, como duas grandes tangerinas suculentas descascadas.

— Michael? — questionei, espiando para dentro da sala em busca do corpo do policial morto. Para minha eterna surpresa, o cadáver não estava mais jogado sobre o tapete.

— A delegada... ela já foi? — repetiu Michael, impaciente e agoniado. Ele provavelmente escutou parte da minha conversa com a delegada atrás da porta.

— Você está falando da delegada Paty? Sim, ela já foi.

— O que ela queria? Ela perguntou algo sobre mim? — cobrou, puxando-me pelo braço e me arrastando para dentro de casa. Michael fechou a porta e a trancou pelo lado de dentro.

Incomodada pela indiferença do meu irmão, que evitava qualquer menção ao cadáver que antes ocupava nossa sala de estar, decidi investigar por conta própria se ele havia visto algo incomum sob aquele teto. Contudo, era preciso ser cautelosa com minhas palavras.

— Não... a delegada não mencionou seu nome. Michael, desde quando você está em casa?

— Cheguei hoje cedo — respondeu, correndo para o quarto da mamãe.

Observei cada canto da sala, mas não encontrei nenhuma gota de sangue. O tapete e o sofá deveriam estar, no mínimo, ensanguentados. Senti o aroma de produto de limpeza no ar, o que me fez pensar que talvez alguém tivesse sumido com o corpo e limpado toda a sujeira gosmenta. Faminta por respostas, caminhei até o quarto da mamãe e vi Michael furtar um bolo de dinheiro de dentro de uma bolinha de meia na gaveta das roupas íntimas de Hillary.

— Michael, o que você está fazendo? Esse dinheiro é da mamãe... ela vai precisar dele quando sair do hospital e voltar para casa...

— Eu também preciso desse dinheiro, Griselda. A mãe volta quando pra casa, você já sabe?

— Não, não sei. Acho que ela ainda está no hospital... pelo que parece. A propósito... a Marjorie está bem — acrescentei, cutucando a falta de afeto dele por mim e pela bebê.

Meu irmão guardou o dinheiro furtado no bolso da bermuda de jogador de futebol e correu para a sala. Segui seus passos apressados e o observei vasculhar os potes de alumínio vazios na cozinha.

ENCRENCA DAS BRABAS

— Aqui... encontrei mais um pouco... — Meu irmão murmurou ao descobrir algumas notas de dólares perdidas dentro de um pote de alumínio vazio na estante da cozinha.

— Michael... o que está acontecendo com você? Por que está juntando todo o dinheiro que encontra?

— Não posso falar agora, Griselda... preciso ir...

— Michael! — Tive de elevar um pouco a voz para que ele abandonasse seu comportamento frenético e se concentrasse em mim. Ele acalmou a respiração ofegante e finalmente me encarou nos olhos. — Em que tipo de encrenca você se meteu desta vez?

— Você é uma criança, Griselda. Ainda não entende dessas coisas — Michael disse, afastando-se rapidamente para fora de casa.

Seu tolo... entendo mais da vida do que você imagina, pensei, frustrada.

Sozinha, percebi que teria de agir rápido se quisesse seguir os rastros dos "pés de brasa" do meu irmão. Ágil como era, em questão de segundos suas pegadas poderiam se transformar em cinzas desintegradas, desaparecendo ao menor sopro do vento.

Olhei mais uma vez para a organização inesperada da sala de estar e decidi zelar pelo bem-estar do meu irmão mais velho, em vez de me deter nos detalhes sobre o misterioso desaparecimento do corpo do policial Randall. Afinal, no momento, o sumiço do cadáver parecia uma bênção que provinha das entidades extraterrenas. Fechei a porta de casa e corri atrás do adolescente fujão. Ao encalço da sombra de Michael, o vi de longe, andando quase uma quadra à frente. *Céus! Aquele garoto parecia correr em vez de andar pelas calçadas.* Acelerei minha corrida com minhas pernas curtas e o segui pela cidade. Michael avançou em direção aos corredores estreitos entre os prédios decadentes da vizinhança, desacelerando o passo.

— Michael, espere... — gritei à distância. O eco do corredor entre os dois prédios amplificou minha voz até ele.

— Griselda? Você me seguiu até aqui?

Respirei fundo com as mãos nos joelhos, tentando recuperar o fôlego.

— Você saiu de casa sem me dizer o motivo de tanta pressa. Sua voz parecia preocupada... e seu olhar, o de alguém que fez besteira e está prestes a ser pego por um herói das histórias em quadrinhos.

— Você não pode me seguir... precisa voltar para casa antes que o pessoal do Salazar te veja!

— Salazar? Quem é Salazar?

Inesperadamente, Michael lançou um olhar apavorado em direção às minhas costas, como se visse diante de si o momento de sua morte.

— Veja só quem resolveu aparecer! Se não é o traidorzinho que entregou nossa mercadoria para a gangue do Enrico! — disse uma voz forte e rouca atrás de mim. Ao me virar, senti-me intimidada diante do homem, que vestia uma regata branca e exibia uma arma presa ao cinto de sua calça jeans azul.

— Qual é, Adam? Você sabe que eu não traí a irmandade do Salazar. Foi o bando do Enrico que armou para mim e roubou a droga que eu estava carregando para a entrega na Pink & Blue. — Michael explicou, revelando também para mim o verdadeiro motivo de seu grande problema. Pelo que tudo indicava, sim, meu irmão mais velho havia se tornado um traficante de drogas ilícitas; graças à influência problemática de Hillary.

— Isso é o que você vai ter que explicar para o Salazar... Você sabe que deve a ele mais de trinta mil dólares, não sabe? — continuou o homem, com um olhar ameaçador.

— Eu sei, cara, eu sei! — Michael respondeu, posicionando-se ao meu lado. — Estou levantando essa grana, só preciso de mais tempo... já consegui juntar cinco mil no total, veja aqui...

Michael mostrou a quantia que mencionara, um sorriso nervoso pairando em suas expressões.

— É pouco.

— Eu sei que é, cara. Mas estou conseguindo me virar. Se assaltar mais alguns mercados e postos de gasolina, acho que consigo entregar todo o dinheiro até o final do mês...

— Seu prazo estourou ontem, garoto. — O homem cortou a fala de meu irmão com frieza.

— Adam, certo? — Eu me intrometi na conversa. — Meu irmão e eu encontraremos uma forma justa de pagar você até amanhã. Eu garanto.

O traficante Adam riu alto após minha intervenção.

— Mas que porcaria é essa? — Ele falou, usando o mesmo tom de desprezo que Avalon costumava usar comigo. — Essa criança está com você? Ela é mesmo sua irmã?

— É... ela é sim... — respondeu Michael, com um receio evidente no olhar.

— Que pena que você esteja aqui, sabia, minha gracinha? — disse o meliante, sorrindo debochadamente para mim. — Como não posso deixar testemunhas vivas, os dois vão para o caixão juntos. — Sacou a arma e a apontou para minha cabeça.

— Ei, espere! — Michael gritou, desesperado, colocando sua mão direita em meu ombro e apertando-o com força. — Vocês ainda fazem tráfico de crianças, certo? Ouvi uma vez o Salazar dizer que uma criança saudável de até oito anos vale mais de cinquenta mil dólares no mercado clandestino. Vocês podem levá-la para pagar minha dívida.

Estremeci por dentro.

— Como? — questionei, incrédula diante da sugestão.

Adam assobiou alto, como se estivesse surpreso.

— Rapaz... tenho que admitir que você nasceu para o crime! — disse Adam, sorrindo euforicamente, como se aprovasse a ideia proposta por meu irmão desnaturado. — Eu não tenho coração, admito, mas vender a própria irmã para pagar uma dívida com o tráfico? Isso é digno de alguém sem alma!

Eu realmente tive de concordar com o senhor Adam. Com aquele ato, Michael desmoronou por completo a imagem de tolo e de pensamentos lentos que eu tinha dele. Reconheci sua astúcia em pensar rápido para se livrar de sua dívida mortal, entregando-me ao tráfico como moeda de troca.

Adam abaixou a arma, pensou um pouco e tirou seu smartphone do bolso. Iniciou uma conversa reservada no aparelho.

— Michael? Tenho que admitir... dessa vez você se superou. — Eu o elogiei... ou talvez o tenha ofendido... isso dependeria do ponto de vista de quem presenciasse o momento; e se, por acaso, as forças externas que me observam secretamente no limbo de outra realidade pudessem opinar sobre minha dúvida cruel, eu gostaria imensamente de saber sua opinião. — Pelo menos me diga que eles vão tirar só um rim de mim ou algo do tipo...

— Cale a boca, Griselda! Ninguém vai tirar nada de você. Vou arranjar o dinheiro e depois te livrar deles... estou apenas ganhando tempo com o Salazar — cochichou, assustado; ainda exalava algum resquício de afeto por mim, uma esperança de que ele milagrosamente conseguiria me salvar.

Mesmo que a intenção de Michael em me libertar num futuro próximo fosse carregada de compaixão familiar, não pude deixar de lhe lançar um olhar de desaprovação, pois, se ele realmente achava que me livraria de ser vendida por meio dos roubos que faria a seguir, estava redondamente enganado.

— O Salazar até que gostou da ideia. — Adam anunciou com satisfação, retornando à nossa conversa. — A garota vem comigo agora. — Guardou a arma e caminhou em minha direção.

— Griselda... vai com ele... vai ficar tudo bem. — Meu irmão se despediu, com o queixo trêmulo, começando a chorar.

Se quisesse, eu poderia facilmente acabar com todo esse show dramático em que meu irmão me envolveu. Poderia atrair o senhor Adam para perto de mim e enfiar-lhe minha faca na garganta... como de costume. Contudo, eliminar um membro do tráfico organizado da cidade seria arriscado, pois Adam havia mencionado meu nome e o de Michael para o tal Salazar durante a conversa ao telefone. Se eu eliminasse Adam, seria questão de tempo até que Salazar batesse à nossa porta atrás de Michael. Precisava ajudar meu irmão de alguma maneira, e a única maneira de ajudá-lo naquele instante era me infiltrar na quadrilha de Salazar e Adam, para conhecer de perto as fraquezas do inimigo.

— Ande... venha comigo, criança... está na hora de irmos — disse o traficante Adam para mim, sua voz carregada de impaciência.

— Claro, senhor Adam... — respondi, aparentando felicidade com o convite. Segurei firme na mão dele, e, juntos, caminhamos para dentro de uma das portas laterais dos prédios que nos cercavam.

BALINHAS DE MORANGO SÃO AS MELHORES

O senhor traficante Adam e eu atravessamos diversas salas no interior do prédio secreto do quartel-general dos traficantes até chegarmos diante de uma porta pintada de verde, feita de aço. Ao lado da porta, estava um homem alto e robusto, com uma expressão zangada. Acredito que ele fosse um guarda-costas ou algo semelhante.

— Espere aqui, princesinha — disse Adam. — Jeff, cuide da garota; vou falar com o Salazar.

Adam entrou pela porta verde de metal, e logo algumas vozes começaram a ressoar do lado de dentro. Como meus ouvidos não tinham a habilidade dos super-heróis dos quadrinhos, não consegui captar uma única palavra daquela conversa instigante. Os sons não passavam de murmúrios indistintos para quem os escutava do corredor.

— Olá, senhor Jeff? — Entediada por não poder colar o ouvido na porta, resolvi me apresentar ao homem com cara de sapo, como uma criança educada deveria fazer em qualquer situação inusitada.

Ele permaneceu calado, como um grande bobo mal-educado. Decidi que persistiria na minha tentativa de conquistar sua simpatia. Segurei a mão grande do brutamontes com minha mãozinha, na esperança de amolecer seu coração de pedra. Ele olhou para mim, ainda com o rosto irritado. Então, inesperadamente, o senhor traficante Jeff retirou uma balinha do bolso e me entregou, sem dizer nada.

— Balinha de morango! — exclamei, contente e sorridente, sem precisar fingir desta vez. Desembrulhei a bala e a coloquei na boca. — As balinhas de morango são as minhas preferidas, senhor Jeff. Faz muito tempo que não como uma delas. Muito obrigada!

Jeff finalmente esboçou um sorriso contido, como se não quisesse estragar a perfeição de seu semblante sempre sério e ameaçador.

A porta de metal verde se abriu.

— É Griselda, não é? — perguntou Adam, ainda dentro da sala, sem perceber que Jeff estava presente ao meu lado.

— Sim, é o meu nome, senhor Adam.

— Entre...

— Até mais, senhor Jeff — despedi-me do gigante sem cabelos e tatuado nos braços.

Adentrei o novo cômodo do esconderijo e observei cada detalhe que havia ali. Uma vez, meu mestre me disse que, ao entrarmos na casa de um desconhecido, a primeira coisa a fazer é apreciar os objetos presentes. Uma simples decoração vai muito além de tornar uma casa mais organizada ou bonita; ela faz parte da personalidade de quem a decorou e revela inúmeras características, escondidas até então nas entrelinhas. No caso da sala em questão, provavelmente pertencente ao chefe dos traficantes, Salazar, eu poderia escrever um livro inteiro sobre os itens que revelavam os traços mais marcantes de sua personalidade. Os muitos maços de dinheiro espalhados sobre a mesa indicavam uma ganância insaciável dos traficantes por notas de dólares. As armas de fogo sobre o sofá e o aparador na parede revelavam que ele era um homem sem escrúpulos, perigoso e sem apego à vida alheia, disposto a disparar contra qualquer um que cruzasse seu caminho. O lixo, repleto de *post-its* amassados, mostrava que ele fazia muitas anotações e rascunhos, descartando-os constantemente; perguntei-me se ele desenhava algo ou simplesmente gostava de escrever poemas no papel. Entretanto, os objetos que mais chamaram minha atenção foram três retratos. No primeiro, uma mulher grávida, de cabelos castanhos e longos, estava sentada em um balanço de madeira. No segundo, uma menina de cerca de dez anos, de pé, sorria timidamente para a pessoa que tirava a foto, com traços faciais que se assemelhavam aos meus. Suas mãozinhas juntas, à altura da cintura, denotavam certa timidez. Seu rosto era meigo e puro. No último retrato, estavam Salazar, a menina e a mulher grávida, todos abraçados e felizes. Tive a certeza de que a mulher e a menina eram a esposa e a filha de Salazar. Além disso, percebi que Salazar era um homem apaixonado por sua família, a quem certamente protegeria a qualquer custo. E eu me ative a essa fraqueza, que não era nada original.

Adam se aproximou por trás de mim, pousou suas mãos sobre meus ombros e falou:

— Esta é a irmã de Michael. O que acha? Não é perfeita? — É claro que eu era perfeita. — Pele hidratada, sem cicatrizes no rosto... Acho que os chineses e os russos pagariam uma fortuna por ela.

Salazar, contudo, era... digamos... um pouco aquém do que eu esperava de um chefe de quadrilha. Vestia apenas uma regata branca e uma calça jeans preta desbotada. De riquíssima origem cultural latino-americana, sua pele corada pela ação do sol, repleta de tatuagens nos braços e no pescoço, indicava que ele trabalhava ativamente ao ar livre. O traficante de cabelos raspados e brincos prateados nas duas orelhas me examinou de cima a baixo. Para simular uma boa impressão, cruzei as mãos na cintura e inclinei levemente o rosto para o lado esquerdo, imitando a pose da filha dele no retrato.

— Essa daí não serve. Devolve essa menina para a mãe e elimina o rapaz. A morte dele servirá de exemplo para os outros dois novatos que estamos recrutando — declarou o homem, com um sotaque desleixado.

— Mas, Salazar, a garota pode render uma boa grana...

— Eu já disse que essa daí não serve, *mierda*! — Salazar gritou, e Adam abaixou a cabeça. O respeito pela autoridade de Salazar era algo realmente impressionante de se ver. Sua ordem não provocou em Adam nem mesmo um compreensível olhar de repulsa. Estava claro que Adam era genuinamente leal ao seu superior e acataria qualquer determinação.

— Como quiser, Salazar...

— Ei, esperem! — gritei, tentando impedir que Adam me empurrasse para fora da sala e, ao mesmo tempo, chamar a atenção de Salazar. — Vocês não vão matar meu irmão!

— Adam, o que essa pirralha ainda está fazendo aqui? — vociferou Salazar, incomodado com a minha persistência.

— Salazar, você gostaria de que matassem um filho seu? — questionei antes que Adam pudesse praticar qualquer outra tentativa de me expulsar do recinto.

Assim que terminei de pronunciar meu lapso de rebeldia e moralidade, pude ver o medo nos olhos de Adam sendo eclipsado pela expressão demoníaca que emergia de Salazar. Foi como se eu tivesse proferido uma blasfêmia diante daqueles que me rodeavam. Salazar levantou-se da cadeira da escrivaninha, caminhou furiosamente em minha direção, segurou-me pelo pescoço e me prensou contra a parede. Ele se abaixou, encarando-me de igual para igual.

— Minha filha já está morta! — bradou Salazar com uma raiva inflamada. Seus olhos vidrados e faiscantes teriam me aniquilado ali mesmo, se pudessem. Só então percebi a gravidade do que eu havia dito antes. — Agora, desapareça daqui antes que eu mude de ideia e te mande para fora do país, para ser retalhada por estrangeiros.

Ele me soltou, permitindo que eu respirasse direito outra vez.

— Foi alguém do bando do Enrico que matou sua filha? — Eu joguei minha teia das suposições em cima dos dois; *eles não me calariam tão cedo, não mesmo.*

Os dois homens interromperam seus passos e me fuzilaram com os olhos.

— O quê? — Salazar se dirigiu a mim, mas logo lançou um olhar torto para Adam. — Adam, você contou isso para essa moleca?

— Não, Salazar... eu não disse nada sobre o Enrico ter matado sua filha...

— Quietos, os dois! — ordenei, sem paciência, recuperando-me da agressão de Salazar. — Quem quer que tenha feito isso não verá mais a luz do dia. Tenho uma proposta para você, senhor traficante Salazar. Eu matarei o assassino de sua filha e, em troca, você quita as dívidas de Michael e jamais permite que ele trabalhe para o tráfico. O que me diz?

Lancei toda a minha esperança contra ele. Ambos os traficantes, com rostos aflitos e queixos quase tocando o chão, permaneceram em silêncio diante da minha inesperada proclamação.

— Hum... — murmurei, interpretando aquele comportamento de hesitação. — Entendo. Neste momento, vocês estão tentando digerir as palavras cultas que ouviram de mim, uma pequenina garota de seis anos de idade. Saibam que eu não os culpo, pois, às vezes, até me esqueço de que ainda sou uma criança. — Eu sorri internamente pelo deslize. — Serei franca com você, senhor traficante Salazar. Sou muito mais do que qualquer um de vocês pode imaginar e posso cometer feitos que jamais sonhariam em vida. Agora eu preciso saber se foi o próprio Enrico que matou sua filha ou se foi outra pessoa em específico. Preciso de um nome para que eu possa eliminá-lo da face da Terra. — O silêncio foi tudo o que obtive deles. — Vamos, me respondam! Preciso de um nome! Foi o próprio Enrico que fez isso? Se foi ele, será um homem morto ainda hoje, eu garanto.

Minha pressão no olhar fez com que Salazar se pronunciasse, ainda que de forma inconsciente.

— Sim, foi o Enrico...
— Quantos são eles? — questionei rapidamente.
— São oito ao todo — respondeu Adam, por seu mestre. Seu ímpeto estendeu uma cordialidade inesperada para com o que eu sugeria na conversa. Era como se Adam quisesse entender por que estava dando ouvidos a uma criança de minha idade fora de si.

— E vocês são apenas três, pelo que vejo. Estão em menor número e provavelmente não conseguiriam eliminar o grupo rival, certo? A propósito, da mesma forma que vocês três subestimaram a mim, o bando de Enrico fará o mesmo. Pensem bem... Eu poderia me aproximar deles sorrateiramente e eliminá-los um a um, pois jamais veriam em mim uma ameaça letal. Basta você me entregar aquela pistola com silenciador que está na estante e me indicar o esconderijo do bando de Enrico. Eu mesma tomarei todas as providências para exterminar sua gangue rival — finalizei, incisiva.

— Adam... chega desta garota louca por hoje... Mande-a de volta para a mãe dela e encontre o garoto. Quero ele morto até o final do dia. — Salazar me decepcionou ao proferir tal sandice. Provavelmente, ele havia perdido sua melhor chance de derrubar o império adversário e conquistar de vez o território na vizinhança.

Mesmo com meu primoroso arsenal de palavras premeditadas para convencê-los, Salazar preferiu negar sua possível fé em mim, sua nova salvadora.

— Venha, garota... vamos voltar para a rua. — Adam me convidou novamente a sair.

— Não toque em mim! — gritei com toda a voz que pude. — Se tocar em mim, matarei vocês dois da mesma forma que fiz com Jeff, lá fora no corredor! — Saquei minha faca, aumentando o drama e a credibilidade de que minha insinuação era verdadeira.

Salazar e Adam se entreolharam, atônitos. O espanto coletivo os fez correr para fora do quartel-general, tolos o suficiente para acreditar que eu realmente havia matado o segurança Jeff. Uma vez enganados do lado de fora, meu novo plano estava concretizado. Corri até a porta reforçada de ferro, tranquei-a pelo lado de dentro, passando o trinquinho metálico gigantesco, e os aprisionei do lado de fora. Enquanto suas vozes frenéticas, chutes e socos ecoavam do outro lado da porta, concentrei-me em minha próxima meta. Empunhei a pistola com silenciador, consultei o cartucho e atestei que havia quinze balas no pente. Para minha surpresa, as cápsulas dos projéteis eram revestidas com uma espécie de tinta avermelhada.

— As balas têm a mesma cor da balinha de morango que o segurança Jeff me deu — murmurei, em um diálogo reservado apenas para meus ouvidos.

Destravei a pistola, guardei-a na cintura, ao lado de minha inseparável faca de serra, e amarrei meu cabelo em uma trança feita às pressas. Juntei a manta de cor laranja do sofá e a enrolei no cabelo. Peguei um celular de cima da mesa e verifiquei se o aparelho tinha algum código de acesso. Surpreendi-me com a falta de prudência dos traficantes. Desprovido de senha, sorri para o aparelho e o guardei no bolso da calça. Olhei ao redor para melhor analisar a situação, caminhei até a lata de lixo transbordando de *post-its*, joguei todo o conteúdo no chão e retirei o saco de lixo que revestia o interior o cesto. Rapidamente, confeccionei uma roupa improvisada, como fiz no dia em que matei o policial Randall na frente da minha avó Adelina. Com meu novo traje pronto, vesti-o imediatamente. Aliás, notei um cesto de palha cheio de balinhas de morango sobre a mesa de Salazar, provavelmente de onde o segurança Jeff pegou a bala que me entregou.

— Isso vai ajudar... — falei ao vento e tomei o cesto de balas para mim.

Segurando o cesto de balas de morango, minha curiosidade foi despertada ao olhar para os papéis amassados jogados no chão, os que antes estavam dentro do lixo. Decidi abrir um dos bilhetes amarelos e ler até o final.

> Oi, amor, é o Salazar.
> Eu vou vingar a nossa Joana.
> Se alguma coisa acontecer comigo,
> cuida da bebê que vai nascer, tá bem?
> Eu te amo.

O bilhete parecia uma despedida, escrita por uma mente suicida prestes a se render à brutalidade irracional da vingança. Apesar da minha primeira impressão negativa sobre Salazar, pude enxergar a dor que ele sentia pela perda de sua doce e inocente filhinha, cuja imagem estava eternizada naquele retrato sobre a mesa, que o lembraria para sempre da horrível morte que ela teve. O bilhete era apenas um entre os inúmeros ensaios escritos por Salazar, que ele pretendia entregar à esposa grávida, igualmente identificada por mim nos retratos.

— Pobre Salazar... a vingança, quando movida pela raiva, só leva à própria ruína. Já a vingança dissimulada e manipuladora, embalada pela expertise, carrega consigo maiores chances de sucesso. Mas, como nós dois já sabemos, mesmo que eu lhe emprestasse esse valioso conselho, você provavelmente optaria pela primeira opção: pegaria uma de suas armas e cometeria o erro de invadir o território inimigo, tentando eliminá-los por conta própria, ao custo da própria vida.

Suspirei diante da ignorância do chefe do tráfico daquela região. Larguei o *post-it* ao chão, junto aos demais, caminhei até a porta e a encarei.

— Abra essa porta, sua *chica* maldita! — gritou Salazar, batendo no aço com força.

— Pare de ser tolo e espancar a porta com as mãos. Você pode machucar seus punhos — retruquei, abusando da minha inclinação para dar-lhe um conselho pontual. — Agora, me diga onde Enrico e o seu bando de traficantes se escondem.

— O quê?

— Diga onde Enrico se esconde. Não me faça repetir. Me entregue essa informação, e eu abrirei a porta imediatamente — menti, com uma proposta dissimulada.

— Ele trafica no prédio do bar da Sereia Púrpura — respondeu Adam por seu mestre, após um breve silêncio.

O bar da Sereia Púrpura era um lugar familiar para mim. Lembrava-me de tê-lo visto nas proximidades da casa de minha mãe biológica.

Armada até os dentes com minha nova missão, arrastei a mesa da escrivaninha de Salazar para perto de uma janela de vidro retangular, situada no alto da parede, e coloquei uma cadeira em cima da mesa, para usá-la como escada para minhas pernas curtas. Através da abertura da janela, que parecia ter sido feita sob medida para o meu corpo, consegui me esgueirar por ela, levando comigo a cestinha de balas de morango, minha faquinha e minha pistola com silenciador. Quando caí do outro lado, já na calçada, surpreendi-me com o nível do meu próprio equilíbrio nas pernas. Nenhuma bala havia saltado para fora da cesta durante minha queda. Nas ruas, iniciei minha rota em direção à minha nobre causa: livrar Michael de suas encrencas de forma definitiva — pelo menos até que ele encontrasse outra confusão ainda maior do que a que arranjara desta vez. Minha marcha se estendeu bairro adentro por um longo período.

— Ali está! O bar da Sereia Púrpura — conversei comigo mesma ao avistar a placa luminosa em forma de sereia, com luzes roxas que realçavam a silhueta do ser mítico e o letreiro do nome do bar decadente. — Avalon 1500 provavelmente adoraria ver este lugar... é a cara dela. — Eu sorri ao lembrar-me do meu oráculo.

Em frente à fachada do bar, três mulheres distintas, vestindo roupas com pouco tecido, exibiam corpos curvilíneos. Gatos brigavam com ratos no lixo ao lado do estabelecimento, enquanto alguns homens cambaleavam, saindo do recinto repleto de bebidas alcoólicas e comida gordurosa. No meio daquela desordem, um homem suspeito, encostado na parede de tijolos à vista, observava atentamente os dois lados da rua, como se estivesse vigilante. Ao lado dele, uma porta de ferro, semelhante à porta do esconderijo de Salazar, parecia ser o foco de toda a sua desconfiança e comprometimento. Era como se, naquele momento, sua vida se resumisse a vigiar quem adentraria por aquela porta, indicando para mim que aquele portal me levaria ao refúgio do senhor traficante Enrico.

Verifiquei a ausência de câmeras de vigilância na rua, estampei um sorriso nos lábios e caminhei em direção a ele, sem qualquer medo.

— Olá, senhor. Gostaria de comprar uma balinha de morango? Elas custam apenas cinquenta centavos cada. Garanto que são mais gostosas do que as de coco, banana e, principalmente, do que as de laranja...

— Não quero nada, menina. Agora, dá o fora daqui...

Minha expertise rapidamente assimilou que o homem, com lenço na cabeça, me expulsaria imediatamente daquele lugar, então, interrompi sua fala com um susto forjado por mim mesma. Dei um pequeno salto para trás, colando a mão ao peito, simulando um espanto profundo, como se algo externo me tivesse assustado. Olhei, atônita, para a porta ao lado do traficante, deixando-o à mercê da própria imaginação de homem cismado. Como a mente de um traficante é sempre alerta, pessimista e realista, era muito provável que a semente da dúvida que plantei na mente dele o fizesse pensar em algo errado acontecendo do outro lado daquela porta.

— O que foi, menina? — perguntou ele, irritado e curioso. Seus olhos miraram primeiro a porta, para só depois puxar assunto comigo.

— O senhor não ouviu? — questionei, ainda com os olhos arregalados, demonstrando confusão.

— Ouviu o quê? — O traficante, vigia do portão, levou imediatamente a mão à maçaneta da porta.

— Pareceu um estouro, como um prato caindo no chão... ou... tiros... iguais aos que minha mãe e eu ouvimos na vizinhança de nossa casa.

Vi o medo crescer nos olhos dele.

O traficante abriu a porta rapidamente, sacou sua arma debaixo da camisa e iniciou uma marcha lenta e cautelosa corredor adentro. Descuidado por não fechar a porta e absurdamente tolo por ter acreditado na historinha que inventei, atirei-me para dentro do corredor mal iluminado e coloquei os meus fios de cabelo ainda mais para o interior do pano enrolado em minha cabeça, evitando que caíssem ao chão e fornecessem uma odiosa prova de minha participação no massacre que viria a seguir. Fechei a porta pelo lado de dentro, passando o trinco sem fazer muito barulho, e envolvi minha mão no pano vermelho do fundo do cesto, usando-o como luva para os dedos, para segurar a arma com silenciador que roubei do quartel-general de Salazar. Evitar resquícios de pólvora em minha pele por conta dos disparos era essencial, pois bastaria uma simples amostra recolhida de mim pelos policiais para encerrar o meu contrato de criança perfeita com os veios vindouros deste mundo.

— O Enrico... ele está aqui? — inquiri, pelas costas dele, já com a mira presa na nuca do pobre humano enganado.

O traficante se virou lentamente, intrigado, e seus olhos se arregalaram ao perceber que eu lhe apontava minha mais nova companheira — uma pistola de sopros mágicos e letais, carregada com balas de um tom vermelho que lembrava morangos maduros. Ele inclinou a cabeça para a direita em um ângulo de quarenta graus, selando a própria sentença de morte. Sabendo que ele tentaria atirar em mim, e sem qualquer hesitação, pressionei o gatilho antes. O corpo dele caiu no chão com um baque surdo, o tiro acertando-o precisamente no centro da testa. O sangue escorreu pelo piso de concreto enquanto eu guardava a pistola sob o cestinho de balas de morango. Para quem me visse pela primeira vez, jamais suspeitaria que uma arma estivesse escondida ali — ainda mais manuseada por uma menina da minha idade, supostamente "uma criança patética e sem qualquer treinamento bélico".

— Menos um... agora faltam sete, segundo os traficantes que querem matar o Michael... — murmurei, saltitando com a leveza de uma garotinha alegre, cruzando ao lado do corpo de olhos abertos.

O corredor me levou a uma grande escadaria que desembocava em uma espécie de sala de recepção. Ao adentrar o novo cômodo, percebi um homem imperfeito, dormindo profundamente no sofá.

— Obrigada, senhor traficante... o senhor realmente facilitou meu trabalho ao dormir durante o expediente — sussurrei para ele, antes de beijar-lhe a careca e disparar um tiro certeiro em sua cabeça. — Tenha bons sonhos... — despedi-me, e juro que minha intenção não era ironizar a morte daquele homem. Eu realmente esperava que ele tivesse bons sonhos após sua passagem mundana, se é que isso era possível.

Outro homem surgiu na sala, e imediatamente mirei nele.

— Julius, você viu o tamanho do prato que o Kevin fez hoje? — perguntou o homem de cabelos longos, vestido apenas com calças jeans. Enquanto falava com o cadáver recém-abatido, secava o cabelo com uma toalha branca que cobria toda a sua cabeça, impedindo-o de me ver ou perceber algo errado na sala. — Até o Enrico ficou assustado com o quanto aquele magrelo come...

Disparei antes que ele pudesse me ver. Desta vez, o barulho da queda do corpo foi alto, devido ao peso corpulento do homem sem camisa. Diga-se de passagem, ouvir o nome de Enrico me fez vibrar por dentro, pois agora eu sabia que todas aquelas mortes não seriam em vão; eu estava no rastro certo para encontrar o chefe do tráfico.

— Roland? O quê...

Outro homem, atraído pelo barulho do corpo caindo, apareceu, mas a bala de morango da minha pistola o silenciou rapidamente. Era minha especialidade mirar bem ao centro das testas. O peso de mais um corpo se somou ao chão de madeira.

— Céus! Você é tão eficaz... é como se fizesse todo o serviço por mim — elogiei minha pistola silenciadora dos sonhos, admirando-a como se fosse um artefato encantado das histórias de fadas. — Você se chamará... A Silenciadora de Tolos — batizei minha nova arma favorita, registrando-a no cartório da minha imaginação perfeita.

Embrenhei-me ainda mais pelo complexo, e meus ouvidos captaram sons de música. Enquanto eu me aproximava do novo foco de investigação, risadas abafavam o refrão da música que falava sobre uma tal de "boneca Anaconda" ou algo parecido. Infelizmente eu não tinha tempo sobrando para decifrar a letra da música cantada por aquela voz fina e sedutora ao mesmo tempo. Focada nas vozes desconhecidas que ecoavam do próximo cômodo, encostei-me na parede ao lado da porta aberta e esperei por alguns segundos. Precisava saber quantos timbres diferentes vinham de dentro antes de entrar. Após confirmar que havia três vozes distintas, identifiquei que o trio jogava cartas, a julgar pela conversa alta sobre copas e valetes. Com a atenção dos homens voltada exclusivamente ao jogo, aproveitei o descuido deles e saquei a faquinha da cintura. Estiquei a ponta metálica além da porta, usando-a como um espelho improvisado para espionar o que de fato se desenrolava na sala de jogos. O reflexo da faca revelava para os meus olhos a figura de dois homens sentados de costas para mim e um de frente, que certamente me veria se eu adentrasse o local. Guardei a faca na cintura, entre o elástico da calça e a pele, e entrei no quarto como um raio incapaz de ser vencido em agilidade. O primeiro tiro explodiu o crânio do homem à direita, o segundo acertou o homem de frente para mim, que mal teve tempo de sacar sua arma. O terceiro e último capanga tentou se virar ao ver seus comparsas serem alvejados, mas meu disparo o atingiu antes que seus olhos pudessem me ver. Toda a ação durou apenas quatro segundos. Em um piscar de olhos, tudo havia terminado em tragédia para os traficantes e suas cartas de plástico, que iam ao chão junto do sangue.

Ao som da música contagiante que eles escutavam, inspecionei o banheiro e a cozinha, e então caminhei até a última sala restante. Enrico só podia estar ali, atrás daquela porta de madeira de demolição.

Para evitar ser surpreendida por alguém do lado de dentro, talvez armado e esperando para me emboscar, bati calmamente duas vezes na porta, tentando medir o ânimo de quem quer que estivesse lá dentro.

Toc-toc.

— Pode entrar... a porta está destrancada — respondeu-me uma voz despreocupada, lenta, que soou de dentro do meu destino final.

Perante a permissão concedida, abri a maçaneta e olhei para o meu alvo principal. O suposto homem que atendia pelo nome de Enrico estava sentado atrás de sua escrivaninha alta com a cabeça erguida para os céus; entretanto, seus olhos estavam fechados. Ele também suspirava e gemia lentamente, como se estivesse em um profundo estado de relaxamento. Para forçar a nossa apresentação, eu fechei a porta com estrondo.

Nossos três olhares se encontraram; os meus nos dele, os dele nos meus, e o olho ciclópico do cano da minha pistola também sobre os dele.

Bang!

Disparei, e o seu prazo de validade expirou. Ouvi um suspiro de nervosismo em frente ao chefe do tráfico Enrico, atrás de sua mesa de escrivaninha, ocultada pela fachada baixa de madeira que se mantinha em minha frente. Caminhei cautelosamente até o corpo e olhei para debaixo da estante, em busca daquele intrigante som.

Bang!

Disparei contra a cabeça de uma mulher, desconhecida até então. Por algum motivo misterioso, ela se mantinha ajoelhada embaixo da mesa da escrivaninha em frente ao corpo de Enrico. Como eu não poderia me permitir o desleixo de deixar uma testemunha viva do meu embate, tratei de silenciar a mulher imediatamente. Perguntei-me se ela seria algum tipo de técnica em eletrônicos, pois essa seria a única explicação plausível para que permanecesse agachada daquele jeito, entre as pernas de Enrico e ao lado de todos os fios de computador que estavam embaixo da escrivaninha.

— Não é nada pessoal contra nenhum de vocês em específico... eu tive de fazer isto pelo meu irmão de mente avoada, pois preciso proteger os membros de minha família de si mesmos e dos outros — conversei com os mortos. — Eu realmente espero que vocês não pensem que eu estou fazendo isso por um motivo hediondo e com o mesmo sentimento de vingança que Salazar conserva em sua mente e em seu coração. Eu não sou como ele. Eu sou melhor.

Enquanto mantinha a minha respeitosa prosa póstuma com eles, retirei o smartphone que eu havia tomado emprestado da mesa do traficante Salazar de dentro do bolso da minha calça e tirei uma foto dos rostos dos dois cadáveres. Contente com o meu sucesso na empreitada, coloquei uma balinha do cestinho na boca. Guardei o papel da bala dentro da minha calça para não deixar provas de crime para trás e depois refiz a minha rota reversa até a saída daquele esconderijo. É lógico que, durante o meu retorno, eu também prestava atenção redobrada ao chão do estabelecimento, para ver se encontrava algum fio de cabelo meu ou para constatar se havia pisado em alguma poça de sangue. Como eu não tinha feito movimentos bruscos, acredito que nenhum fio de cabelo tenha se desprendido da minha trança. Também enquanto retornava para a porta de saída, tirei fotos dos rostos de cada cadáver, para apresentá-los ao Salazar como prova irrefutável de minha eficácia em assassinar pessoas. No andar inferior do complexo, com meus olhos fixos na porta de saída do prédio, o vislumbre da liberdade de Michael estava mais próximo do que nunca. Meu irmãozinho me devia a própria vida, ainda que não soubesse disso.

Voltei a passear pelas ruas, saltitando e cantarolando pelas quadras seguintes, e me dirigi novamente ao mesmo beco no qual fui apresentada ao senhor traficante Adam. Entrei na porta frontal do quartel-general de Salazar e percorri os corredores até colocar meus olhos outra vez em Salazar, Jeff e Adam. O trio de traficantes amadores e patetas se empenhava num projeto não tão sábio de adentrar no quarto que eu havia trancado, os deixando presos do lado de fora, há cerca de uma hora. Salazar utilizava um maçarico de corte, semelhante ao que meu mestre uma vez usou para me fazer perder o medo das coisas que não devemos temer, para cortar o aço da tranca com o poder da chama concentrada, alimentada pelo cilindro de gás.

— Grandes bobos... era mais fácil correrem para fora do prédio, contornarem-no e quebrarem a janela apertada que dá para as ruas, para entrarem novamente em seu próprio quartel-general — falei para os homens, após eles darem uma breve pausa com todo aquele barulho que o aparelho mecânico fazia por causa do motor funcional acoplado nos cilindros.

Salazar me olhou enervado — e com razão, pois eu o fiz de tolo; pior ainda, um tolo enganado por uma criança de seis anos de idade. Depois, apontou sua pistola contra mim.

— Mas que porcaria de criança maldita! — brigou. — Você entra no meu território, me tranca do lado de fora da minha sala e ainda está rindo da minha cara?

Se eu não lhe entregasse alguma explicação, e rápido, muito em breve meu corpo estaria sepultado a sete palmos abaixo da terra... ou enviado aos países asiáticos e europeus para que meus órgãos fossem traficados, assim como era a intenção de Adam desde o início.

— Eu matei o Enrico e a sua gangue — gritei aos sete ventos. — Estão todos mortos. Você não precisa mais se preocupar com a sua vingança doida e muito menos em perder a própria vida no seu ato imbecil e suicida ao tentar enfrentar todos os seus inimigos sozinho.

— Olhe aqui, sua criança...

— Eu tirei fotos de todos eles. Eu os matei e bati uma foto dos rostos como prova da minha eficácia — interrompi o avanço frenético de Salazar contra mim, estendendo-lhe o celular. — Aliás, garanto que a cena do crime não foi comprometida. Está tudo aqui, na galeria de fotos. Este smartphone é seu, não é mesmo?

Salazar se sentiu seduzido com a minha proposta e retirou o celular da minha mão com branda violência. A sua força bruta fez meu braço ceder. Ainda apontando a arma para a minha cabeça, o senhor traficante Salazar acessou rapidamente a galeria de fotos e vídeos e finalmente atestou por ele mesmo que minhas palavras eram a mais pura verdade.

— Um deles é o Enrico, estou certa? Eu matei oito pessoas... nove, na verdade. Havia uma moça escondida debaixo da mesa do senhor traficante Enrico — contei os principais detalhes. — Eu acho que ela estava consertando o computador dele...

De rosto estarrecido, os olhos do traficante vibravam junto do que pareciam ser quase lágrimas de euforia.

— Foi você mesma quem fez isso? — buscou uma nova confirmação.

— Sim, senhor traficante Salazar... fui eu mesma. Eu lhe garanto. Se o senhor mandar alguém vigiar a entrada do quartel-general do seu inimigo, verá que a polícia chegará em breve naquele lugar. Depois chegarão os médicos, e os corpos serão levados para o necrotério...

Ele agarrou meu pulso e me conduziu até a porta de ferro.

— Ela realmente matou todos eles? — Adam questionava Salazar, afobado.

Salazar entregou o celular a Adam, como uma resposta óbvia ao parceiro, e então desferiu dois poderosos chutes na porta verde de metal. O fogo do maçarico já havia atravessado boa parte da chapa metálica, e a porta cedeu com as pancadas, finalmente se abrindo.

— Jeff, Adam, permaneçam aqui do lado de fora. Necessito conversar a sós com a criança — ordenou Salazar, enquanto os capangas me observavam aterrorizados pelo conteúdo das fotos.

Salazar fechou a porta e me arrastou com força até que eu me sentasse no sofá no centro do cômodo. Frente ao sofá de veludo em que eu estava posicionada, havia uma mesa baixa e uma poltrona verde, na qual o próprio traficante se acomodou. Ambos nos encaramos nos olhos, e eu decidi que o deixaria iniciar a nossa conversa inevitável. Antes de falar, o traficante demonstrou inquietude, lançando olhares rápidos ao redor. Ele também gesticulava com as mãos, ora as apoiando na mesa, ora buscando o encosto das laterais da poltrona. Parecia confuso, sem saber por onde começar.

— Mas que *mierda* de menina você é? — indagou, bravo e angustiado. Sua tormenta mental o impediu de articular algo mais ponderado.

— Meu nome é Griselda Hunter, a criança perfeita. É assim que gostaria de ser tratada.

A expressão atormentada de Salazar pareceu suavizar, diminuindo a intensidade de seu desconforto.

— Como você conseguiu fazer tudo aquilo?

— Aqui... pegue-a. — Eu saquei a pistola da minha cintura e a coloquei sobre a mesa à nossa frente, para que ele pudesse adicioná-la ao seu arsenal. Após um breve susto causado pela intimidação em retirar a pistola da cintura, Salazar retirou a arma de cano silenciador de perto de mim e verificou o conteúdo do pente. Aproveitei para dispor também minha cesta de balas sobre a mesa.

— Você sabe mesmo manejar uma dessas?

— Certamente. Aprendi diversas habilidades às quais somente os adultos têm acesso. Já lhe disse antes... não sou uma criança como as demais. Sou muito mais do que isso.

Salazar permaneceu em silêncio, tentando interpretar e aceitar os fatos ao redor. Ainda perturbado, não sabia como proceder diante de meu olhar estático, que avaliava cada um dos seus trejeitos.

— Posso tirar uma dúvida com você? — O silêncio dele persistiu diante da minha indagação. — Gostaria de saber por que as balas da pistola estão pintadas de vermelho. Foi você quem as pintou dessa forma? E, por favor, fale comigo como se eu fosse uma adulta. Não precisa se dirigir a mim como se eu fosse uma criança biruta, e muito menos temer a forma como se expressa. Estou devidamente preparada para assimilar qualquer palavra feia que queira usar em nossa conversa. Apenas seja você mesmo, sem filtros.

Salazar riu consigo por um momento, como um verdadeiro lunático, e então cruzou os braços. Seu rosto revelou que ele havia superado o temor de discutir assuntos adultos com a criança à sua frente.

— Eu mesmo pintei as balas com esmalte.

— Posso saber o significado disso? Estou realmente curiosa.

— Minha filha, Joana... minha filha sempre me pedia para pintar suas unhas com esmalte vermelho. Era nosso ritual sempre que a mãe dela a trazia para cá, para esta sala — respirou pesadamente, expressando orgulho de sua memória. — O bando do Enrico e eu nos enfrentamos há um mês devido às drogas. Conquistei a vitória no tiroteio, mas, no dia seguinte, ele fez uma visita à escola da minha filha. Na saída, ele atirou nela. Minha esposa presenciou tudo. Foi sorte que ela não foi baleada também, sabe? Foi muita sorte! Eu pintei as balas com o mesmo esmalte que usava nas unhas de minha filha para simbolizar a vingança consumada. Queria que ela fizesse parte da retaliação contra seus assassinos... de qualquer forma...

Pobre Salazar. Após relatar sua história, que pouco me comoveu, ele começou a chorar como uma criança desolada. Inicialmente, foi um choro contido, mas logo ele levou os dedos polegar e indicador aos olhos, intensificando o pranto. Admito que ver aquele homem adulto chorando diante de mim era compreensível, pois ele pertencia ao grupo dos seres humanos frágeis e sentimentais que se importavam com a perda de um ente querido. No entanto, eu sabia que, se quisesse conquistar sua confiança de forma permanente, era o momento ideal. Levantei-me do sofá, sentei-me no encosto da poltrona em que ele estava e coloquei minha mão sobre o braço dele. Em momentos assim, meu mestre me ensinou que um simples toque no ombro ou no braço de uma pessoa fragilizada poderia iniciar uma eterna devoção pela minha amizade. Salazar cairia na minha armadilha sentimental como o tolo que era, destinado a me servir em virtude de sua gratidão mundana.

— Compreendo o peso que você carrega nas costas, Salazar. — Suspirei, olhando para frente. — Entendo quão árdua é a responsabilidade de lidar com sua gangue e seus rivais. Digo isso porque também tenho minha própria gangue, assim como você. Ela se chama Liga do Pirulito. Líderes como nós foram moldados para permanecer firmes, independentemente das adversidades. Infelizmente, também fomos feitos para arcar com a dor de qualquer derrota ou perda entre os que nos são próximos. E, por favor, pare de chorar como um bebê — ordenei, já perdendo a paciência com o lamento fino e incessante do traficante. — Se você fosse um pouco mais otimista, como eu, veria que nem tudo deu tão errado em sua vida. — Mudei meu tom de voz para induzi-lo a uma alegria contagiante. — Você ainda estará ao lado de sua esposa e verá o outro filho nascer. Terá sua nova cria em seus próprios braços e um dia poderá relatar ao bebê o quanto sua filha Joana era notável e amável. E, acima de tudo, a justiça foi feita! Enrico e seu bando mataram uma criança, mas a vida trouxe uma criança que lhes deu o mesmo destino. Eu, neste caso. Se considerar por esse ângulo, foi um ato justo. Os bandidos, desta vez, não saíram impunes. Eles receberam o que mereciam.

Sorri para ele após expor meu conselho sábio.

Salazar reduziu o tom de suas lamúrias e me olhou profundamente. Colocou as mãos em cada lado do meu rosto e balançou a cabeça uma vez. Após engolir um novo choro prematuro que tentava escapar de sua garganta, conseguiu articular novamente.

— Nenhum dos meus homens fará algo contra seu irmão ou contra você. A partir de hoje, vocês dois são parte da minha família. Devo minha honra e a honra de minha filha a você, menina. Peça o que desejar, e eu lhe darei. É só me pedir, e eu cumprirei...

Aguardou minha resposta, seus olhos vidrados esperando minha aprovação. Ao contrário dele, eu rapidamente percebi que sua oferta era sincera e simplesmente falei com a inteligência que me era própria:

— Por ora, preciso que mantenha vigilância sobre Michael. Não permita que ele se envolva com drogas ou com pessoas de outras gangues. Aquele projeto de adolescente precisa de alguém que o oriente sobre o que é certo e o que é errado. Se você puder apadrinhá-lo e encaminhá-lo para uma boa escola, isso já seria um grande favor para mim.

— Considere feito. O que mais deseja? — Estendeu o convite para um novo pedido, seus olhos fervilhando com devoção, prontos para conceder qualquer desejo meu.

Céus! Ele era como meu gênio da lâmpada, pronto para me conceder desejos.

— Por enquanto... isso é tudo! Se eu precisar de algo mais, sei onde o encontrar. Agora, preciso ir. Tenho muito o que fazer hoje. Sou uma pessoa realmente ocupada, senhor traficante Salazar.

— Espere... já vai assim? — indagou, enquanto eu me levantava. — Gostaria muito de conhecê-la melhor... você lembra muito a minha filha... Queria saber mais sobre você... sobre o que gosta de fazer...

Seu olhar carente e nostálgico parecia querer transferir a essência de sua filha para mim.

— E você saberá, mas não hoje. — Ele também se levantou para nossa despedida.

— Você pode levar o meu cesto de balas, se quiser. Eu só compro as balas de morango... minha filha sempre me disse que eram as melhores.

— Levarei apenas uma delas. E sua filha estava certa. Elas realmente são as melhores. Agora, preciso ir. Até logo, senhor traficante Salazar.

— Até breve, Griselda... volte para me ver quando puder...

- FLASHBACK -
ARMAS

Meu anjo sereno praticava sua luta com facas contra um manequim esculpido em silicone. Dada a necessidade premente de minha preciosa criança de preservar a própria integridade diante do caos e das más intenções que permeiam os pensamentos da maioria das pessoas, senti a obrigação de ensiná-la a se defender da maneira mais eficiente possível, frente à maioria vil que propaga o ódio e a desordem neste mundo.

No sexto dia contínuo de intensos treinamentos com facas, Griselda já demonstrava uma melhoria letal na agilidade de seus braços curtos contra qualquer corpo que estivesse nas proximidades. Comparado ao seu inaugural dia de treinamento solitário, o dia de hoje representava o apogeu de todo o esforço do meu anjinho. Ela empunhava firmemente o cabo emborrachado da faca de cozinha e aplicava os golpes na cabeça do manequim de teste com uma precisão admirável. Naquele momento, ela dominava com maestria a arte de perfurar o cérebro e o coração do infeliz manequim de silicone.

— Chega de treinamentos com facas, Griselda. Você não precisará mais delas, meu docinho.

Ela me fitou com um olhar de desapontamento.

— Mas eu comecei meu treinamento há menos de cinco minutos.

— Estou interrompendo seu treinamento imediatamente, pois acredito que já é hora de você evoluir.

Ela sorriu para mim, contente. Vê-la naquele estado de júbilo fazia meu coração quase explodir de tanta felicidade. No calor do momento, eu a acompanhei e imitei seu bater de palmas rápido, enquanto ela dava pulinhos alegres carregados de entusiasmo.

— Isso significa que eu treinarei com armas? Armas de verdade?

— Acertou precisamente, minha futura criança perfeita!

Rimos alto e, de novo, saltitamos com a nova informação.

— Que tipo de armas você possui? Nos filmes que já vi, sempre apreciei mais as pistolas com silenciador, mas também sempre desejei atirar com um rifle e uma escopeta... embora ache que meu corpo pequeno sentiria os efeitos dos coices dos disparos.

— Siga-me, minha pequena Gris... venha, e eu lhe mostrarei todo o meu arsenal.

    Minha Gris pegou na minha mão e, juntos, caminhamos sorridentes para um corredor anteriormente inacessível à criança esfomeada por aprendizado. Atravessamos pela sombra do novo caminho, e eu abri a porta da minha sala subterrânea de tiros. Impulsionada pela euforia, minha gota de alegria entrou primeiro na sala de formato retangular assim que os sensores de presença acionaram as luzes. Deixei que Griselda admirasse a paisagem dos alvos à sua frente, ao longe. Havia duas cabines de tiro, para duas pessoas. Ao final da sala, a sessenta metros de distância, dois alvos de papel com silhueta humana estavam posicionados para a prática de disparos. Enquanto Gris observava maravilhada os alvos, eu saquei o controle de uma estante oculta, rente à parede, e pressionei o único botão presente. Ao som mínimo da porta na parede lateral se abrindo, Griselda intensificou seu entusiasmo e apreciou toda a minha coleção de armamento militar que se revelava diante dos seus olhos encantadores. A partir daquele momento, incumbiria a mim mesmo a tarefa de ensiná-la a manusear os quarenta e sete diferentes tipos de armas que possuo, para que ela se tornasse uma exímia atiradora de elite.

UM ROSTINHO FAMILIAR

— Ah... — suspirei para dissociar-me de uma vez por todas da sombra da possibilidade do assassinato de Michael. Meu irmão estava agora a salvo. — Um problema a menos, Griselda. — Naquele momento, um sorriso largo brotou de meus lábios.

Exalando graciosidade e desfilando pelas ruas, senti-me verdadeiramente como uma dádiva divina vagando entre os mortais. Nos últimos dias, havia arquitetado inúmeros planos perfeitos que emergiam de minha mente quase que instantaneamente. Era como se tudo ao meu redor fosse iluminado pela minha mente resplandecente, que valorizava meu pensamento ágil, mesmo nas situações mais extremas. Meu raciocínio rápido como a luz jamais me abandonou. Diante de qualquer impasse, sempre carregava comigo um novo trunfo a ser explorado e meticulosamente executado em seguida. Diante de tanta eficiência da minha parte, por um instante, até mesmo me invejei. Em meu curto lapso de narcisismo, percebi que ninguém mais seria capaz de descobrir qualquer vestígio que eu já havia encoberto dos meus homicídios.

Enquanto caminhava pelas imediações da residência de minha mãe biológica Hillary, em busca do apartamento de Avalon 1500, a fome parecia criar uma bactéria letal e contagiosa em meu intestino, provocando altos roncos de ansiedade, dor e uma vontade de comer insaciável. *Céus! Se eu não consumir algo neste exato momento, temo que perecerei em no máximo três minutos.*

Mergulhei a mão no bolso da minha calça jeans e encontrei cerca de trinta dólares. Sem que Avalon percebesse, saquei algumas notas do montante que restava em sua casa, escondido nas suas tralhas do banheiro. Como a quantia que tinha agora comigo era pouquinha — e eu mesma lhe havia fornecido aquela quantia exorbitante —, senti-me plenamente no direito de reclamar minha modesta taxa de comissão. Fechei a mão com firmeza, apertando o dinheiro na palma, e adentrei a primeira confeitaria que encontrei. Corri em direção à vitrine repleta de rosquinhas e doces e salivei com um desejo ardente de devorar todas aquelas guloseimas. Sabia que meu mestre me aconselhara a me alimentar exclusivamente de alimentos saudáveis, para postergar o meu período de vida, mas a sensação de degustar uma rosquinha era uma das poucas coisas das quais ainda sentia falta dos meus tempos de infância imperfeita. Comprei uma rosquinha imensa com a vendedora mal-humorada e saí do estabelecimento com a delícia já na mão. Olhei para aquele açúcar diante do meu nariz e tratei logo de dar uma grande mordida na massa fofa coberta com granulado de chocolate. Após suspirar com um "hum..." para lá e outro "hum..." para cá, retomei meu caminho para o apartamento da Avalon.

Enquanto peregrinava pelas ruas, nos quarteirões perto da casa de minha mãe biológica, um outro som sobressaiu na estrada. Parecia um estalo feito com a boca ou algo do tipo. Parei de caminhar e olhei para trás, intrigada pela nova ocorrência. No fundo da paisagem urbana da calçada, não vi absolutamente ninguém, a não ser um cachorrinho de pelo dourado vagando pelo asfalto. Sem dar demasiada importância à normalidade cotidiana, recobrei meus passos e segui em frente. Quando fixei a sola do meu sapato no chão cimentado, após minha terceira pisada, percebi que escutara um novo barulho. Desta vez, parecia que alguém estava dando passos rápidos em minha direção, vindo pelas minhas costas, e os passos ainda pareciam distantes, aproximando-se cada vez mais. Assim que ouvi a marcha apressada, virei para trás novamente, e a calmaria do vazio contrastava com minha percepção da realidade. Com os olhos arregalados, lá estava eu novamente, mirando o inexistente. Ninguém estava ali comigo, mas juro que escutei alguém caminhando ao meu encalço.

Fechei os olhos com força, reservando um minuto para minha autorreflexão, e depois os abri. Na ausência de qualquer presença humana, contive um lapso de pânico que queria se libertar da minha mente e, pela segunda vez, olhei para frente. No mesmo instante, os sons dos passos ligeiros que me assombravam transformaram-se em uma corrida ainda mais veloz em direção às minhas costas por mais esta vez. Virei-me de supetão, e o som dos passos cessou pouco antes que supostamente me alcançassem. Arrepiada pelo acontecimento de tom sobrenatural, respirei profundamente cinco vezes e permaneci parada ali. Levemente inclinada ao medo, neguei-me a olhar para trás novamente. Decidi que andaria de costas até o apartamento da Avalon, se aqueles passos invisíveis assim exigissem de minha parte. Antes que pudesse iniciar meu primeiro passo andando de costas, ouvi risos acompanhados de gritos de desespero. O que quer que estivesse causando aquela assombração, sabia que agora estava do outro lado da calçada, novamente vigiando minhas costas. Sem a intenção de me ater a mais mistérios desnecessários, virei meu rosto para trás pela milionésima vez e encarei a causadora de toda aquela loucura. À minha frente, a cerca de quarenta metros de distância, eu mesma estava me encarando. Contudo, minha outra "eu" estava trajada como uma versão mais horrível. Suja dos pés à cabeça, a roupa da minha versão fantasmagórica estava coberta com uma espécie de lodo nojento, como se tivesse brincado de pular entre as duas margens de um esgoto e caído no valo. Depois de me fitar com um olhar insano e olhos arregalados, ela olhou para uma faca cravada em seu peito. Retirou a faca de seu próprio corpo, na altura do coração, fixou seu olhar em mim novamente e abriu a boca para sorrir. Entre seus dentes de aspecto apodrecido, um jorro de sangue foi liberado e escorria incessantemente para o vestido.

— Você não é real... você é apenas a minha loucura tentando me alcançar outra vez... — falei a ela, na tentativa de que desaparecesse da paisagem.

Após minhas palavras de controle mental, a silhueta da minha alma penada correu em minha direção, gritando como uma lunática. Seguindo a tática que meu mestre me ensinou para enfrentar meus próprios impulsos de insanidade, resolvi ficar parada, aguardando que aquela imagem criada pelo meu cérebro me alcançasse e provasse para mim mesma, de uma vez por todas, que ela não passava de uma mera ilusão — os resquícios gerados pelo severo tratamento de choque que meu mestre aplicou em mim. Enquanto meu outro "eu" se aproximava de minha pessoa, repetia em sussurros que ela não era real. Minha imagem sangrenta me alcançou e me atingiu com a faca no coração, no mesmo local de onde a abominação distorcida havia removido a faca de seu próprio corpo.

— Não... não pode ser... — disse alarmada. Minha voz ecoava como se fosse rasgada, da mesma forma que meu peito era atravessado pela faca.

A dor no meu peito foi tão intensa que mal conseguia gritar. Minhas tentativas de pedir ajuda a um pedestre eram abafadas pela falta de fôlego, pela minha morte prematura. Encarando meu outro rosto nefasto, frente a frente, vi que ela se deliciava em cortar minha carne. Famigerada por mais sofrimento alheio, a imagem da minha loucura girou a faca em trezentos e sessenta graus à direita em meu peito, e a dor quase me fez desmaiar. Doía por dentro como se vermes alienígenas estivessem devorando minhas entranhas enquanto eu ainda estava viva. Tanto meus joelhos quanto a rosquinha mordida na ponta, a que comprei na confeitaria, desabaram ao encontro da calçada. Minha cria maligna largou a faca no meu peito, correu para minhas costas e me abraçou por trás, impedindo que meu corpo caísse deitado. Depois, o ser colou os lábios no meu rosto e mordeu minha bochecha, arrancando um pedaço generoso dela. Ao lado do meu ouvido, escutava-a mastigar minha carne e engolir.

— Griselda? Está tudo bem? — ouvi uma voz ao longe, como se proveniente de uma realidade distante. — Griselda? — reiterou a voz. Em um lampejo de revelação, recobrei minha sanidade e avistei a delegada Paty Vallery dialogando comigo, surgindo do outro lado da rua. — Querida... está tudo bem com você?

Além do espanto por ver a delegada diante de mim, a minha personificação nefasta parecia ter desaparecido, levando consigo toda a dor, a bochecha exposta em carne viva e a faca imaginária cravada no meu peito. Tudo havia retornado à normalidade.

— Sim... está — menti para a policial, meu olhar de espanto agora dissimulado pela minha habilidade em remodelar a expressão para a normalidade, que se manifestava aos poucos. — É que eu deixei cair a minha rosquinha no chão... — inventei com improviso. — Fiquei tão triste quando ela caiu que me ajoelhei para lamentar a perda. — Adotei uma voz de criança injuriada.

Paty me observou por um instante, ainda desconfiada ao ver-me desabar com os joelhos na calçada.

— Eu vi o seu rosto aflito... você tem certeza de que está tudo bem?

— Tenho sim... é que estas rosquinhas são caras... — Tentei desviar-me de um novo olhar suspeitoso. — Não tenho mais dinheiro para comprar outra.

Paty pareceu aceitar minha versão e cedeu à minha história elaborada.

— Venha, minha querida... eu a ajudo a levantar-se.

Ela estendeu a mão e ofereceu-me apoio para que eu me erguesse. Limpei os joelhos sujos com as mãos e apresentei-me a ela com um sorriso entusiástico.

— Aqui... eu lhe dou dinheiro para você comprar uma nova rosquinha — disse, oferecendo-me algumas notas de dólares de sua carteira.

Agarrei o dinheiro com rapidez, da mesma forma que Avalon faz quando o vê em frente a ela.

— Obrigada, delegada Paty... nem percebi que você havia chegado.

— Sim, eu estava vagando pela vizinhança da sua residência. Encontramos alguns outros indícios do seu sequestrador, e eu queria investigá-los com você.

Hum... em outras palavras, ela estava novamente burlando a decisão do juiz que proibia qualquer interrogatório policial a mim. Quando disse que estava "vagando pela vizinhança", provavelmente havia estabelecido um acampamento nas proximidades da minha antiga morada para me interceptar e esclarecer qualquer dúvida restante sobre o meu sequestro.

Fingi uma careta de menina assustada. Toda vez que alguém mencionava meu suposto sequestrador, eu adotava essa máscara, algo já automático.

— Aqui... — Paty disse após um momento de silêncio. Ela retirou seu smartphone do bolso da jaqueta vermelha e mostrou-me a foto de um dos rostos suspeitos. — Este homem é familiar para você?

Olhei atentamente para o homem de barba rala e cabelos encaracolados.

Neguei com a cabeça.

— E este? — Ela continuou, passando para uma nova foto ao lado na tela.

— Não.

— Agora este outro aqui?

Outra foto apareceu.

Cada vez que ela tocava na tela e deslizava o dedo para o lado, seus olhos fixavam-se nos meus, à procura de qualquer sinal de espanto que pudesse surgir em minha face e expressar surpresa com um daqueles rostos, indicando que meu sequestrador talvez seria a pessoa em questão. Seus olhos treinados não deixariam passar nem mesmo um suspiro ou uma pausa breve que eu fizesse para respirar. Seus instintos de investigadora estavam desesperados para encontrar sua presa e aprisioná-la para todo o sempre atrás das jaulas.

— Não... esse também não... não — respondi para as próximas três fotos que ela me mostrou. Em cada negação, meu rosto curioso e indiferente enganava qualquer expertise mais aguçada de Paty, a delegada naturalmente aprimorada para detectar mentiras.

Ao contrário da normalidade que meu rosto transmitia a ela, quando observei a penúltima foto que a delegada exibiu, minha mente gritou internamente. Os pelos do meu braço se arrepiaram ao ver a imagem do meu amado mestre. *Céus! Sorte a minha que ela não possuía um olho biônico capaz de perceber os pelos do meu braço se eriçarem.*

Meu mestre certa vez me ensinou que, a partir do momento em que nosso rosto é identificado e se torna alvo de investigações policiais, perdemos imediatamente o status de seres perfeitos. Segundo ele, devemos nos preparar para o pior, pois a prisão ou a sentença de morte nos espreitam. A foto do rosto dele no celular da delegada evidenciava que, muito em breve, meu mestre poderia ser descoberto e aprisionado; e eu haveria de ser o único ser perfeito neste mundo. Paty não possuía aquela imagem na sua galeria por mero acaso. Passei a me questionar até onde ela sabia sobre ele, até onde sua astúcia poderia alcançar, e decidi que estava disposta a descobrir essa nova informação.

— Todos estes homens que você me mostrou... eles também são maus? — lancei minha tentativa de persuasão.

— Não, meu bem. Na verdade, eles são apenas suspeitos.

Não fiquei nem um pouco satisfeita com a falta de detalhes em sua resposta.

— Mas minha mãe me disse uma vez que pessoas suspeitas também podem ser pessoas ruins. Vi um policial dizer isso em um filme que assisti com meu irmão.

Durante a infância, é natural que nossos conhecimentos se restrinjam ao que absorvemos da televisão e às palavras dos que nos cercam, especialmente nossos familiares. Como acabara de desempenhar meu papel de "criança comum" que se ampara nos dizeres alheios para justificar a limitação de seu saber, era provável que a delegada apenas me respondesse com outra afirmação vaga, sem levantar suspeitas a meu respeito, é claro.

Paty desviou o olhar, revirando a mente em busca de uma resposta que apaziguasse minhas inquietações.

— Um dos ditados em minha delegacia afirma que um suspeito é apenas um suspeito até que se encontrem provas concretas, minha querida.

— Entendi...

Minha frustração aumentou. Eu precisava extrair alguma informação daquela delegada evasiva e astuta.

— Bem... como você já me ajudou bastante por hoje, acho que é hora de partir... — Paty murmurou, olhando para os dois lados da rua, como se estivesse perturbada pela possibilidade de que alguém mais presenciasse nossa conversa proibida. — Griselda... você comentou com alguém que estamos conversando?

— Não... não falei com ninguém.

— Isso é ótimo... muito bom! — exultou ela, aliviada pela minha resposta. — Você acha que podemos manter em segredo que estamos nos falando de vez em quando?

— Por quê? — recitei a pergunta mais clássica de uma criança.

— Como você deve ter visto em filmes policiais, deve entender a importância de preservar o segredo sobre as pistas que descobrimos, não sabe?

Céus! Ela era extremamente habilidosa em dialogar com crianças ingênuas e em evitar respostas diretas.

— Sei sim... mas... não posso falar nem sobre as fotos que você me mostrou? — insisti com firmeza.

— Principalmente sobre essas fotos, minha querida. Elas são de importância crucial para minha investigação, a ponto de os outros policiais que trabalham comigo ainda não terem conhecimento delas.

Ela me entregou o tesouro. Pobre delegada... saber que mais ninguém conhecia aqueles rostos na memória de seu celular, além de nós duas, selou a sentença de morte dela. Como estava ao meu alcance proteger meu mestre, para que ele continuasse a vagar em sua perfeita forma sobre este mundo, Paty Vallery precisaria perecer imediatamente, levando consigo todas as evidências de seus investigados em seu celular.

— Delegada Paty... — eu disse, olhando para os dois lados da rua. Como a via estava movimentada, não podia usar minha faquinha nela.

— Sim, meu bem? — respondeu ela, interrompendo minha pausa.

— É que estive pensando... você não quer vir comigo comprar uma rosquinha? Depois de comprarmos a rosquinha, eu poderia mostrar um gatinho malhado que vive na rua ao lado da confeitaria. O gatinho mora com outros três gatos. Todos os outros gatos são alaranjados... acho que a mãe deles os abandonou ali... — falei, como uma criança tagarela, apenas para que ela se cansasse da minha conversa e caísse na minha armadilha para assassiná-la no beco ao lado da confeitaria.

— Gatinhos? Eu adoro gatinhos... — respondeu ela, com um semblante puro e contente. Paty e eu entramos em um estado de harmonia. — Mas não sei se tenho tempo... acho que devemos marcar para outro momento...

— Por favor, delegada... eles estão sempre sozinhos... e são tão magrinhos... Você poderia comprar uma rosquinha para eles e alimentá-los, o que acha?

Meu olhar de compaixão a atingiu com intensidade suficiente a ponto de dissipar qualquer relutância em suas intenções. Paty olhou para um lado e ponderou.

— Tudo bem, Griselda... eu irei com você...

— Mesmo? — Pulei de alegria. — Estou tão contente que você virá comigo... e os gatinhos também ficarão muito felizes. — Nem precisei simular satisfação e alegria com sua companhia.

— Você já deu nome a eles?

— Ainda não... mas quem sabe você possa me ajudar com isso.

O telefone dela tocou, interrompendo nossos passos iniciais.

— Delegada Vallery... — apresentou-se ao atender. Paty fez uma expressão de irritação. — Como isso pôde acontecer? Eu não acredito que... — Levou a mão à testa, ouviu mais um pouco do outro lado da linha e depois desligou o aparelho. — Minha querida, peço desculpas... não poderei acompanhá-la...

— Mas você prometeu! — refiz o convite com uma chantagem emocional exagerada.

— Desculpe, meu bem, mas realmente preciso ir agora... São questões de trabalho.

— Mas...

Paty me abandonou na rua, deixou-me falando sozinha.

— Não acredito que acabei de perder a melhor oportunidade de perfurar um órgão vital em seu corpo...

Bufei com raiva.

Diante da queda do meu plano brilhante para atrair a delegada Vallery para o beco, eu sabia que meu mestre estava correndo sérios riscos de ser descoberto. Precisava agir. Protegeria meu mestre com a mesma determinação e o mesmo empenho com que ele me ensinou a me defender do resto do mundo. Devia isso a ele. E precisava fazê-lo rapidamente, antes que a delegada encontrasse provas mais substanciais contra meu tutor ou mostrasse o rosto dele para outras pessoas.

— Por hoje, você escapou, delegada Vallery... Mas amanhã é um novo dia. Só preciso esperar que entre em contato comigo novamente.

Abandonada na calçada, uma memória recente acendeu em minha mente, e os níveis de receio em meu cérebro deduziram que eu precisava sair dali antes que aquela entidade macabra, eu digo, meu *alter ego* maligno, se manifestasse novamente em meus pensamentos. Esperta como sempre, corri dali. Não estava inclinada a permitir que minha loucura ressurgisse e me aterrorizasse por uma segunda vez naquele dia.

A CRIANÇA QUE QUERIA SER PERFEITA

éus! Eu realmente preciso descansar... Queria apenas chegar ao apartamento da Avalon, deitar-me no sofá e adormecer como uma princesa de contos de fadas, pensei, desabafando e tentando aliviar a exaustão que se apossava de mim após um dia cansativo, repleto de contratempos que insistiam em surgir.

Já diante do prédio da Avalon 1500, meus ombros cansados, abatidos por sustentarem minha marcha incessante pelo bairro, elevaram-se ligeiramente ao avistar a entrada. Acelerei meus passos lentos e suspirei aliviada ao cruzar pelo *hall* do edifício.

— Puta que o pariu! Onde diabos você se meteu até agora, menina? — perguntou Avalon 1500, com seu característico jeito "doce" de falar. Parecia que ela já me aguardava atrás da porta há algum tempo. Para minha surpresa, ela segurava a bebê Marjorie no colo. — Achei que você estivesse na casa da Velha Louca Dos Gatos, mas bati lá e nem sinal de você.

— Olá, Avalon... Será que podemos falar sobre isso em outra hora? Eu realmente preciso me deitar e descansar...

— E desde quando criança gosta de descansar? Tu vai me fazer um favor agora mesmo! — Ela disse, atirando Marjorie em meu colo. — Espia com o canto do olho pela porta e me diz se tem um *bofe* musculoso na janela do prédio da frente, ouvindo música no fone de ouvido.

Olhei desanimada para o lado e acatei o pedido.

— Sim, há um homem musculoso, sem camisa, numa das janelas do prédio em frente ao nosso. Está debruçado no parapeito da janela e usa fones de ouvido — respondi, após identificar o jovem de pele bronzeada e cabelo curto com franja lisa. Ele exibia uma expressão que sugeria ser o mais belo ser humano sobre a face da Terra. O sorriso congelado no rosto parecia confirmar isso.

— Ah, meu amor... Hoje é o dia em que o *bofe* vai ver que eu não sou uma travesti insensível e sem coração — disse, enquanto ajustava a saia e tirava um pequeno estojo de maquiagem do bolso. Com o artefato de embelezamento em mãos, Avalon retocou a maquiagem através do reflexo de um espelhinho no estojo. — Você acredita que a *chequeira* da Shirley Megatron espalhou na boate que eu detesto criança? Hoje essa história vai mudar, meu bem. Vou provar para o *bofe* que adoro crianças. Fofoqueiro do jeito que ele é, ele mesmo vai espalhar essa notícia na Pink & Blue e desmentir a Shirley. — Terminou o retoque e me olhou. — Agora, o negócio vai funcionar da seguinte forma... — Fitou-me profundamente nos olhos. — Tu vai sair pela porta de trás do prédio, dar a volta no quarteirão e depois retornar pela entrada principal. Agora, vá ligeiro e não faça perguntas... vai, vai, vai! — ordenou, enquanto me empurrava para a outra saída do edifício.

Marjorie espirrou em meu colo, sem aviso.

— E aqui vamos nós duas novamente, Marjorie. Apenas você e eu, caminhando pelas ruas — disse à minha irmãzinha de braços molengas. Por um instante, senti falta do cheirinho de bebê que emanava dos xampus que ela usava, mas foi só disso que senti saudades; eu juro.

Sem entender o motivo do teatro armado por Avalon, não me restava outra opção além de obedecer. A bebê e eu seguimos rigorosamente a rota estabelecida pelo meu oráculo, até que meus pés alcançaram novamente a rua em frente ao prédio, que eu já havia cruzado minutos atrás. Para minha surpresa e de Marjorie, Avalon estava na calçada do edifício, fixando o olhar em seu provável novo smartphone. Ela aparentemente não parava de tocar na tela. Por algum motivo ainda desconhecido, sorria enquanto encenava uma conversa ao telefone. O homem musculoso da janela, a quem ela chamava de *bofe*, mirou os olhos em Avalon e a observou por alguns instantes. Quando a bebê e eu nos aproximamos, Avalon fingiu finalizar a ligação e nos lançou um sorriso de alegria, como se estivesse contente e surpresa por nos ver ao longe. Marjorie espirrou novamente, parecendo estar resfriada, e deixou um rastro de catarro escorrendo em seu narizinho angelical.

— Oi, meus amores! — exclamou Avalon, com ternura e afeto, para mim e para minha irmã; mas principalmente para que o *bofe* da janela a escutasse falar melosamente. — Olha só... essas duas crianças andando pela calçada... é uma oportunidade rara de mostrar ao *bofe* que eu sou mais humana... Venham cá me dar um abraço, venham, suas pestinhas amadas... — sussurrou para nós, em tom baixo o suficiente para que agora o *bofe* não ouvisse. Ao que tudo indicava, Avalon 1500 queria causar uma boa impressão em seu pretendente, demonstrando que amava ter crianças por perto, contrariando o boato, possivelmente verídico, espalhado por Shirley Megatron na boate.

Prestes a nos acolher com um caloroso abraço, seus braços bastante estendidos começaram a se retrair à medida que se aproximava da bebê. Pouco antes de consumar o gesto afetuoso, o rosto de Avalon expressou pura repulsa.

— Em nome de Madonna! Olha só pra essa criança catarrenta! — exclamou Avalon ao ver Marjorie lambendo o catarro acima do nariz com a própria língua, possivelmente o engolindo. O clima afetuoso de antes foi totalmente comprometido pela inesperada manobra instintiva de Marjorie. — Vou te contar, viu, menina... Essa bebê é linda... mas só de longe! Olha só pra isso! A catarrenta agora aprendeu a comer o próprio catarro. Senhor amado! Nem pelo *bofe* belíssimo da janela eu abraço uma coisa dessas. Vamos embora... chega dessa palhaçada. Quero mais é que o *bofe* e o pessoal da boate se explodam. Entrega essa criança para a dona do Fifulin e diz para ela dar um banho na menina... Aposto que já está com a fralda suja também...

A bela travesti, irritada, caminhou de volta para o prédio com seus passos firmes de sempre, e, juntas, subimos o primeiro lance da escada. Bati na porta do apartamento da Senhora Velha Louca Dos Gatos e entreguei Marjorie em seu colo, conforme Avalon pediu. Sem demonstrar interesse em conversar com a caridosa cuidadora de minha irmã, virei-me rapidamente e segui para o apartamento de Avalon, onde ela me aguardava diante da porta. Apressei o passo ao seu encontro. Entramos no apartamento multicolorido, e Avalon trancou a porta.

— Griselda, a geladeira está cheia. Se quiseres, tem bolo de chocolate e rosquinhas doces na estante.

— Obrigada, Avalon. Mas você nem imagina quão exaustivo tem sido o meu dia até agora. Eu realmente vou manter minha decisão de descansar.

O smartphone novo de Avalon tocou.

— O que foi, caralho? — atendeu, irritada.

A voz miúda do outro lado da linha dirigiu-se ao oráculo.

— Oi, Jéssica! — cumprimentou, reconhecendo o nome da irmã, mãe de Juju. Agora a fala de Avalon continha uma doçura exagerada enquanto ela conversava. — Me diz, o teu pai já voltou para o Brasil? Estou louca para visitar a minha sobrinha novamente e saber como ela está avançando no tratamento... — O semblante de Avalon mudou de alegre para desconfiado. — Jéssica? Você está chorando? Está tudo bem?

Avalon 1500 fixou o olhar no tapete vermelho da sala e continuou a ouvir a voz da irmã. Através do volume baixo que ecoava do aparelho telefônico, presumi que Jéssica sussurrava, como se estivesse atordoada e desesperada. A propósito, quanto mais Jéssica falava, mais o rosto de Avalon assumia uma expressão pasma. *Céus! Eu queria ser uma mosquinha, só para pousar ao lado da orelha de Avalon e escutar toda aquela conversa intrigante.* Em determinado momento, uma lágrima escapou pelo canto do olho de Avalon, mas ela manteve o semblante frígido e congelado, como se tentasse permanecer forte, apesar dos olhos arregalados.

— Jéssica... eu... sinto muito... — Avalon 1500 respondeu à voz, que agora chorava descontroladamente do outro lado da linha. — Eu sinto muito, mesmo, minha irmã... Eu achei que o dinheiro para o tratamento conseguiria salvar a Juju a tempo...

Agora fui eu quem arregalou os olhos, como uma profunda demonstração de pesar pelo possível falecimento prematuro da pequena Juju. Aceitei que ela havia partido. Não haveria mais nada a fazer para reverter a situação. Avalon deu uma pausa para chorar junto à irmã; ambas tentavam confortar-se na ausência de um abraço presencial reconfortante.

— A nossa Juju se foi... — Avalon estendeu o sussurro ao telefone, num choro tímido, com soluços ainda incontroláveis. Pobre Juju! Eu gostaria ao menos de a ter conhecido em vida. — Eu ainda não consigo acreditar que você não teve tempo para usar o meu dinheiro e internar a Juju, para prosseguir com o tratamento adequado para ela!

Foi difícil admitir isso, mas fui completamente vencida pelo temível sentimento de compaixão naquele momento. Doeu-me no peito, como se alguém rasgasse meu tórax e arrancasse meu coração ainda pulsante. A imagem de Avalon sentando-se lentamente no chão, com as costas coladas à parede da cozinha, foi simplesmente mais do que eu poderia suportar. Aqueles olhinhos escuros, apertados e cheios de lágrimas... me comoveram. Cometi o grande e tolo erro de me importar com o sofrimento alheio. Se meu mestre me visse ali, experimentando um lapso de ternura, ficaria profundamente decepcionado comigo.

— Jéssica, como assim, "qual dinheiro para o tratamento"? — Avalon respondeu à provável pergunta que a irmã lhe fazia pelo outro lado da linha. — Estou falando do dinheiro que entreguei para o teu... — Interrompeu o choro e puxou o ar para dentro dos pulmões, como se tivesse levado o maior susto de sua vida; os olhos opacos, o fôlego trancado. O rosto de espanto do meu oráculo ativou minha expertise, e imediatamente soube qual era a suposição que pairava na mente dela. — Jéssica... teu pai não te entregou nada? — referiu-se ao pai outra vez como sendo somente de Jéssica. — Ele não te entregou a bolsa que eu dei pra ele? — Desta vez, falou com tom indiferente, como se simplesmente não tivesse mais forças para suportar o que escutaria a seguir da irmã.

Escutei a voz do outro lado da linha resmungar algo e acompanhei Avalon enquanto ela fechava os olhos, desolada. Pude sentir a mesma dor que ela sentiu naquele momento. Nem precisei perguntar se o pai dela havia realmente entregado o dinheiro para a cirurgia de Juju. O senhor Antônio definitivamente não repassou os quarenta mil dólares que salvariam a vida da própria neta, talvez porque acreditasse que o dinheiro de Avalon era impuro; mas a razão para isso... ainda era um mistério que eu pretendia desvendar em algum momento futuro de minha vida.

Avalon largou o celular no chão e deixou a voz da irmã ecoar sozinha, com seus apelos em vão para que ela retomasse a conversa. Meu oráculo ignorou tudo e todos à sua volta, insistindo em seu choro preso, reprimindo o som que quase explodia de dentro para fora. Perdida em sua própria amargura, Avalon mirava constantemente o abismo de escuridão e dor que a consumia. Aproximei-me dela e desliguei o celular, cortando a última tentativa de Jéssica de restabelecer o diálogo. Sentei-me no chão ao lado de Avalon, dividindo com ela a mesma parede que sustentava o apoio de nossas costas, e coloquei minha pequena mão sobre a dela. Sem olhar para meus olhos, Avalon 1500 demonstrou um leve sinal de vida, apertando minha mão fortemente. Apoiei minha cabeça em seu ombro e esperei até que ela desmoronasse sua fachada de travesti durona. Quando sua fortaleza emocional finalmente ruiu, soluçou forte duas vezes, elevou a mão direita até a boca, fechou os olhos e chorou com intensidade, com desespero, com vontade. Depois, gritou com o mesmo empenho, exatamente como os vídeos a que assisti anteriormente com meu mestre de como, na hora do parto, as mulheres fazem. Meus olhos testemunharam seu pavor, sua revolta, sua tristeza imensurável. Permaneci firme, sentada naquele cantinho da cozinha com ela o tempo todo. Eu não queria que ela se sentisse sozinha. Queria muito fazer parte daquele momento para ela, mesmo que a minha motivação ainda me causasse dúvidas quanto ao novo sentimento que secretamente despertava em minha essência. Deixei que ela chorasse tudo o que precisava chorar e que gritasse tudo o que tinha para berrar ao mundo. Passamos praticamente o final da tarde inteiro sentadas no chão da cozinha, sem falarmos uma com a outra. Foi quando o choro do meu oráculo finalmente cessou. Notei, pela janela aberta, que a noite já nos alcançava.

Céus! Jamais imaginei que veria Avalon 1500 em seu pior momento de fraqueza.

— Avalon 1500... você precisa se levantar e se alimentar. Que tal relaxar na sua cama enquanto preparo um café reforçado? — Tentei animá-la.

— Eu não quero comer nada, mas vou aceitar o seu convite para ir para a minha cama... — disse, e me olhou de canto de olho. — Você quer vir comigo?

Sorri espontaneamente diante da graça do apelo que ela sugeriu.

— Claro que sim... venha, vamos sair desse chão gelado.

Levantei-me e estendi a mão para que ela se apoiasse. Depois que se pôs de pé, fiz uma corridinha de seis passos até a cama de casal de Avalon e arrumei os quatro travesseiros espalhados no colchão. O meu oráculo deitou-se sobre o cobertor roxo cintilante e apoiou a cabeça no travesseiro de fronha com a estampa do rosto de um leão. Deitei-me ao seu lado, e nós duas nos encaramos, uma de frente para a outra. Algum tempo se passou, e decidi tentar forçá-la a externalizar seus sentimentos, pois me sentia inclinada a saber mais. Aliás, como todos os traumas psicológicos são concebidos mediante nossas dores suprimidas, estava ao meu alcance fazer com que Avalon não acumulasse mais uma carga negativa e mal resolvida em sua vida, além das muitas outras que já abrigava em seu subconsciente. Por ser quem era, sabia que ela já havia sofrido demais nesta vida... eu só não queria que esse novo rancor reprimido a perturbasse no futuro. Meu oráculo precisava de paz, e aceitar que as pessoas faziam atrocidades o tempo todo — somente assim ela seguiria em frente com o vislumbre de um futuro melhor.

— Por que você acha que o seu pai não entregou o dinheiro para a mãe da Juju? — questionei, mantendo a voz suave, com uma doçura calculada, para não suscitar qualquer sentimento de ira ou raiva que pudesse emergir da mente imprevisível do oráculo.

Para minha surpresa, Avalon sorriu, mas não de maneira agradável; as lágrimas que escapavam de seus olhos haviam formado trilhas de tinta em seu rosto, devido à maquiagem carregada que utilizava.

— Uma vez, no Brasil, ganhei uma bolada de dinheiro de um traficante... — informou-me, desviando o olhar, ainda tentando se animar para a conversa. Mas aquele olhar que ela me lançou... eu conhecia bem o tom de falsidade. Avalon percebeu que eu a olhava de forma torta e se corrigiu a seguir. — Na verdade, não ganhei nada; roubei o traficante mesmo, e ainda culpei outra pessoa — revelou, sem se sentir constrangida por questões morais desta vez. — No Brasil, quinze mil reais representam uma verdadeira fortuna para uma travesti de origem humilde como eu era — disse com orgulho, sua lembrança agora refletindo uma verdade genuína. — Naquela época, eu não morava com meus pais, mas sabia, por outras línguas do bairro, que meu pai e minha mãe enfrentavam dificuldades na cidade de Valinhos, em São Paulo. Minha mãe precisava fazer uma cirurgia nos olhos; não sei exatamente qual era o problema, mas ela corria o risco de ficar cega para sempre se não realizasse essa maldita cirurgia. Entreguei o dinheiro que roubei a ela, mas... mais tarde, soube que meu pai queimou todo aquele dinheiro... e hoje sei exatamente o motivo. Ele acredita que o dinheiro que lhe enviei, tanto naquela época quanto o de agora, era dinheiro sujo... "dinheiro do pecado", como as pessoas diziam que ele afirmava nos bares. Eu pensei que, com a vida da neta que ele tanto amava em risco, aquele homem ignorante talvez amolecesse o coração. Para te falar a verdade, minha certeza de que ele faria o que fosse necessário para salvar a Juju foi tanta que nem pensei que ele pudesse repetir o mesmo erro que cometeu com o dinheiro da cirurgia da minha mãe — desabafou, com um sorriso incongruente e incrédulo diante do ato insensato de Antônio. — No fim das contas, minha mãe ficou cega de um olho e... a Juju... — Não teve coragem de continuar. Uma nova sombra de nuvens carregadas encheu os olhos de Avalon.

— Um homem sábio me disse uma vez que a ignorância resultante do fanatismo extremo por certas crenças é responsável por criar seres incapazes de enxergarem a verdade diante de seus olhos, como você mesma qualificou seu pai. — Eu contribuí para a linha de raciocínio do oráculo. — Seu pai... sempre foi assim com você? Intolerante? Nunca houve um momento em que ele não fosse duro e cruel com você? Nem mesmo quando você era uma criança doce, como as outras?

Avalon sorriu novamente ao recordar seu passado.

— Quando eu tinha sete anos, percebi que era diferente. Eu sentia uma grande e brilhante luz com as sete cores do arco-íris formigando dentro de mim. — Sorrimos uma para a outra, em resposta ao tom fantasioso da luz mágica que ela mencionava. — As outras crianças da escola, na época em que eu ainda estava no ensino fundamental, também sabiam que eu era diferente e zombavam de mim... Todos os dias eu era atormentada por causa da minha diferença, do meu jeito de falar e andar — disse com a voz cansada. — Até mesmo os meus próprios professores faziam piadas de mau gosto sobre mim na frente dos outros alunos. Em uma segunda-feira, um dos professores chamou meus pais e lhes disse que eu sempre brincava na mesma roda das meninas. Quando cheguei em casa, meu pai me espancou tanto que não pude ir à escola por cinco dias. Enquanto ele me batia, lembro-me de ele dizer que eu nasci para ser homem, para jogar futebol com os meninos, e não para brincar com bonecas ou pular corda com as meninas.

— Seu pai foi um grande tolo... você é uma menina... então por que ele queria que você fizesse coisas com os meninos? — Minha dúvida aumentou, expressa em um olhar perplexo, incapaz de compreender a mente doentia de Antônio.

Avalon sorriu docemente para mim e, em seguida, ajeitou meu cabelo para trás.

— Você está certa, sabia, Griselda? Mesmo que você ainda não entenda o porquê de muitas coisas, concordo com o seu jeito de pensar. Desde que me entendi por gente, sempre soube que era uma menina... uma mulher.

— E depois da surra que seu pai lhe deu, o que aconteceu?

Meu entusiasmo revelava à Avalon minha ansiedade em descobrir mais sobre seu passado sombrio.

— Após a surra que tomei do Antônio, tentei convencer minha mente infantil de que estava fazendo tudo errado. Eu ainda não compreendia nada da vida e passei a fazer tudo o que meus pais mandavam. Joguei futebol todas as quartas e sextas-feiras, ia à igreja rezar com minha mãe e passei a me relacionar apenas com meninos do bairro. Tornei-me o menino perfeito que meu pai queria. Por um tempo, até que fiquei contente com a aceitação das pessoas ao meu redor. Os meninos do bairro e da escola não mexiam mais comigo, e os professores disseram aos meus pais que eu finalmente estava longe da roda das meninas durante os recreios. Aos olhos de todos, eu era agora uma criança perfeita. — Suspirou, olhando para o lado com ironia, e continuou com um sorrisinho no canto dos lábios, evidenciando que estava prestes a compartilhar uma piada com seu tradicional linguajar audacioso. — Mas, com o tempo, percebi que a travesti dentro de mim gritava para ser libertada. Aquela não era eu. Eu estava cansada de viver um mundo de aparências apenas para agradar aos outros, sentindo-me infeliz, pensando em uma forma horrível e pecaminosa de escapar de vez deste mundo. Quando fiz meu décimo primeiro aniversário, lembro-me de ter ficado sozinha em casa pela primeira vez na vida. Foi um momento de liberdade para mim. Enquanto meus pais visitavam uma tia doente no estado de Santa Catarina, no sul do Brasil, entrei no quarto de minha mãe e abri seu guarda-roupas. Minha mãe não era vaidosa, mas tinha um único vestido elegante no armário, o qual ela usava em todos os casamentos da família. Coloquei o vestido longo e azul dela e encontrei algumas maquiagens vencidas em uma gaveta. Foi quando eu comecei a me maquiar diante do espelho — falou com mais entusiasmo. — É claro que, naquele primeiro contato, pareci mais uma palhaça com maquiagem borrada do que com quem de fato eu era, mas, ao me ver no espelho daquela forma, soube que sempre fui uma menina. Quando finalmente me encontrei através daquele reflexo, foi como se o peso de uma vida inteira fosse retirado das minhas costas. Decidi que seria uma mulher, mesmo que os outros não aprovassem minha decisão — concluiu com muito orgulho na entonação.

— Pobre Antônio... sinto pena dele. Sei que ele pertence à sua família e é de uma época mais antiga e conservadora, Avalon, mas... se ao menos ele fechasse os olhos para as vozes da ignorância e da falta de compaixão, sua vida poderia ser cheia de amor e respeito. Ele preferiu ver em você o que você realmente não era. E, pior, impôs as vontades dele a você.

— Você está certa mais uma vez, criança perfeita — falou com um suspiro, pensando e olhando para o alto, como se ponderasse se me revelaria a próxima surpresa impactante. — Sabe o que é mais engraçado em tudo isso, Griselda? — Para meu alívio, vi em seu rosto que eu faria parte desse novo segredo misterioso. — No mesmo dia em que me montei de menina pela primeira vez, enquanto guardava o vestido da minha mãe na prateleira mais alta do armário, eu encontrei a mala da morte do meu pai Antônio.

— Mala da morte? — questionei, intrigada. — Por acaso ele guardava alguma bomba dentro dela?

— Quase isso, minha garotinha. Desde que eu era uma criança, sempre ouvi minha mãe contar às minhas tias sobre a tal mala da morte, escondida no guarda-roupa dele. O que havia dentro daquela mala de couro velho foi um grande mistério para todos. Nem mesmo minha mãe sabia o que seu Antônio havia guardado ali. Ela apenas dizia que, se meu pai soubesse que a mala tivesse sido aberta, alguém em nossa casa morreria pelas suas mãos.

— Céus! Avalon, por favor... mate minha curiosidade de uma vez! Diga-me o que havia realmente dentro daquela mala!

Clamei pelo fim da demora.

— No mesmo dia em que meu pai me viu vestida de menina pela primeira vez, anos depois, ele também me disse que preferiria ter morrido a me ver vestida que nem mulher e me expulsou de casa. Quando abri aquela mala, ao final daquele primeiro dia em que me montei pela primeira vez, eu rasguei as bordas do bagageiro dele, que estava fechada com cadeado na frente, empurrei meu bracinho fino de criança para dentro e retirei tudo o que estava lá. Encontrei meus dinossauros à flexão que haviam desaparecido da minha coleção, alguns chaveiros, livros de mecânica e dois gibis impróprios para menores de idade. No entanto, aqueles gibis de conteúdo adulto mostravam apenas homens brincando de serem mulheres com outros homens, como eu havia feito naquele dia.

Lancei meu olhar para um lado e depois para o outro.

— Acho que entendi... Uma vez, um sábio homem me ensinou sobre relacionamentos diversificados. Ele também disse que a maioria das pessoas que recrimina esse tipo de comportamento como algo errado são os maiores hipócritas da sociedade, pois, na verdade, desejam ser iguais àqueles que exercem o direito de serem eles mesmos. Você acha que seu pai também queria ser uma menina? Acha que ele também gostava de homens, assim como você?

— Para te falar a verdade, eu simplesmente desisti de pensar nisso. E também desisti de tentar entendê-lo. Com o tempo, tentei me aproximar dele, mas confesso que cansei daquele olhar cheio de preconceito que ele sempre lançava sobre mim. Desisti dele e decidi que não seria mais afetada por suas palavras amargas. Essa é a grande verdade...

— Hum... Como eu lhe disse há pouco, existe uma palavra para isso... Para o ato horrendo do seu pai. Essa palavra é hipocrisia, no pior sentido possível. É quando alguém aponta um determinado defeito em outrem e faz ou deseja fazer o mesmo que essa pessoa. Agora, passo a acreditar que, quando ele soube que você queria continuar sendo uma menina, e não um menino, como ele desejava, talvez o Antônio tenha visto em você o próprio fracasso dele. Pressuponho que seu pai queria ser como você, Avalon. Apenas não teve a mesma coragem que sua filha guerreira teve de lutar contra o restante do mundo e ser quem você sempre soube que era. E, quando a via a cada novo dia que raiava na cidade de Valinhos, ele certamente a odiava ainda mais, pois sua graça esbelta e incompreendida o lembrava o quanto ele foi fraco na vida, incompleto, vencido pelo próprio preconceito. Seu Antônio foi um grande covarde ao não ser que nem você!

— *Puta que o pariu, menina!* Eu já estou começando a ficar com medo de ti! De qual planeta mesmo você veio para falar tão bem dessa forma, criatura? — brincou comigo, e eu cedi imediatamente com uma gargalhada involuntária.

Nosso dueto de risadas amenizou o sofrimento de Avalon mais um pouquinho.

— Você é perfeita do jeito que é, Avalon. Não duvide disso nem por um momento. O que está em jogo aqui é a nossa própria felicidade, não o que os outros pensarão ou dirão sobre nós. Se ser exatamente como você é causa repulsa alheia, o problema está com eles, não com você. O preconceito está nos olhos de quem vê, não em mim, em você ou em qualquer outro ser humano deste planeta. Se o brilho da luz arco-íris que você emana irrita os outros, ignore-os e viva sua vida longe daqueles que lhe façam mal. E se, por acaso, essas pessoas insistirem em procurá-la para a maltratar, meta o bico de um de seus saltos bem no meio da testa de cada um deles — falei a verdade, até mesmo quando comentei sobre os possíveis assassinatos com os saltos-agulha de Avalon; e realmente contemplei a originalidade da hipótese de uma arma ser fabricada a partir da ponta de um salto afiado.

— Obrigada por estar aqui... obrigada por me dizer essas coisas bondosas... por ser uma das poucas pessoas que não me julgam. Eu estou tão cansada de ter todos ao meu redor me olhando como uma aberração. Eu só quero viver e ser respeitada. Quero ter o direito de entrar em uma loja e não ser discriminada. As pessoas sempre acham que vou roubar algo nos mercados. Eu só quero sair das ruas e arranjar um emprego honesto e digno. Mas as pessoas não me ajudam. Ninguém me ajuda! Não me deixam usar o banheiro, não aceitam fazer entrevista de emprego. Sou obrigada a viver nas ruas, porque ninguém se importa com as travestis. Ninguém está nem aí para uma de nós. — Avalon 1500 percebeu que estava se afundando cada vez mais nas lamentações e logo tratou de se reerguer. — Você é o meu anjo da guarda, sabia disso? Obrigada por ter entrado na minha vida, Griselda. E, mais do que qualquer outra coisa, obrigada por me dar todo aquele dinheiro — falou com mais humor em sua última colocação.

— Anjo da guarda? — Rebusquei o olhar com um deboche tênue. — Eu pensei que ainda fosse sua criança catarrenta de outrora — zombei do termo que Avalon costumava usar.

Avalon me presenteou com uma gargalhada.

— Você deve estar me achando uma tola, não é mesmo? Você aí... tão adulta, me dando uma lição de moral... e eu sendo uma travesti beberrona.

— Avalon, você pode ser tudo, menos uma travesti de traços fracos. Você é a essência do que é ser forte e resistir no mundo em que vivemos. Tudo pelo que você passou... toda a intolerância e a exclusão social que sofreu, aposto que toda a história que você me contou sobre seu pai não chega a um por cento das dificuldades que você teve de superar na vida, não é?

Ela respondeu com o silêncio, consentindo com minha intuição.

— Se, a cada vez que eu sofresse preconceito nesta vida, eu recebesse um dólar, menina... eu já seria uma travesti multimilionária — disse, abusando de mais risos leves.

— Não se preocupe em parecer frágil para mim, Avalon. Garanto novamente. Eu sei que você é uma mulher forte. Você é tão forte que tenho certeza de que, se estivéssemos em um apocalipse zumbi, você e eu seríamos as melhores sobreviventes sobre a face da Terra — disse, com uma boa dose de fantasia.

— Apocalipse zumbi eu não sei... mas se fosse um apocalipse das travestis, meu amor... eu tenho certeza de que eu seria a rainha de todas elas!

Rimos novamente.

— Avalon... — Eu chamei antes que o sorriso no rosto dela se desvanecesse, substituído pela melancolia devido ao falecimento de Juju ou devido à memória recente da pressão psicológica envolvendo seu pai.

— O que foi, pirralha perfeita? — perguntou, com um tom amoroso.

— O que acha de me maquiar e colocar uma peruca em minha cabeça?

Avalon arregalou os olhos, mas depois pareceu se agradar com a ideia.

— Você tem certeza de que quer que eu te monte?

— Claro que sim! Aposto que seria bem divertido... Além do mais, você precisa se distrair um pouco. Venha! — Levantei-me da cama e corri para a cadeira diante da penteadeira.

— Se você quer se montar... então uma montação *babadeira* você terá — disse, animada. Ela correu para o *home theater* da sala, ligou o Bluetooth do celular no amplificador de som e procurou uma música específica na sua playlist. — Vou te montar ao hino das travestis, meu amor...

At first I was afraid, I was petrified... A música remixada começou a tocar e ecoou pelo apartamento.

Enquanto Avalon me maquiava, conversamos sobre várias trivialidades, como se eu já tinha ido à terapia e se achava que o *bofe* do apartamento do prédio em frente gostava de Avalon. Ela, por sua vez, delineou minhas sobrancelhas, aplicou base e blush com datas de validade vencidas no meu rosto, pegou um cachecol de plumas verdes do sofá e, em seguida, passou-o ao redor do meu pescoço. Depois, colocou uma peruca de plástico na minha cabeça — a cor dos fios era de gema de ovo. No refrão da música, que já se repetia pela segunda vez, Avalon começou a cantar mais alto, acompanhando a letra. Quando eu já estava pronta, devidamente toda montada, belíssima, imperdível, como uma imponente e respeitável travesti de rua, meu oráculo pegou minha mão e me arrastou para cima da cama dela. Girando meu braço ao redor de mim mesma, fazendo-me rodopiar, como numa dança a dois, iniciamos uma série de movimentos estranhos e sem sentido, tentando justificar para nós mesmas que dançávamos bem — o que era uma grande mentira. Nossa motivação vinha apenas da impulsividade e da satisfação de estarmos juntas. O ritmo contagiante da música nos fez pular, rodopiar, cantar... Foi algo prazeroso de se realizar, mesmo que assassinássemos a arte da dança e da música com nossos movimentos corporais desconexos e sem talento. Não passávamos de duas grandes bobas, essa era a mais pura verdade. Avalon ainda mais, pois, entre nós duas, ela era a adulta. Naquele momento, o oráculo havia vestido perfeitamente o papel da criança inocente que era de fato. Enquanto as danças e a cantoria com falta de técnica vocal do oráculo se desenrolavam, fiz uma pausa para refletir profundamente. Levantei a teoria de que a solução para a humanidade — em sua maioria vil — talvez fosse reverter o processo de evolução. Se houvesse mais humanos adultos agindo de forma tola e infantil, como Avalon fazia, talvez o mundo fosse menos problemático e injusto com os outros, principalmente com as minorias, as quais precisam tanto do apoio e da proteção da maioria. Talvez, se as pessoas cultivassem mais suas crianças interiores e celebrassem as diferenças, o mundo fosse infinitamente melhor para se viver.

O ORÁCULO QUE TUDO VÊ E QUE TUDO SABE

Depois de passarmos boa parte da noite entoando e dançando os clássicos mais renomados da cultura pop, Avalon e eu decidimos que era hora de aquietar o fôlego, concedendo descanso aos nossos pulmões e músculos fatigados. Nos deitamos novamente na cama de Avalon, lado a lado, desta vez voltadas para o teto, contemplando o silêncio que permeava o apartamento de mobília vibrante. Nossos corpos estavam quase inertes. Avalon estava exausta, não apenas pela noite animada, mas também pelo peso do infortúnio causado pelo fruto envenenado de uma relação pouco saudável com seu pai, o que, indiretamente, culminou na dolorosa perda da bebê Juju. Quanto a mim, minha exaustão mental e física era o resultado das muitas responsabilidades daquele longo dia. Ajudar Michael a se livrar dos traficantes, confrontar meu ego sombrio, ser interrogada pela delegada Paty, lidar com a perda de Juju e testemunhar o sofrimento de Avalon 1500... tudo isso foi excessivo para mim.

— Avalon...

— O que foi, criança perfeita?

— Por acaso você acha que é uma má hora para honrar nosso antigo trato e me responder algumas coisas? É que... durante estes últimos dias, surgiram questões que eu gostaria de discutir com você. Preciso de apenas dois conselhos específicos. Não vai demorar muito... eu garanto.

— Não é uma má hora, garota. Como hoje não vou bater porta pelas ruas atrás dos *bofes*, não tem problema. Pode perguntar.

Repuxei os olhos para as paredes e depois para o teto.

— Existe alguém a quem eu respeito profundamente... e que eu estimo muito... — Conjurei a imagem subliminar do meu amado mestre perfeito. — E ele está em perigo, embora não saiba disso. Algumas pessoas que se intitulam como pessoas idôneas acreditam que ele cometeu atos horrendos, mas, na realidade, ele sempre procurou transformar o mundo em um lugar melhor. Ele se empenha em fazer o bem aos outros, criou inúmeras instituições de adoção, cuida dos animais, curou muitas pessoas por meio de sua profissão médica, mas algumas pessoas persistem em chateá-lo, seja pela aparência, seja pelo seu estilo comportamental perante os outros. Esse meu amigo, a quem tanto considero, tem sido cruelmente maltratado pela vida nos últimos anos... Ele apenas almeja um mundo onde as pessoas não tomem iniciativas maléficas contra os outros, como disseminar bullying, injustiça e preconceito. Ele é profundamente injustiçado, e eu o vi sofrer imensamente por causa disso.

— Em nome de Madonna! Pelo que você me contou, esse seu amigo deve ser um anjo! — exclamou Avalon, com um olhar incrédulo. — Não há nada pior neste mundo do que ser injustiçado e humilhado. Você acredita que a Shirley Megatron e eu fomos presas por causar desordem na boate no ano passado? A cadela da Shirley pegou apenas um dia de cadeia. Eu, por ter a minha pele preta belíssima, peguei quatorze dias. Acredita?

— Esse é o exemplo perfeito de preconceito, Avalon. É exatamente disso que estou falando! Meu amigo também sempre foi injustamente tratado pelo mundo, assim como você foi e infelizmente continuará sendo. E sim, eu também acredito no que você disse antes. Meu amigo é um verdadeiro anjo em forma de homem! Se não fosse por ele, o mundo estaria ainda mais povoado por pessoas de má índole. Todo o trabalho caridoso que ele realiza visa erradicar a semente da maldade e da falta de empatia que assola as mentes nefastas. Ele vive para quebrar tabus e tenta cortar o mal pela raiz. Com certeza já salvou muitas pessoas de si mesmas... pode acreditar.

— Esse teu amigo trabalha com causas humanitárias ou algo do tipo? Se ele for rico, você me apresenta a ele, ouviu?

Sorri com a brincadeira de Avalon.

— Sim, de certa forma, ele trabalha ativamente com muitas coisas humanitárias. Está sempre envolvido em ajudar o próximo, de alguma forma.

— Se eu fosse tão importante e rica quanto seu amigo, eu metia a mão na cara de cada pessoa que me olhasse atravessado.

— Bem... retomando o assunto principal, acredito que posso ajudar meu amigo desta vez para que ele não seja injustiçado novamente. Há uma mulher que insiste em encontrar uma forma de persegui-lo. Se ela obtiver provas contra esse meu amigo, acredito que fará muito mal a ele. — Recuperei o fôlego enquanto mordiscava os lábios. — Então, Avalon 1500... se você estivesse no meu lugar, o que faria para proteger uma das pessoas que mais considera nesta vida? Vamos supor: se soubesse que a Juju ainda estivesse viva e que a Shirley Megatron a sequestraria de você e do mundo... qual seria o plano para evitar que isso acontecesse?

— Você é criativa, viu, garota? De onde tu tiras tanta ideia da cabeça? — questionou Avalon, mas desistiu de esperar minha resposta e impediu que eu prosseguisse na conversa. — Sobre a sua pergunta, se soubesse que a Shirley Megatron iria fazer isso, meu amor... eu a levaria para um galpão abandonado, a soltaria lá e contaria até dez para que ela corresse. Depois, iria atrás dela e meteria a ponta do meu salto no coração daquela infeliz. Não deixaria ninguém se meter com a Juju e sobreviver depois disso.

— Céus! Avalon... essa é uma ideia realmente incrível! — vibrei por dentro com a criatividade e originalidade do plano que eu certamente colocaria em prática. Meus olhos brilharam como pedras de rubi ao sol. — E você ainda me diz que sou eu quem tem criatividade de sobra?

Lancei um olhar para Avalon que expressava meu elogio por sua astúcia.

— Se você acha que isso foi criativo, precisa ver a criatividade dos *bofes* quando trazem seus brinquedinhos para as minhas sessões de entretenimento social... isso sim é criatividade, meu amorzinho...

Avalon riu, soltando um leve ronco ao final.

— Brinquedos? Eles levam carrinhos de plástico para suas sessões de entretenimento? Aliás, eu agora também prefiro carrinhos a bonecas. — Avalon gargalhou, me deixando sem explicações.

— Mas agora você me diz qual é o segundo conselho que deseja ouvir de mim... você mencionou dois conselhos, não é? — desviou a conversa.

Um bocejo de Avalon indicou que ela queria encerrar a conversa para dormir cedo.

— Sim... são dois os conselhos de que eu precisava. Minha segunda dúvida... é sobre como lidar com minha pior inimiga na escola...

— Desde quando criança tem inimiga? As catarrentas não vivem todas juntas e felizes, brincando de lamber o catarro uma da outra?

Tentei manter uma expressão séria, mas a vontade de rir foi maior.

— Avalon, estou falando sério! Existe uma menina na minha sala... ela é minha pior inimiga. Sei que posso vencê-la facilmente, mas gostaria de fazer isso de uma forma mais estilosa... tipo, ao seu estilo único de enfrentar as adversidades. Ela sempre me olha com aquela cara de barata tonta e nunca perde uma oportunidade de me humilhar ou falar mal de mim para os outros. Ela me irrita mais do que qualquer outra coisa. Já enfrentei várias dificuldades e sobrevivi a todas, mas Cláudia é definitivamente a pior delas! Tentei encontrar uma forma de retaliar à altura as ofensas que recebo, mas, na escola, não consigo ficar a sós com ela. Os outros alunos, professores e até os pais dela, que a veem na saída, estão sempre de olho nela. Cláudia é tão popular que todos querem estar perto dela... e aquele rosto lindo e perfeito, que parece de anjo... Não sei se encontrarei uma oportunidade para enfrentá-la na escola.

A máscara da letargia me envolveu.

— Se na tua escola você não consegue ficar sozinha com ela para lhe dar umas boas lições, o melhor seria fazer amizade com ela e dormir na casa dela. Aí, quando estiver sozinha com essa tal da Cláudia, você pode causar o terror e fazer o que quiser. A vida na rua me ensinou que, às vezes, é melhor se fazer de sonsa com as inimigas para depois dar o bote nelas.

— Céus! Você possui uma mente genial, Avalon! É exatamente o que me disseram... as travestis sabem de tudo... e seus instintos apurados permitem que enxerguem a realidade muito além dos outros! Sou muito grata pelos seus conselhos, Avalon 1500! Prometo que os levarei ao pé da letra. Pode apostar.

Sorri loucamente para Avalon, rangendo os dentes de tanta empolgação, sentindo a maior satisfação com seus valiosos conselhos. Eu já sabia exatamente como proceder com a delegada Paty e com Cláudia a partir de agora, meus últimos odiosos obstáculos a serem superados.

— Puta que o pariu... você é doida mesmo, viu? Mesmo assim, eu gosto de você. Aliás, gosto tanto de você que vou te pedir para fechar a matraca e me deixar dormir.

— Claro, Avalon. É o mínimo que posso fazer por você. Ficarei quietinha aqui ao seu lado. — Arregalei os olhos, e uma dúvida me acometeu. — Posso dormir na sua cama, certo?

— Pode sim. Vou fingir que você é minha filha a partir de agora. Boa noite, pirralha perfeita. — Avalon despediu-se para finalmente adormecer, colocando a mão no meu ombro antes de se virar para o outro lado.

— Boa noite, querida mãe que as ruas me ofertaram de bom grado. Até amanhã.

PERFEITOS

— Aqui... este é para você. — O senhor traficante disse, entregando-me uma caixinha de suco. — Como já sei que você gosta de morango, trouxe dois. Um para agora e outro para depois, quando terminar o que veio fazer neste fim de mundo.

Salazar sentou-se ao meu lado, sobre um carro aos pedaços. Ele destampou a garrafa de cerveja que havia trazido e, então, brindamos — ele com sua cerveja, eu com meu suquinho de morango pouco saudável.

— Obrigada, senhor traficante Salazar. O senhor é um homem muito gentil e eficiente.

Ele me olhou, incomodado.

— Vamos fazer o seguinte? Que tal parar de me chamar de "senhor traficante"?

— O senhor não gosta que eu o chame assim? Sempre achei que estava sendo respeitosa ao me referir a você dessa forma...

Meus olhos demonstraram uma preocupação profunda, ansiando por redenção.

— É que prefiro que me chame de algo diferente...

— Diferente como?

Ele semicerrava os olhos e mordia o lábio inferior, como se hesitasse em falar.

— Não sei... Estive pensando agora... talvez você possa me chamar de tio Salazar... ou... padrinho Salazar...

Era evidente para mim que, na verdade, ele desejava que eu o chamasse de papai Salazar. Eu sabia que ele ainda via em mim uma semelhança física com sua filha falecida. Diante dessa projeção familiar oculta e afetuosa, preferi não desperdiçar a oportunidade de criar um laço protetor entre nós, semelhante ao cultivado entre pais e filhos.

— Que tal... papai Salazar? — sugeri, sorrindo gentilmente enquanto balançava minhas pernas suspensas no ar, sentada no capô, bebendo meu suquinho através de um canudo listrado vermelho e branco.

Seu rosto se iluminou com uma felicidade quase infinita. O traficante desviou o olhar e esboçou um sorriso torto antes de me encarar com confiança.

— Papai Salazar... eu gostei disso. — Após a permissão, deu outro grande gole na garrafa de cerveja de vidro verde.

Papai Salazar e eu estávamos em meio a uma usina de fundição de ferro abandonada. O cenário ao redor me lembrava uma cidade deserta após um apocalipse zumbi... ou talvez um apocalipse de travestis, como Avalon 1500 mencionou algumas vezes para mim dias atrás. Naquele dia, acordei bem cedo e fui ao encontro de Salazar. Como Avalon dormia feito uma criança em sua cama gigantesca, impus a mim mesma a regra de deixá-la descansar o máximo possível, para que não acordasse cedo demais e revisse todos os capítulos das próprias dores mal resolvidas. Assim que bati à porta do senhor traficante Salazar, a primeira coisa que ele fez foi trocar seu semblante carrancudo por um sorriso acolhedor. Depois de me receber com um incrível café da manhã com rosquinhas doces, expliquei a ele que vim apenas cobrar o que já havia me prometido. Precisando de inúmeros favores para aquele dia e os próximos, fiz questão de compartilhar cada etapa dos meus planos e expus meus principais motivos para ambos os casos. Sorte a minha ter encontrado um capataz, dono de armamentos e dinheiro vivo, inteiramente devoto a mim. Além de explicar cada detalhe das minhas novas metas, ele fez uma série de perguntas pertinentes, às quais respondi sem hesitar. Como ele já compreendia a lógica dos meus planos, não se mostrou impactado por minhas novas necessidades. Simplesmente me aceitou como eu era e acolheu minhas decisões; afinal, ele também era um homem insensível quando o assunto era assassinato, capaz de matar sem hesitar, assim como eu.

— E esses seus dois amigos... aqueles cujos nomes você ainda não me disse... eles realmente são bons para você? — perguntou, com aquele olhar intrometido, típico de um pai zeloso, preocupado com as amizades da filha amada.

— Sim... eles foram, ou são, ótimos comigo. Céus! Eu me importo tanto com eles que acredito que faria qualquer coisa para deixá-los felizes ou mantê-los a salvo — confessei, com o coração palpitante, ao falar sobre meu mestre e Avalon 1500.

Salazar manteve um olhar de desconfiança.

— Você gosta deles mais do que de mim, não é? — continuou, revelando suas inseguranças, desejando ouvir uma negação, almejando ocupar o posto privilegiado das duas pessoas que eu mais estimava na vida.

— Sinto muito por desapontá-lo, papai Salazar, mas o que esses dois e eu vivemos até hoje... não há como não os respeitar mais do que qualquer outra coisa que me resta nesta vida. — Ao ouvir minha verdade, percebi sua tristeza, mas não a ponto de exigir atenção excessiva. Ao notar que feri seus sentimentos, apressei-me em ressaltar a importância que ele tinha em minha vida. — Mas... garanto que o senhor ocupa o terceiro lugar na minha escala de afeto e consideração. Em primeiro lugar está meu mestre, em seguida meu oráculo, depois você, e depois a Marjorie, depois o Michael, depois a Cynthia, depois...

— Tudo bem, tudo bem... já entendi — disse, ainda meio aborrecido, sem que eu compreendesse o motivo. O terceiro lugar na preferência de qualquer pessoa deveria ser algo que inspira respeito, orgulho e admiração. Salazar deveria perceber isso.

Confusa com aquele ataque de histeria desajeitado, preferi ficar calada, receosa de que outra verdade minha o magoasse.

— Você viu nos noticiários? Sobre uma velha louca que matou um policial, fugiu da prisão e roubou mais de cem mil dólares de um carro-forte?

Meus olhos se engrandeciam ocultamente de Salazar; ele certamente falava da doida da minha avó Adelina e finalmente me revelava como ela tinha conseguido toda aquela quantia de dinheiro.

— Não, não vi nada nos noticiários. Mas acho que gostaria de saber mais a respeito. Ela foi capturada?

— Não, parece que foi vista pela última vez dirigindo um carro da polícia, e ainda está foragida.

— Interessante. — Eu tentava desviar do assunto. Ao mesmo tempo, me senti entusiasmada com a fuga da vovó Adelina; ela merecia a liberdade.

— Interessante é que o sobrenome dela também era Hunter. Quando eu li o sobrenome dela, me lembrei imediatamente de você.

— Quanta coincidência, não acha?

Eu fechei o bico e tomei mais suquinho.

— Tem certeza de que quer fazer isso sozinha? Pode dar muito errado para você. Se ela trouxer reforços, nós dois seremos pegos. — Ele remodelou a temática para os nossos atuais compromissos. O carinho dele por mim reapareceu. — Se quiser, eu mesmo dou cabo dessa tal delegada...

Olhei para ele como se meus olhos disparassem pregos pontudos contra sua cabeça.

— Salazar... já disse que, assim que cumprir com o acordado, deve partir imediatamente! Sei que gostaria de participar disso, mas pretendo fazer as coisas por mim mesma.

Endureci o semblante.

— Você não manda em mim, mas respeito sua decisão de querer fazer as coisas com as próprias mãos. No entanto, já tomei minha decisão. Não irei embora. Ficarei escondido pelos cantos até que as coisas se resolvam.

Arranjei um olhar de ternura para ele.

— Obrigada... por tudo. Você realmente ocupa um lugar muito especial no meu coração — disse, pronunciando o que ele almejava ouvir. — Mas fique ciente de que, se por acaso os reforços chegarem e os policiais o pegarem em flagrante, eu alegarei que foi você quem me raptou. Você será preso, e ninguém descobrirá nada a meu respeito. Está ciente disso, não está?

— Eu gosto de correr riscos. Aliás, se eu for preso, sei que você encontrará uma maneira de me retirar da prisão, não é? Porque você é uma criança perfeita.

— Claro que sim.

Nossos vínculos de afeto se intensificaram.

— Agora me responda... Como você sabia que a delegada não informaria a mais ninguém sobre o novo rapto?

Ri com um pigarro.

— Você viu como fui persuasiva ao falar com ela ao telefone, Salazar? Quando fingi ser uma criança novamente sequestrada pelo seu monstro malvado? Além disso, acredito que o coração dela tremeu de temor quando você tomou o telefone de mim e ameaçou que, se ela não viesse me salvar em trinta minutos, e sozinha, eu pereceria em suas mãos. A minha voz amedrontada e a sua ameaça imponente, fazendo-se passar pelo mesmo homem que me raptou anteriormente, acionaram o gatilho emocional daquela mulher. No mesmo instante em que a delegada Paty mencionou o irmãozinho dela, em virtude de ele também ter sido capturado pelo meu mestre, percebi que ela desejava ardentemente se vingar dele... com as próprias mãos, se possível. A propósito, ela sabia muito bem que, se informasse a outro policial sobre o ocorrido, perderia sua melhor e única oportunidade de vingança, visto que todo o seu bando de homens fardados a ajudaria na captura do meu sequestrador. Diga-se de passagem, ela também sabia que, se o capturasse e o prendesse, o processo relacionado ao caso de meu mestre certamente se estenderia por anos a fio, já que a justiça dos homens é falha, sempre lenta. Se meu mestre fosse encarcerado, aposto que a senhorita Vallery seria consumida lentamente pelo amargor de saber que o assassino de seu irmão está vivo, alimentando-se decentemente numa cadeia e vivendo melhor que muitas pessoas que se consideram livres nas cidades de nosso mundo. Como ela realmente não aprecia seguir os protocolos de seu trabalho, foi fácil para mim imaginar que ela se atiraria na primeira oportunidade de agarrar meu tão amado mestre, sem nem mesmo ponderar se estava caindo numa armadilha ou não.

— Você é astuta como o Tinhoso, Griselda...

Fiz uma expressão desajeitada para ele.

— Por que todo mundo associa o meu nome a coisas supostamente maléficas? Eu apenas estou agindo em prol dos outros, protegendo as pessoas que eu supostamente deveria amar...

O telefone do traficante tocou.

— Ok... estamos prontos — respondeu, ao atender o telefone, e depois desligou. — O Jeff viu o carro dela. Pelo que parece, os reforços não virão. Você estava certa, ela está vindo sozinha até nós.

— Com o meu oráculo ao meu lado, indicando-me sobre como proceder, eu sempre estarei certa, papai Salazar.

Trocamos um olhar de confiança mútua.

— Então... boa sorte lá dentro.

— Eu prefiro que a sorte fique com você. Pessoas perfeitas não precisam dela. Agora tire o seu carro daqui e se esconda. Não quero que a delegada veja algo além do solo seco e infértil desta usina abandonada.

Suguei até a última gotinha do meu suco de morango, fazendo o canudo roncar ao final, e entreguei a embalagem para o meu "papai do coração". Desci do carro quebrado do traficante Salazar e corri para dentro do galpão abandonado da usina. Então, coloquei uma mordaça na minha boca e deixei a porta do galpão entreaberta. Caminhei até uma cadeirinha ao centro do complexo, coloquei algumas cordas ao redor do meu corpo para simular que estava fortemente amarrada, e me sentei na cadeirinha, permanecendo imóvel por ali. Agora era só aguardar mais um pouco para dar um basta definitivo nas investigações da delegada sobre a identidade do meu mestre; ele deveria permanecer perfeito até o seu último dia carnal neste mundo.

Um tempo a mais se passou, e o som de um carro estacionando ecoou pela fresta da grande porta de metal entreaberta do galpão. Eu vi uma sombra surgir pela passagem e, em seguida, um pontapé a empurrar. Paty Vallery me olhou, espantada, com uma pistola sem cano silencioso na mão, apontada para frente.

Simulei um estado de pânico, choramingando por trás da mordaça.

— Griselda, querida... alguém mais está aqui com você? — questionou, sem dar um passo à frente sequer. Os olhos aguçados da delegada investigavam continuamente todos os cantos daquele galpão.

Tentei gritar para lhe responder, mas a mordaça impediu que ela compreendesse o que eu tentava dizer.

— Querida, eu sei que você deve estar assustada, mas, antes de eu caminhar até você e a libertar, preciso que me responda algumas perguntas, está certo? — Ela olhou para trás agilmente, para cobrir a retaguarda, e depois retornou o olhar para mim. — Alguém mais ainda está aqui com você? Você pode me responder balançando a cabeça para os lados, querida!

Neguei com o balanço do rosto.

— Foi o mesmo homem que a raptou da primeira vez que a trouxe aqui?

Respondi que sim, sempre acompanhada de um choramingo e com os olhos arregalados.

— Havia mais alguém com ele?

Respondi que não.

— Você tem certeza de que foi somente ele que você viu?

Sim.

— Ele tinha um carro? Vi marcas de pneu lá fora...

Outro sim com a cabeça.

— Você sabe se ele ligou o carro e foi embora daqui? Você ouviu esse homem ir embora?

Sim, repetidamente.

— Você notou se ele estava mexendo em algum tipo de aparelho tecnológico ou se estava instalando equipamentos neste galpão, como armadilhas para mim?

Não.

— Ok, querida... então eu estou indo salvar você... Aguente firme, Griselda...

A perícia daquela mulher era implacável. Após seu interrogatório minucioso, na busca por alguma confirmação de que o sequestrador ainda estivesse por ali, ela seguiu caminhando na minha direção com passos miúdos, a mira da pistola sempre apontada para onde seu olhar direcionava. Quando ela alcançou a metade do percurso até mim, a grande porta de ferro se fechou, batendo com a força do vento. Paty Vallery olhou para trás rapidamente, apontando a arma contra o som do fechamento do portão, aguardando por algo que pudesse surgir dele. Ofegante e confusa por respostas, a delegada cometeu o maior erro de todos, o de me dar as costas. Levantei-me da cadeira, joguei as cordas que me envolviam para o lado, saquei a minha estimada pistola de cano silencioso da cintura e a segurei firmemente com ambas as mãos, com a mira voltada para a nuca da delegada. Eu não poderia me dar ao luxo de errar um tiro contra um policial altamente capacitado. Precisava ser perfeita.

— Largue a arma ou eu atirarei pelas suas costas — alertei.

Paty negou o meu pedido e virou-se para mim, a arma dela também se direcionou para mim durante o giro corporal. Antes que a delegada concluísse o giro de cento e oitenta graus, eu atirei no ombro dela, na esperança de que ela largasse a arma no chão. O disparo fez apenas um som sutil, sem criar muito alarde no galpão, pois minha arma possuía o cano que silenciava o tiro. Como eu previ, a arma da delegada caiu ao chão devido ao susto e à força do impacto da bala atingindo seu corpo. Os gritos de Paty surgiram em seguida.

— Nem pense em pegar sua arma do chão. Se você se mover um milímetro que seja, atiro no seu coração.

Minha aparência calma e controlada contrastava com o desespero e a surpresa na face da delegada.

— Griselda? O que você está... — *fazendo?*, eu imaginei que ela completaria.

A interrupção da fala da delegada acolheu o pavor, que se transformou em trauma e, logo em seguida, numa compreensão parcial. Ela estava assimilando uma dedução amarga perante a magnificente realidade em que se encontrava naquele momento.

— Eu admito que não deve ser nada fácil para você compreender os eventos ao seu redor... — falei com a intenção de esclarecer os fatos para ela. — Esteja avisada de que fui sequestrada por alguém que me revelou a verdadeira essência do mundo. Meu mestre, o mesmo indivíduo que raptou a mim e a seu irmão, me instruiu e me transformou em uma criança perfeita. Eu alcancei tal perfeição, a ponto de ninguém jamais sequer ter desconfiado de minha verdadeira natureza, nem por um instante. Foi tão simples para mim dissimular minha verdadeira essência diante da ignorância excêntrica dos adultos que me rodeavam... — declarei com um orgulho inabalável. Os grandes olhos dela encolheram-se e passaram a me encarar com um desdém visível. — Por favor, não me olhe dessa forma. Não imagine que sua morte será algo pessoal, pois, de fato, não será. Eu não tenho absolutamente nada contra você. A única razão para sua execução é proteger a identidade de meu mestre. Ninguém ousará confiná-lo em uma jaula. Mas permita-me uma dúvida, delegada perspicaz. Como conseguiu obter a foto do rosto dele em seu celular?

— Griselda, querida... você não precisa fazer nada que não queira... Por favor, abaixe essa arma e vamos conversar, o que me diz?

— Pare com isso, delegada Paty. Tolinha... você ainda não percebeu que eu não sou uma simples mosca-morta, ou uma barata tonta como as outras crianças? Eu a venci, e você perdeu. O protocolo é óbvio. Eu estou com uma arma de cano silencioso em mãos, e você está desamparada, desarmada e com um tiro no ombro. Dê mais importância a isso. — Eu elaborei uma pausa para permitir que a delegada assimilasse a verdade que eu expunha. — Antes que me questione mais alguma coisa pendente, deixe-me dissipar o restante das suas dúvidas. Esteja ciente de que eu mesma planejei a ligação que a trouxe até aqui. Meu mestre e eu não nos comunicamos desde o nosso último encontro, quando ele me liberou neste mundo fácil de ser manipulado. Contudo, encontrei outra pessoa que me auxiliou na ligação desesperada que fiz para você há pouco.

A careta maligna que ela expressou me fez imaginar que ela havia atingido o ápice de sua compreensão sobre quem eu realmente era e do que era capaz.

— O homem que a raptou também transformou meu irmão nisso? — Alfinetou-me com um olhar carregado de rancor por ter perdido o confronto; quem diria que Vallery era uma má perdedora. —

Em uma aberração como você? Griselda... — Sem aviso, lançou-me um olhar de ternura, como uma última tentativa de reverter as linhas pré-gravadas da minha mente em relação às minhas decisões subsequentes. — Você realmente acredita que é correto seguir os ensinamentos daquele psicopata assassino?

— Nós protegemos as pessoas de si mesmas, delegada Paty. Não fazemos nada além disso. Não matamos por prazer. Eliminamos porque as pessoas insistem em dificultar a nossa vida e a vida daqueles que amamos. Quanto ao seu irmão, ele foi simplesmente descartado pelo meu mestre, pois era imperfeito. Eu fui a única entre todas as crianças raptadas que absorveu a ideologia do meu mestre. Eu fui a única criança perfeita que resistiu, aprendeu e sobreviveu para ser reintegrada a este mundo. Eu sou a perfeição encarnada, delegada Vallery. Meu mestre também é perfeito, e eu não posso permitir que você o desmascare e o torne imperfeito. Com sua morte, ele e eu seremos a perfeita exemplificação da perfeição por toda a eternidade; com o perdão do pleonasmo.

Vallery declinou da minha afirmação com um sorriso tão sarcástico quanto minha última fala.

— Você não tem coragem de atirar... — desafiou-me. — Você não é tão perfeita quanto diz ser. Duvido que seja capaz de puxar o gatilho...

Bang!

Disparei no coração dela antes que ela persistisse com sua tentativa superficial de psicologia reversa. Sangrando pelo buraco da bala que eu formei em seu peito, Vallery encarou com desdém a visão de seu corpo baleado e, posteriormente, me observou com horror. Seu corpo desabou, e eu caminhei até ele.

— Como eu lhe disse anteriormente, Paty... não foi uma questão pessoal. Eu até que nutria certa admiração por você, sabia? Você apenas teve o azar de cruzar meu caminho e ameaçar meu querido mestre... foi somente isso. Espero do fundo do meu coração que você possa me perdoar. Mas, se por acaso você não quiser conceder minha súplica por clemência, eu não me importo. Contanto que você morra, tudo voltará a se ajustar... — conversei com o corpo caído no chão, à beira da morte. Eu não daria nem mesmo mais cinco segundos até que ela revirasse os olhos e se entregasse à passagem para o mundo dos mortos.

Minha precisão no tiro foi novamente excepcional. Acertei em cheio no coração dela, próximo à linha da cavidade torácica, um pouco mais para o lado esquerdo do peito. Observei-a partir devido ao agora ineficaz método de bombear o coração. Seus olhos viraram para cima, e o brilho que possuíam antes esmaeceu.

— Que grande decepção, delegada Paty... eu realmente esperava mais de você, sabia? Isso não chegou nem perto de ser um desafio para mim. Achei que fosse mais forte, mais astuta. Bem... agora, com sua morte... — disse, enquanto vestia luvas de látex e retirava o celular do bolso da delegada. — Acredito que você não se importará se eu confiscar isso de sua posse.

Retirei a bateria do smartphone imediatamente para evitar o risco de alguém rastrear o paradeiro da delegada e guardei ambos, telefone e bateria, no bolso da minha calça jeans azul desbotada de sempre. *Céus! Eu realmente precisava de uma calça nova.* Respirei fundo para satisfazer ao meu ego audacioso e sorri para a realização do meu objetivo; meu mestre e eu permanecíamos como entidades perfeitas e perpetuaríamos esse título até o fim dos tempos.

Corri saltitante em direção à porta de saída e deparei-me com a presença do papai Salazar.

— Você não deveria estar aqui! — briguei de imediato.

— Tem certeza de que ela está morta? — questionou, olhando-me com um tom de preocupação, para assegurar que não teríamos problemas futuros com o corpo da delegada.

— Tolinho... eu acertei o coração dela e a vi sangrar até a morte. Se ainda tiver dúvidas, você mesmo pode voltar lá para confirmar.

— Não... eu não preciso. Vamos apenas sair daqui de uma vez. Não quero tocar naquela delegada...

— Você está certo, papai Salazar. Vamos deixar este local e nos concentrar nos detalhes do dia seguinte. Aposto que matar Cláudia será tão fácil quanto eliminar esta delegada azarada. Você me ajudará, não é mesmo, papai?

— É claro que sim, Griselda. Sempre vou te proteger. Mas... agora eu quero que tu me fale mais sobre essa tal da Cláudia...

— É claro, eu contarei tudo sobre ela.

- FLASHBACK -
PROVA FINAL

— **M**estre... quando o senhor acha que eu estarei pronta... Digo... perfeita? — indagou o meu favo de mel enquanto jogávamos uma partida de carteado de poker.

— Por acaso você sente falta de alguém em especial do lado de fora deste lugar?

— Não... eu até que não estou com tantas saudades assim de alguém. Na verdade, sinto falta da luz do dia... do perfume das flores... de ver os animais, mas é só disso, eu lhe garanto.

— O seu progresso até agora foi estonteante, minha criança. Acredito que, em mais um ano, você alcançará o posto de criança perfeita — disse eu deliberadamente, apenas para desapontá-la.

Griselda me fitou com seriedade.

— Isso é verdade? Um ano? — questionou-me, sobressaltada.

— Claro que sim! Não é ótimo? Um ano a mais ao meu lado!

— Mas eu pensei que já estivesse perto do momento da minha libertação... Você me deu a entender isso em uma conversa anterior...

— Griselda... você permanecerá aqui pelo tempo que eu desejar. Não questione os atos de seu mestre.

— O que me falta para ser perfeita? O que preciso fazer para me tornar uma criança perfeita? É só me dizer, que eu farei...

Com olhos desesperados e pele pálida, o meu coelhinho enclausurado escorregou pela toca da brutalidade. Não me agradou o tom elevado com que ela se dirigiu a mim.

Plaft! Golpeei o seu rostinho amado com mais força do que eu deveria. Griselda caiu da cadeira e encontrou o chão úmido do porão.

Executar tal manobra contra minha Gris apertou meu coração. Doeu-me vê-la sendo maltratada dessa forma, mas, novamente, era necessário para aquele dia decisivo. Eu tinha um propósito para essa agressão. Hoje, eu decidiria se minha Gris seria libertada ou não.

Griselda se levantou rapidamente, olhou para baixo e respondeu sem contato visual.

— Perdoe-me, mestre. Fui ignorante e sabia que não deveria questionar seus métodos eficazes de aperfeiçoamento humano. Aceitarei seu castigo sem objeções.

Aguardou meu decreto.

Caminhei em direção a ela com nojo estampado em meu rosto, apenas para causar-lhe imponência; contudo, antes de manifestar meu desprezo, de forma premeditada, joguei meu molho de chaves sobre a mesa em que jogávamos nosso jogo de cartas. Chaves essas que abriam qualquer porta de qualquer sala trancada em meu porão. Até mesmo a chave da saída que dava para o jardim estava entre aquelas chaves.

— Como castigo, estou aumentando seu tempo de aperfeiçoamento para dois anos adicionais. Além disso, privá-la-ei de minha presença por três dias. Assim que eu sair desta sala, você ficará sozinha para refletir sobre a ousadia de me questionar dessa forma. Não farei questão de entrar neste porão durante o período. É tudo.

Silenciosa e temerosa de que uma próxima e eventual questão pudesse agravar ainda mais sua pena, Griselda optou por abdicar de sua curiosidade. Abandonei a sala expressando raiva nos olhos e nos trejeitos. Na explosão de minha fúria, acabei esquecendo meu molho de chaves sobre a mesa; mas isso também foi intencional, é claro. Bati a porta com força e caminhei pelos corredores do esconderijo no subsolo da minha casa até encontrar minha sala favorita em todo o majestoso complexo de aperfeiçoamento subterrâneo de minha mansão. Abri a porta e adentrei a sala de vigilância. Girei a chave na fechadura, liguei os monitores das câmeras de vigilância e fixei meus olhos na sala do carteado, onde minha Gris e eu havíamos travado nosso pequeno conflito.

— Como pude ser tão irresponsável em deixar isso acontecer... — O áudio da sala que eu observava manifestou-se através da meiga voz da minha garotinha preferida. Todas as minhas salas possuíam câmeras escondidas e microfones de última geração para captar qualquer imagem e qualquer som provenientes das minhas cobaias. — É que estou tão cansada de ficar aqui... trancada neste lugar. Eu queria tanto ver como está o tempo lá fora... eu queria ao menos... respirar o ar puro — continuou seu desabafo.

Griselda abaixou os ombros, o selo da culpa ainda visível em seu semblante. Após dar dois passos para lá e outros dois para cá, finalmente se dirigiu aos objetos sobre a mesa. Inicialmente, começou a organizar as cartas em suas devidas caixinhas, pois sabia que outro castigo viria se, por acaso, eu retornasse daqui a três dias e não encontrasse a organização adequada. Entre um punhado e outro de cartas, minha criança encontrou o molho de chaves. Seus olhos brilharam, revelando a ideia que imediatamente surgiu em sua mente criativa de menina travessa.

— As chaves das outras salas! O mestre as esqueceu aqui comigo! — exclamou, com uma euforia evidente em sua voz. — Isso significa que eu... eu posso... — interrompeu-se, o assombro da curiosidade visível em sua mente.

Griselda apertou o molho de chaves contra o peito, mas com certa relutância. De repente, correu até a porta de seu espaço de limitação e abriu a maçaneta lentamente. A porta se afastou, e ela emitiu um sussurro de surpresa e indecisão. Griselda abandonou a sala com um passo hesitante e observou atentamente os corredores. Sem hesitar, eu acompanhei seus passos ágeis e na ponta dos pés a partir das minhas câmeras, que a filmavam enquanto se afastava de seu aposento principal em direção a outras portas do complexo. À medida que minha luz Gris passava pelas portas, ela lia os nomes que coloquei nelas, destacados nos batentes com caligrafia escrita à mão. Após atravessar as salas de armamento militar e cobaias humanas, minha princesinha de faz de conta encontrou a passagem para a liberdade, ao final do corredor — a porta secreta que conduzia a uma das cinco cozinhas da minha mansão e, por questões óbvias, integrava-se ao esplendoroso jardim nos fundos de minha vasta propriedade. Como previsto, Griselda correu até o final do passadiço e subiu um pequeno lance de escadas que levava à abertura secreta da cozinha. Com movimentos trêmulos nas mãos, procurou a chave correta e, após a quinta tentativa, encontrou-a. A pequena destrancou a porta e empurrou a passagem secreta, que era a parte traseira de uma estante suspensa da cozinha, aparafusada por três dobradiças. A "porta-estante" abriu passagem, e Griselda observou, pela primeira vez desde seu confinamento, um raio de sol que permeava pelas janelas e irradiava o cômodo. Gris caminhou até a beirada da passagem fechada da cozinha e admirou a paisagem do lado de fora através do espelho transparente da porta; a câmera camuflada da cozinha me mostrava o evento em tempo real.

Meu coração gelou por alguns segundos, mas logo voltou a bater forte. Era o momento de obter minha resposta final. Era o momento de saber se minha pequenina atenderia à minha exigência na sua forma mais perfeita ou se abriria aquela porta e assinaria a própria sentença de morte. Do lado de fora, próximos ao jardim e fora do campo de visão do espelho de Griselda, estavam Rex, Silver Blood e Dogy Margot, meus cães favoritos de caça, treinados para esquartejar e devorar qualquer pedaço de carne humana apenas com a força de suas mordidas; a maioria dos cadáveres que eu assassinava dentro dos domínios da minha residência, ou até mesmo alguns corpos ainda vivos, eram entregues aos meus cães, que devoravam até o último osso, eliminando, assim, qualquer evidência ou essência dos corpos que pudesse ser usada contra mim em uma futura investigação envolvendo o meu nome.

Griselda admirou a nova vista, a liberdade sorrindo para si, e colocou as duas mãos no espelho da porta. Procurou novamente a chave certa, e a decepção me consumiu. Perdi todas as minhas esperanças... Ela era imperfeita... ousou me abandonar sem a devida permissão para ser perfeita. Enclausurado em meu pavor, observei-a destrancar a porta, tocar na maçaneta, abrir cerca de quarenta e cinco graus da saída, e, então, minha expectativa retomou a euforia de outrora. Parada em frente ao seu suposto passo para a liberdade, Griselda titubeou e remoeu uma incerteza que me fez engolir a tristeza. Respirou fundo.

— Pronto... eu respirei o ar puro e vi o sol como queria... Agora posso voltar para o meu quarto. — O áudio de outro microfone revelou suas palavras aos meus ouvidos.

Gris fechou a porta, trancou-a novamente, retornou pela passagem secreta da estante da cozinha e caminhou de volta ao quarto onde iniciou toda aquela perfeita trajetória. Naquele momento, minha Griselda demonstrou sua fidelidade eterna. Ela teria sido uma grande tola se fugisse para o mundo exterior sem o devido diploma de perfeição, redigido e expedido pela confirmação da minha assinatura.

Meus óculos redondos se encheram com lágrimas puras. Não consegui contê-las diante da felicidade que senti. Desabei em um choro semelhante ao de uma menininha de seis anos, assustada por ter sido sequestrada. Retirei os óculos de grau e corri sem precedentes. Precisava estar junto ao mais novo ser perfeito que habita este mundo e comemorar com ela. Minha Griselda obteve nota máxima em seu último teste, sua prova final. Abri a porta da sala dos aposentos da minha estrelinha mais radiante e não escondi minha emoção vibrante. Ainda lacrimejando, eu berrei para ela feito um homem louco em seu pior dia de crise no hospício.

— Mestre? Está tudo bem com o senhor? — questionou ela. Um susto ao me ver naquele estado a impediu de se mover; Griselda estava tão perplexa quanto eu mesmo estava por me ver daquele jeito.

Continuei a chorar desoladamente.

Corri para seus braços, gritando como se sentisse dor, rasgando minha garganta com o som da minha voz. Sem entender, minha garotinha apenas me acolheu em seu abraço desajeitado e permaneceu ali, deleitada em meio à incompreensão singela.

— Você conseguiu, minha pequenina... você conseguiu... finalmente se tornou a minha criança perfeita. Eu mesmo farei questão de devolvê-la ao mundo em grande estilo... Em breve, você será livre novamente, e todo o mundo a amará e se desesperará...

AMIGOS PARA SEMPRE!

Mais um dia de aula chegou ao fim. Naquele exato momento, eu estava sentada em frente à minha escolinha, na beirada esquerda de um dos bancos do pátio do *hall*. Ao meu lado, encontravam-se Judith e, no canto direito do banco, Cynthia, que abrigava James em seu colo. James, por sua vez, envolvia o pescoço de Cynthia com seus pequenos braços.

 Durante nossa exaustiva espera pelos pais ou responsáveis que viriam nos resgatar desse antro de doutrinas arcaicas, meus pensamentos, assim como meu olhar, fixaram-se em meu mais precioso alvo de adoração. Cláudia estava do outro lado do jardinzinho florido, sentada em outro banco à nossa frente. O fluxo de crianças marchando para fora do portão da escolinha era intenso. Entre um corpo e outro, cruzando pelo espaço vago entre mim e o meu alvo de adoração, minha mente expressou uma espécie de amor infindo, acompanhado de uma ira e de um desejo de ódio soberbo por aquela criança de seis anos. Questionei-me, no âmago do meu ser, sobre a origem desses sentimentos tão incompatíveis que vibravam em cada célula do meu corpo e, acredito, embarquei numa insana jornada sem destino, regida pela loucura. Descobri que, de certa forma, a inocência dela alimentava minha adrenalina e apaziguava a dor de adorá-la tanto. Eu precisava contê-la... eu precisava possui-la... eu necessitava abraçar seu cadáver esquartejado e dar-lhe um beijo de despedida em sua bochechinha imperfeita. Adoecida por essa descoberta fatal, percebi que gostava dela de maneira egoísta... eu a queria só para mim. E o amor, às vezes, aperta tanto nosso próprio coração que causar essa mesma dor ao objeto de nossa adoração parece ser o único caminho para a libertação de todo esse afeto.

 — Cynthia, acho que o John está te olhando — comentou Judith, a bisbilhoteira e exímia especuladora de eventos alheios da nossa incrível Liga do Pirulito. — Você acha que ele vai querer brigar com você outra vez?

 — Eu não quero que a Cynthia brigue com o John de novo... — acrescentou James, em mais uma negativa já cansativa.

— Ele fica me olhando porque eu sou diferente... aposto que ele está me chamando de algo feio pelas costas... — Cynthia fitou amargamente John, que estava com o braço engessado, com o mesmo olhar reprimido e vitimizado de sempre.

— Eu também não queria que ele te olhasse desse jeito, Cynthia. Me desculpa por isso... — Judith complementou.

Cancelei imediatamente minha "assinatura de TV" para assistir a toda aquela programação de conversa que definia com perfeição a personalidade dos meus comparsas, e minha paciência esgotou-se.

— Céus! Parem os três de arranjarem desculpas esfarrapadas para vestirem a carapuça que as pessoas ou a sociedade ao redor de vocês lhes colocam! — desabafei, revirando os olhos. Levantei-me e posicionei-me bem na frente daqueles três pares de olhinhos desamparados. — Ok... como sou a única com um cérebro realmente pensante entre vocês, sinto-me na obrigação de economizar anos e mais anos de traumas cultivados por suas mentes ocas ao longo das próximas décadas. Como vocês são meus aliados, sinto que é meu dever de mentora ensiná-los, desde já, a se livrarem de seus próprios fantasmas e enfrentarem seus medos de frente.

Os três projetos de gente me olharam sem compreender uma única palavra do que eu dizia; o que já era de se esperar. Atirei um novo olhar apático contra o restante da nossa Liga do Pirulito, claramente destinado a combater a falta de expertise do meu bando.

— O que significa a palavra "trauma"? — ousou proclamar Cynthia. — Tem algo a ver com comida?

— Eu não gosto de comida feita de trauma. — James testava minha paciência outra vez, sem saber o que de fato significava a palavra.

— Desculpa, Griselda, mas eu também não sei bem o que é trauma. — Judith me azucrinou. — Mas ouvi meu pai dizer para minha mãe que a garganta dele tinha ficado traumatizada por causa do padeiro que dormiu lá em casa outro dia... Você sabe o que significa a palavra trauma?

Suspirei desanimada, pois estávamos numa disputa de três contra um.

— Parem de falar e apenas me escutem! — exigi, e acho que minha voz mostrou a eles que uma bronca rígida estava prestes a trovejar em seus ouvidos. — Sem saber, vocês acabaram de repetir cada um dos seus traumas! — Eu tentei reconhecer na face daquelas crianças algum indício de compreensão, mas minha ideia inicial não vingou; todos ainda permaneciam perplexos e confusos com minha interpelação, e vi-me obrigada a desenhar o óbvio para eles, para que finalmente entendessem o que precisava ser corrigido naquelas mentes pouco sagazes. — James... — Alfinetei o primeiro deles. — Você precisa parar de dizer a palavra "não" para tudo na sua vida! Pare de falar essa palavra irritante no início de cada frase. Se você não quer algo, tudo bem! Mas não deixe que isso o impeça de experimentar a palavra "sim" de vez em quando. O sim, na maioria das vezes, é muito bom! Não seja uma criança mimada que se recusa a provar ou a aceitar novas experiências. Se sua mãe e seu pai, ou qualquer pessoa, disserem que você não pode brincar com bonecas ou com carrinhos, eu digo que sim, você pode! Mesmo que seja escondido deles! Mas, pelos céus, James... comece a aceitar e a dizer a palavra sim com mais frequência! Sim para comidas das quais você acha que não gosta, sim se você quiser brincar apenas com meninas, sim para aqueles que o chamarem de algo de que você não goste! Aceite quem você é e apenas diga sim! Você não pode se esconder mais atrás da palavra não para o resto da vida! Eu digo que sim, você pode ser tudo aquilo que quiser, quem quiser, experimentar o que quiser...

Terminei minha primeira rodada de verdade incontestável. James me olhou assustado no início, mas, depois, seus olhos curiosos começaram a vislumbrar as novas possibilidades que a palavra sim poderia trazer à sua vida.

— Judith... — Ansiei pela compreensão da tagarela cuspidora de saliva. Ela me observou, espantada. — Você precisa parar de pedir desculpas. Você sempre pede desculpa por algo de que não é culpada! — empenhei-me com meu tom rígido. — Você é uma menina incrível! Não precisa pedir desculpas por não saber o significado de uma palavra ou por ter uma opinião contrária a dos outros! Se continuar pedindo desculpas por qualquer coisa, será sempre vista por todos como uma garota sem personalidade, submissa... e, acredite em mim, Judith, você não vai querer isso para a sua vida. Pedir desculpas por algo de que não é culpada só demonstra quão despreparada para a vida você foi e está! Você é muito mais do que uma menina despreparada, Judith. Até hoje, jamais escutei de você uma palavra sequer com intenções malignas... Você é ótima sendo exatamente do jeito que é! Então, não peça mais desculpas por ser essa menina tão fofa e educada que está se tornando!

Resguardei uma parcela de ar nos pulmões para continuar meu massacre verbal.

— Cynthia, quanto a você, pare de usar sua aparência e o que os outros dizem contra si mesma! — Ela me olhou um tanto brava, mas eu não permiti que revidasse com alguma resposta que contrariasse meu veredito implacável. — Você é uma criança diferente das outras em muitos aspectos, e pronto! Assim como cada um de nós é diferente! — Briguei, olhando profundamente nos olhos dela, para que entendesse e se aceitasse de uma vez por todas. — Estar acima do peso, malvestida, com a cara sempre zangada, é uma característica que não faz de você uma criança má ou odiada por todos. Não escondo de você que existirão outros Johns na sua vida que farão questão de destacar suas características peculiares, mas, nem por um minuto, esqueça que seu coração é imenso! Você é uma menina tão cheia de sonhos... você é diferente dos outros, e isso não é necessariamente algo ruim. Essa é quem você realmente é! E não se envergonhe disso! James, Judith e eu nos encantamos por você depois que a conhecemos melhor, e isso acontecerá com qualquer outra pessoa que também se aproxime de você. Todos verão a pessoa linda que você é! Não deixe que os maldizeres dos outros impeçam você de se amar. Ame a si mesma e compartilhe todo esse amor com aqueles que estiverem ao seu lado. Se alguém continuar a importuná-la ou a humilhá-la, ignore-o, pois essa pessoa não tem a mínima noção da amizade preciosa que está prestes a perder. Você é mais do que apenas uma criança que os outros julgam de forma errada, Cynthia, e você sabe muito bem disso.

Suspirei fundo após minha rajada de conselhos evidenciados. Os três rebentos de amebas ambulantes em frente ao meu ser alternavam entre rostos de confusão e de autoaceitação. Na minha concepção psicológica, a semente incubadora dos seus pesares traumáticos havia estalado e rachado a carapaça de seus invólucros — e essa semente estava prestes a crescer e a produzir bons frutos nas mentes de cada um deles. Acho que finalmente fiz algo de bom por aqueles três.

— Griselda? — A voz de Avalon ressoou da calçada e ecoou pelo pátio frontal da escolinha.

Meus subordinados encararam meu oráculo com estranhamento.

— Quem é aquela? — Cynthia questionou, com seus olhos espremidos e zangados.

— Ela é a maior luz da minha vida — pronunciei com categoria. — Agora preciso ir... E, por favor, tentem se lembrar de todas as palavras que lhes disse. Se possível, anotem esta dica para não se esquecerem.

Diante do meu apelo final, acompanhado de meu primeiro passo em direção à calçada, James se jogou nos meus braços, implicando um leve susto.

— Até amanhã, Griselda — disse ele, ainda me abraçando.

Um vestígio de carinho quis brotar de meus sentimentos por causa daquele abraço. Claro que imediatamente neguei esse apego desnecessário; porém, não deixei de contemplar e corresponder àquele abraço quentinho e manhoso que só James poderia oferecer. Judith transpareceu um brilho de inveja em seu rosto. Vendo-a parada ali, morta de vontade de também compartilhar um abraço comigo e com James, revirei os olhos para o lado — desaprovando qualquer sentimentalismo de minha parte — e, depois, acenei para ela com a mão, indicando que também tinha minha permissão para um abraço triplo. Judith sorriu, receptiva, e se atirou contra nós.

Cynthia era durona, devo admitir. Ela não demonstrava querer estar conosco em meio aos nossos braços, mas seu olhar iluminado me dizia que ela aprovava aquela sessão exagerada de afeto. Após manter o semblante bravo por dois segundos, ela desabou com aquele olhar zangado e me lançou um sorriso. Decidi que era aceitável retribuir com outro sorriso, e assim o fiz. Estávamos todos em paz e harmonia, como tudo neste mundo deveria ser.

— Agora eu realmente preciso ir. Até mais, Liga do Pirulito.

Desfiz o nosso elo sentimental, abandonei os meus fiéis escudeiros no pátio e corri saltitante para a direção de Avalon.

— Aquelas crianças estavam te incomodando, é? — Avalon perguntou, enquanto seus olhos, carregados de ira, pareciam incendiar o corpo dos meus colegas de classe. — Se elas estavam te chamando de cabeçuda, é só me dizer que eu vou lá e...

— Claro que não, Avalon... você não viu que estávamos apenas nos abraçando para nos despedirmos? — interrompi. Uma dúvida brotou em mim, e a expressei por meio de um olhar confuso para o oráculo. — Por acaso, você acha que eu sou uma menina cabeçuda?

Avalon franziu o cenho, imersa em uma dúvida que parecia fritar seu cérebro, deixando-a ainda mais confusa e levemente constrangida.

— Esquece essa coisa de cabeça grande que você tem e me responde uma coisa... Abraço? Desde quando criança catarrenta gosta de abraçar outra criança catarrenta?

Sorri diante da piada espirituosa e lhe segurei a mão. Juntas, começamos a caminhar pela calçada em direção à casa de Avalon.

— Avalon, até quando você vai fingir que não gosta de crianças? Eu sei que você chama as outras crianças de catarrentas só porque...

— Eu chamo as crianças de catarrentas porque é isso que elas são! — cortou-me.

— Hum... hum... sei... — respondi com o ar mais esnobe possível.

Avalon, acuada pelo meu tom de deboche, foi forçada a explorar, intimamente, as razões de todo aquele ódio gratuito pelos pequeninos.

— Vamos parar de me julgar? — continuou em tom defensivo. — Eu não odeio criança nenhuma, que isso fique bem claro! Eu só não gosto de gritaria, de choro, de birra, de bagunça, de desrespeito, de fralda suja e de catarro escorrendo do nariz... Acho que já te disse isso uma vez, menina... está desmemoriada agora, é?

— Preciso admitir, Avalon... também não aprovo as características que você mencionou sobre a bagunça e o caos que as crianças espalham na vida das pessoas. Mas a maioria delas é pura. O que define se elas terão bom caráter ou não serão as influências que sofrerão de adultos de índole boa ou horrenda que as cercam.

— Não é? — Avalon procurou meu apoio, como se precisasse justificar para si mesma que seu suposto ódio mortal pelas crianças era mentirinha barata. — Você já viu uma daquelas crianças gritando no mercado, fazendo um escândalo por um doce caro que os pais não podem comprar? Em nome de Madonna! — Seu semblante expressou um drama colossal, como se estivesse exausta. — Tenho tanta pena daqueles pobres pais...

O sofrimento continuou impregnado em sua face.

— Eu não me encaixo em nenhuma dessas características que você mencionou sobre as crianças. Acho que é por isso que você me quer por perto, não é mesmo, Avalon?

— Você está convencida hoje, hein?

— Estou sim! Hoje será um dia muito especial para mim. O mais especial até então!

O oráculo esboçou abatimento.

— Tu estás dizendo isso porque vai visitar sua mãe no hospital? — Lançou-me um olhar de canto, ressabiado, como o das crianças da escolinha quando a professora Zilda Quentin roubava seus pirulitos e ainda por cima os consumia durante a aula.

— Sim... é por isso mesmo — menti. Na verdade, eu estava ansiosa e apaixonada pela visita que faria à Cláudia logo mais. Como já havia inventado para Avalon que iria ao hospital visitar minha mãe internada, aproveitei a deixa e permiti que ela se apegasse à sua primeira teoria.

— Hum... — Seu pigarro lento expressou um incômodo pessoal. Percebi imediatamente que ela sentiu uma leve dorzinha no coração por me perder naquele instante.

— Eu apenas verei como minha mãe está. E, mesmo que ela já esteja bem e que Marjorie e eu precisemos voltar para casa, ainda assim farei visitas periódicas a você, se assim você quiser, Avalon.

— Já que insiste, pode me visitar, sim... eu deixo — murmurou, como se não gostasse muito da ideia, mas, como a conhecia bem, sabia que essa era sua forma peculiar de demonstrar sua maior preocupação: me perder para sempre. — Só não traga aquela catarrenta da Marjorie. — Cessou o pensar, mas depois revirou os olhos novamente. — Quer dizer... acho que você até pode trazer a Marjorie também. Mas deixe ela na casa da Senhora Velha Louca Dos Gatos antes de bater na minha porta, ouviu?

— Claro, Avalon... como você desejar.

Parei nossa caminhada e soltei sua mão.

— Tem certeza de que não quer que eu vá contigo? — sugeriu.

— Fique tranquila, Avalon... estamos a apenas dois quarteirões do hospital. Além do mais, você disse que faria uma visita à sua irmã. Ela deve estar precisando de você mais do que eu neste momento. Não quero atrasar sua visita. Acredito que vocês tenham muito a conversar sobre a Juju.

— Puta que o pariu! Lá vem você de novo falando como um adulto compreensivo, mas que diacho de garota é você, hein? Quem te educou desse jeito? Você é tão... tão...

— Perfeita? — completei por ela, minha fala calma e segura de si. — Sim, sou uma criança perfeita.

— Não disse que você está convencida?

Ela me observou, risonha.

— Chegarei em casa mais pela noite, acredito.

— Vai voltar ainda hoje para minha casa mesmo?

— Se minha mãe não tiver alta, então, sim, Avalon. Estarei lá.

— Então chegue antes das oito da noite, porque hoje vou descer para a rua cedo — falou, enquanto se virava e me deixava para trás.

— Até mais, Avalon 1500.

— Tá... tá... — concluiu, aparentemente irritada, mas a resolução de seu amor por mim se esclareceu naquele último olhar de canto, dedicado exclusivamente a mim. Avalon 1500 me amava mais do que qualquer outra coisa neste mundo. Eu estava certa disso. Aquele olhar era o mesmo previsível que uma mãe apaixonada dedica à sua amada filhinha recém-nascida.

 Dediquei um suspiro contente e aliviado a Avalon, vendo-a desaparecer pelas ruas. Logo em seguida, fitei meu próximo alvo. O carro de Salazar me aguardava do outro lado da estrada. Olhei para os dois lados para verificar o trânsito, atravessei a estrada tranquilamente e entrei pela porta traseira do carro.

 — Aquela é a mulher que está cuidando de ti? — Meu pai postiço questionou, seu olhar marcando um enorme alvo de curiosidade nas costas de Avalon ao longe.

 — Essa não é sua prioridade, Salazar. Você sabe disso. Agora, me dê alguma informação útil. Fez o que eu pedi? — Fui dura de propósito, para deixar claro que desaprovava aquele olhar enfezado e cheio de desconfiança em relação ao meu oráculo.

 — Sim... fiz sim. — Voltou seus olhos para mim.

 — Então me diga... minha mãe biológica ainda está viva? Ela está melhor? O que você descobriu no hospital? — Suspirei, ansiosa pela revelação.

 — Hillary Hunter passa bem... Quer dizer... ela ficou em coma, mas os médicos disseram que o pior já passou. Ela deu sinais de vida hoje de madrugada. Ao que tudo indica, deve melhorar nos próximos dias e finalmente voltar para casa.

 Reservei um momento para suspirar, entre o êxito e a fadiga — naquele instante, eu realmente não sabia se gostava da notícia ou se a renegava com um ódio tedioso. O fato de Hillary estar bem não significava que eu me importava com ela do mesmo jeito que me importava com Avalon. Avalon 1500, minha "mãe de rua", fez muito mais por mim nesse curto período em que estivemos juntas do que Hillary jamais fez em todos esses anos. *Céus! Eu queria tanto que Avalon fosse minha mãe biológica...*

 — Você não disse seu nome a ninguém do hospital, não é?

— Fique tranquila, *chica*. — Abusou de uma palavra charmosa de sua língua nativa, o espanhol. — Usei outro nome... disse que era apenas um amigo do trabalho.

Meu rosto se satisfez.

— Bem... desde que ela não saia daquele hospital hoje, tudo ficará bem. Agora, vamos depressa. Preciso que me leve ao lugar que mencionei. Cláudia precisa morrer o quanto antes.

— Pelo que você me contou, essa... tal de Cláudia realmente merece o que está por vir. Você está fazendo a coisa certa aqui, *chica*. Essa Cláudia merece mesmo ir para o caixão.

Salazar era uma peça ignorante e, ao mesmo tempo, essencial nos meus planos. Sua ignorância era facilmente moldada pelos meus desejos ardilosos. Bastou eu inventar que Cláudia, uma mulher de vinte e nove anos que exerce a função de babá, havia maltratado outras sete crianças além de mim, para que o veredito de repulsa de Salazar viesse à tona. Ele nem sequer se deu ao trabalho de contestar a história que eu supostamente ouvi dos policiais sobre os arquivos inexistentes da investigação contra Cláudia, que até agora permanecia impune, por mera falta de provas concretas. Salazar até sugeriu que ele mesmo a eliminasse, mas eu disse que Cláudia era minha por direito. Pobre Salazar... era tão fácil fazê-lo acreditar no que eu quisesse. Sem saber, ele estava me ajudando a eliminar uma criança nefasta deste planeta. Mimada e predisposta a humilhar os fracos e oprimidos ao seu redor, Cláudia cresceria assim e se tornaria um monstro causador de traumas ambulante. Meu mestre e eu detestamos esse tipo de gente. Um mundo sem Cláudia seria um mundo onde eu poderia respirar melhor.

— Cláudia terá o que merece, papai Salazar. Será tão fácil exterminá-la quanto arrancar a pétala de uma flor. Agora vamos... ligue o carro. Ainda temos muito o que fazer hoje.

CASINHA DE BONECAS

Um palácio de princesas... essa era a definição mais adequada para classificar a residência de Cláudia. Aquela imponente moradia de madeira, com dois andares, ao estilo dos telhados mais tradicionais dos Estados Unidos da América, de fato, era o meu sonho de consumo residencial para quando eu crescesse e me tornasse uma mulher independente e rica, é claro. Cláudia era, sem dúvida, uma menina privilegiada, abençoada com a rara oportunidade de viver em uma casa que beirava as proporções de uma mansão. Ok, eu admito... exagerei ao referir-me à casa de Cláudia como um palácio ou algo tão monumental. É que, comparando a minha casa e o apartamento da Avalon 1500 com aquela residência, a casa de Cláudia realmente se destacava como uma construção notável aos meus olhos deslumbrados.

Eu estava parada no canto da rua, vigiando a imensa "casinha" da minha bonequinha favorita. *Céus! Como eu ansiava por serrar as pernas e os braços dessa linda boneca com algum serrote, muito em breve.* Por ali, aguardava pacientemente o retorno do meu eficiente pai postiço, o senhor traficante. Incumbi Salazar do dever de sequestrar a única empregada que cuidava de Cláudia nas quartas-feiras, pois, como a própria Cláudia fez questão de alardear aos quatro ventos na escola, seus pais eram ricos o suficiente para pagarem uma quantia a uma empregada que cuidasse dela durante a ausência de seus responsáveis todas as quartas-feiras. Óbvio que eu não deixaria passar essa informação despercebida. Tolinha... se ao menos soubesse que sua boca grande seria a responsável por sua ruína...

— Está feito. — A voz do meu novo papai soou por trás de mim. — Jeff já está com a empregada. Ela está no porta-malas do carro dele. Ninguém a viu sendo sequestrada. Eles saíram pelos fundos da casa.

— Jeff usou máscara e luvas, correto?

— Sim, exatamente como você sugeriu.

— Ótimo! — Eu sorri. — Agora vou fazer uma visita à Cláudia.

— Griselda... quando você iria me contar que Cláudia é uma criança da sua idade? — Ele me pegou desprevenida.

— Achei melhor não compartilhar essa informação com você antes. Tive receio de que sua recente perda interferisse no seu estado emocional, e, como consequência, você talvez se sentisse inclinado a me impedir de cometer outro assassinato, desta vez contra uma criança da mente abilolada.

Diante daquela descoberta, Salazar contemplou minha verdadeira essência; uma grande mentirosa que diria qualquer coisa para alcançar seus objetivos. O traficante me observou, com o semblante sério, depois olhou para baixo, suspirou pesadamente e, por fim, acariciou-me com um olhar tortuoso. Ele se aproximou um pouco mais e se agachou, seu rosto expressando aquele olhar desconcertado.

— Griselda, desde o dia em que você matou os homens que levaram minha menina, eu soube quem você realmente é. E sei que você nasceu para o crime e que é tão adulta quanto eu. O que as outras pessoas não sabem é que o mundo do crime exige que você mate aqueles que tentam te ferrar. Mas não se esqueça de que eu já estou na estrada do crime há mais tempo que você. Então, não precisa guardar segredinhos de mim, entendeu? Pode me contar tudo, eu aguento. Já passei por mais merda nesta vida do que você imagina. Já vi e sobrevivi a tudo o que há de pior nesse mundo. Eu mesmo já tirei a vida de uma criança antes, por isso, não ache que eu não estarei do seu lado quando você me disser que precisa fazer o mesmo. Pode contar comigo... com seu papai.

Acredito que o amor paterno acolheu as beiradas das minhas emoções naquele instante. Chocada com a postura compreensiva do meu papai adotivo, apreciei seu rosto desiludido, em busca da minha confiança, e me rendi inteiramente à segurança de sua lealdade incontestável.

Uma lágrima deslizou pelo meu olho esquerdo, sem que eu percebesse; não compreendi o motivo.

— Obrigada! — falei com o coração apertado. Atirei-me contra o corpo dele e lhe dei um abraço bem forte. — Obrigada por me aceitar como eu sou... muito obrigada por não me julgar e não atrapalhar minhas intenções.

— Eu imagino que acabar com aquela garota significa muito para você. Se é isso o que você quer, então não te impedirei. Apenas faça da forma certa.

Nosso abraço durou alguns segundos a mais. Nos braços de Salazar, por um momento, eu finalmente encontrei a mesma alegria tola que as outras pessoas que se dizem felizes sentem. Eu estava em paz e com um grande sorriso nos lábios, por saber que ele estaria do meu lado, independentemente da minha natureza vil ou graciosa.

— Agora, vai lá — apressou ele. — Vai lá e acaba com aquela *chica* de uma vez. Vou te esperar no carro, no final da rua. Faça o que precisa fazer e depois saia de lá ligeiro. Me ouviu?

Nos encaramos com orgulho, como devidos pai e filha, ambos psicopatas perante o resto da sociedade, é claro.

— Claro, papai... voltarei em breve. Não se preocupe comigo.

Salazar me deu um *soquinho* amigável no rosto, como forma de carinho, e eu o deixei ali, naquela calçada. Corri saltitante pela beirada da rua e, assim que cheguei em frente à casa de Cláudia, olhei para a movimentação na vizinhança. Não havia pessoas em frente às casas nem andando pelas calçadas. Apenas carros transitavam de um lado para outro na rua.

— Chegou o grande momento, Griselda — recitei a mim mesma.

Ding-dong! Eu apertei a campainha e me preparei para o meu momento de glória.

— Rita, onde está você? — soou a voz inconfundível daquela criança malévola, vinda do interior da casa. — Você se escondeu de mim? Rita... eu já disse que a campainha da porta está tocando... onde você se meteu? É o *seu* trabalho atender a porta!

Nenhum som se fez ouvir. A pobre Cláudia mal sabia que sua empregada Rita havia sido sequestrada pelo Jeff e repousava desconfortavelmente dentro do porta-malas de um carro.

— Ok, eu mesma abro a porta, então — continuou Cláudia, chateada, berrando sozinha na casa. — Mas vou contar tudo para o meu pai: que você se escondeu de mim e não abriu a porta para as visitas.

O trinco da porta se abriu, e a maçaneta se torceu. A porta da minha esperança se escancarou.

— Cláudia... — apresentei-me educadamente, é claro.

Minha rival angelical permaneceu imóvel, sem saber o que fazer. Ela me fitava, chocada com o que presenciava; e, sem ela saber, minha presença significava sua morte.

— Você não vai me convidar para entrar? — perguntei, procurando pelo meu convite ao estilo vampiresco, pois, assim como nas lendas, um vampiro sugador de sangue deveria conseguir entrar na casa daqueles que o convidassem, para, só então, estripá-los e deleitar-se com seu elixir viscoso de cor escarlate.

— Não! Eu não quero que você entre na minha casa — respondeu grosseiramente e tentou fechar a porta com força na minha cara.

Meu insidioso pé direito quebrou o encanto da ordem de Cláudia e se opôs duramente à sua atitude rebelde. Ele se atirou em direção ao vão entre a porta e o batente, e fez-se de uma pedra no sapato de Cláudia... ou melhor... de um encosto de porta, que impediu que ela a fechasse completamente. Enquanto meu pé era esmagado, empurrei a porta com força para o lado contrário, o que fez Cláudia recuar dois passos. Avancei pela entrada.

— Eu disse que não deixei você entrar! — advertiu a menina, de cara emburrada.

— Mas eu entrarei mesmo assim — falei com poder, obrigando-a a aceitar minha imposição violenta.

Dentro da casinha de Cláudia, meu primeiro ato foi fechar a porta e depois contemplar o *hall*, iluminado com o lustre de vidro pendurado em formato de diamantes que estava pendurado no teto, bem como a beleza dos outros cômodos ao redor. Como a decoração interior foi construída em estilo aberto, meus olhos conseguiam ver a ampla sala de estar, oscilando harmonicamente entre a cor azul-bebê das paredes e os sofás brancos com poltronas em verde--turquesa em seus lados. Do mesmo ponto de vista inicial, meus olhos também miravam parte da cozinha, à esquerda, e as escadas que provavelmente revelariam o caminho para o andar dos quartos.

Tudo era tão coerente... seja nas esculturas abstratas espalhadas pela casa, seja na disposição dos móveis luxuosos, tudo parecia estar exatamente no lugar certo. Era como se Cláudia e eu estivéssemos dentro de uma casa de bonecas dos sonhos de qualquer menina de nossa idade. Após examinar atentamente o ambiente, fitei Cláudia e até sorri por um momento. Bastaria eu sacar minha faca da cintura e exterminá-la de uma vez por todas. Entretanto, meus lábios se contraíram e murcharam com uma amargura invasiva; eu estava de fato descontente em acabar rapidamente com aquele ser repugnante diante de mim e decidi tornar as coisas um pouco mais interessantes. Precisava testemunhar algo épico naquele momento tão aguardado.

— Vá embora... vou chamar minha empregada! — ralhou comigo outra vez.

— Cláudia, eu só vim brincar com você. Vim para dormir na sua casa, junto com você. A professora Zilda conversou com seus pais e me disse que eu poderia vir aqui brincar e dormir no seu quarto. Além do mais, antes de entrar na sua casa, encontrei sua empregada; ela me pediu para avisar que precisou ir ao mercado rapidinho comprar algumas coisas para a cozinha, e que voltará logo.

— Mas ninguém me falou nada! E eu não vou deixar você brincar com minhas bonecas nem com meu tablet — disse e cruzou os braços.

— Fique tranquila... não tenho intenção de brincar com nenhum brinquedo tedioso que você tenha. Pode continuar brincando na sala com suas bonecas. Eu posso ir à cozinha preparar pipoca para você, o que acha?

— Você sabe fazer pipoca?

— Sei, sim. — Meu sorriso a convenceu. — Farei um pote inteiro só para você. O que acha?

A ameba ambulante olhou para os lados, persistindo em cultivar algum receio do que poderia resultar disso.

— Minha mãe disse que crianças não podem fazer coisas na cozinha...

— Cláudia, você quer pipoca doce ou não?

O semblante pensativo dela reapareceu.

— Eu quero, sim.

Meu argumento prevaleceu.

— Ótimo, então fique na sala... Eu trarei a sua pipoca em instantes.

— Não demore muito... Se a minha empregada chegar e te vir na cozinha, ela e eu vamos brigar com você.

— Não se preocupe, Cláudia. Eu retornarei mais breve do que você imagina.

Cláudia correu para o tapete da sala de estar e retomou a brincadeira com sua valiosa coleção de bonecas da Jinger Kymmy. Quanto a mim, dirigi-me à cozinha, adornada com móveis sob medida e bancadas de mármore branco. Retirei um par de luvas verdes do interior do meu bolso e as vesti. Amarrei o meu cabelo para trás e, do outro bolso, retirei uma touca plástica de banho para cobrir os meus fios. Esses dois novos acessórios foram providenciados por meu pai, Salazar, após minha solicitação no dia anterior. Depois de me vestir com a precisão de uma assassina experiente, comecei a explorar as gavetas da cozinha, à procura dos utensílios necessários para o meu próximo passo.

— Aqui está você... e... aqui! Achei você também! — exclamei, encantada ao encontrar uma panela pequena e profunda, e, logo depois, minha segunda descoberta, uma garrafa PET repleta de óleo vegetal.

Apossei-me de uma banqueta, usada para alcançar os armários mais altos da cozinha, e a coloquei em frente ao fogão embutido nas pedras de mármore. Acendi o fogo elétrico, coloquei a panela sobre o calor da chama que escapava do bocal, despejei o óleo e aguardei até que começasse a borbulhar.

— Está pronto, Cláudia... eu já estou indo... — gritei da cozinha.

— Então vem rápido, que eu e as minhas bonecas estamos morrendo de fome! — exigiu.

Desci da banqueta com cuidado, segurando as alças laterais da panela, e caminhei serenamente para a sala de estar. Ao avistar a pequena e irritante Cláudia, deleitei-me antecipadamente com a perspectiva de ver seu rosto perfeito queimado pelo óleo escaldante.

É lógico que o óleo não causaria sua morte imediata, mas eu estava ansiosa para testemunhar sua reação ao ver seu rosto desfigurado. Meu desejo era ver seu grito de dor pela queimadura e, após isso, colocá-la em frente a um espelho para que visse seu reflexo horrível e compreendesse que não seria mais uma pessoa de semblante perfeito.

De costas para mim, minha vítima insciente continuava sua conversa trivial com as bonecas. Meu olhar satisfeito seguiu a linha de sua nuca enquanto eu me preparava para despejar o óleo sobre sua cabeça, após chamar sua atenção e fazê-la olhar para cima, para a boca larga da panela. No entanto, prestes a ouvir o primeiro grito agonizante de Cláudia, a criança maldita encontrou uma maneira de desbaratar meus planos. Sem aviso, Cláudia levantou-se rapidamente e golpeou com a cabeça o fundo da panela, fazendo-a escorregar de minha mão e obrigando-me a derramar o óleo fervente quase para o meu lado. O óleo caiu no chão e respingou em minha mão, causando uma leve ardência na pele. Larguei a panela no tapete imediatamente.

— Griselda, o que você fez? Você derramou óleo no tapete da minha mãe! — exclamou, alarmada. — Eu vou contar tudo para minha mãe, que foi você quem fez isso de propósito! E por que você está com uma touca ridícula na cabeça?

Minha ira transpareceu em meu semblante, que exalava a pior das pragas contra aquela criança com cara de bonequinha intocável. Controlei meu mau humor e adotei um tom gentil e ardiloso; eu não desistiria tão facilmente de vê-la sofrer em minhas mãos — e, se esse desejo não se realizasse pela dor da queimadura na pele, então seria cumprido pela lâmina da minha faca.

— Sua tolinha... — falei com graciosidade, tentando disfarçar a dor que sentia no dorso da minha mão, causada pelos respingos de óleo. — Sua mãe não saberá que eu derramei o óleo no tapete dela porque você tem uma empregada para limpar tudo para você antes que ela chegue, não é mesmo, Cláudia?

Minha persuasão estava no ar.

— Agora não dá mais para brincar aqui no tapete... ele está todo gosmento...

— Você tem razão, não podemos mais brincar nesta sala. Então, que tal subirmos as escadas para que você me mostre o seu quarto? Mas confesso que não sei se ele é mais bonito do que o quarto da minha querida amiguinha Judith — entoei meu desafio com uma melodia de armadilha.

— É claro que o meu quarto é mais bonito que o da Judith... porque a Judith é pobre!

— Hum... só acreditarei vendo...

— Então vem comigo — disse, correndo para as escadas, ansiosa em se exibir com a decoração e seus outros brinquedos, acredito eu.

— Me espere, Cláudia.

Corri atrás dela. Cláudia subiu as escadas com pressa, mas sua aceleração diminuiu à medida que avançava os degraus. Eu me esforcei para alcançá-la. Perto do último degrau que nos levaria aos corredores dos quartos, saquei minha faca da cintura e me preparei para atingi-la no ombro pelas costas; nessa nova etapa dos meus desejos mais sombrios, ansiei por acertá-la e, depois, caçá-la pela casa inteira, igualmente como os assassinos vestidos de preto e com máscaras de fantasma fazem nos filmes de terror *slasher*. No entanto, a sorte realmente não parecia estar ao meu lado. Cláudia pisou em falso em um degrau instável e caiu, desviando por pouco da minha primeira investida com a faca. No instante em que vi a faca cortando o vazio, reorganizei minha estratégia ligeiramente. Como Cláudia ainda estava de costas para mim, nada estava perdido naquele ataque falho. Eu apenas me ative ao trabalho de modificar o alvo da lâmina; seu calcanhar estava exposto, praticamente implorando para que eu deslizasse a serra cortante de minha faca em seu tendão de Aquiles — visto que uma pessoa manca teria menos vantagens contra um perseguidor letal, não é mesmo?

Atendi ao pedido subliminar daquele tornozelo audacioso e desferi meu próximo golpe contra ele.

Spink! A ponta da lâmina encontrou a madeira da escada. Antes que eu pudesse cravar a lâmina na carne do seu pé, a maldita o retirou de lá e rapidamente reestabeleceu-se de pé. Meu queixo foi ao chão com tamanha sorte. *Céus! Comecei a acreditar que aquela menina era protegida por forças invisíveis.* Agora ereta, no piso superior, observando-me com espanto ao ver uma faca cravada na madeira do degrau, Cláudia parecia confusa, tentando compreender o que de fato ocorria às suas costas enquanto subíamos os degraus.

— Griselda? Por que você está com essa faca na mão?

Céus! Que pergunta mais óbvia!

Desprendi a faca da madeira do degrau e a mantive empunhada na mão direita. Apoiei minha mão esquerda no corrimão e a encarei com uma expressão maldosa. Minha mente perversa projetou um sorriso sagaz, concedendo-lhe a permissão para explorar minhas verdadeiras intenções para com aquele glorioso dia em que nós duas brincaríamos de ser bonequinhas de plástico, interagindo dentro de uma casinha de brinquedo.

— Cláudia... eu reconheço que você é uma menina de extrema sorte. Mas toda a sua sorte está prestes a cessar aqui e agora. — Meu sorriso desvaneceu, e minha insanidade projetada tomou conta de mim.

Alcancei o segundo piso, ergui a faca contra aquela criança arrogante e ataquei-a. Num impulso de sobrevivência instintiva, como uma odiosa *final girl* dos filmes *slasher*, Cláudia segurou-me pelo pulso, e eu a encarei com desprezo diante da sua defesa eficiente e imprevisível. Eu era uma criança altamente treinada em combate com facas, e... Cláudia, bem, ela era uma civil com recursos quase nulos em defesa pessoal. Não era possível que ela tivesse segurado meu pulso no momento exato. Uma queda de braços instaurou-se entre a pressão da minha lâmina contra ela e as mãos dela, que prendiam meu pulso.

— Como você conseguiu segurar a minha mão a tempo? — questionei, com irritação e confusão. Para meu azar, a força dos bracinhos de Cláudia superava a determinação dos meus punhos na tentativa de exterminá-la.

— Griselda, pare com isso! — exclamou, começando a chorar.

— Pare de resistir, Cláudia, você precisa morrer! — Empurrei-a contra o corrimão do corredor, na esperança de fazê-la despencar do segundo piso para o andar térreo.

— Griselda, pare com isso! Não tem graça! — Revidou com outra tentativa inútil de frear minha missão.

— Pare você com essa mania irritante de impedir que eu a mate! Seja uma boa menina e me deixe cravar esta faca na sua cabeça grande! — briguei, chateada e com razão.

Entre um empurrão e outro, minha força nos braços realmente se mostrou insuficiente. Cláudia deteve minha facada final e conseguiu ir muito além disso. Ela encontrou forças adicionais nos braços para me empurrar para o lado, e eu acabei tropeçando no primeiro degrau da escadaria. Com minha faquinha inseparável ainda firmemente presa na mão, rolei escada abaixo. Minha falta de sorte persistiu, pois Cláudia permaneceu de pé, no andar superior da casa, ilesa. Ao contrário das bênçãos recém-concedidas pelo destino para a Cláudia, durante minha queda, meu corpo em queda foi maltratado e açoitado pelas quinas dos degraus. *Céus! Espero não ter fraturado algo nas minhas costas.*

— Ah! — berrei com dor.

Ao final da minha queda, percebi que minha faquinha havia se cravado em minha própria perna, na altura superior da coxa, para ser mais exata. Avaliei o ferimento meticulosamente e identifiquei que a lâmina havia sido cravada na região da veia safena magna, o que poderia ocasionar minha morte por hemorragia quase imediata, caso eu removesse aquela faca do meu corpo. Abatida pelo novo contratempo, observei Cláudia ao alto e simulei uma expressão de dor, regada pela minha manha exacerbada de criança metida em problemas sérios.

— Griselda? Você está bem?

Ora... ora... ora... olhem só quem finalmente demonstrou alguma compaixão por outro ser humano?

— Eu preciso da sua ajuda, Cláudia... venha até aqui me ajudar a ficar de pé... a minha perna está doendo muito! — O veneno do melodrama escorreu da minha boca, pois a faca cravada na minha coxa nem estava doendo tanto assim; eu já havia aprendido a suprimir a dor corporal com meu mestre.

— Está bem... — respondeu, descendo as escadas.

Eu a persuadi novamente, como sempre.

— O que eu faço? Griselda, acho melhor chamar a minha empregada...

— Só venha aqui e me ajude a ficar de pé, por favor, Cláudia...

Cláudia caiu na minha armadilha feito uma pata com patins. Ela estendeu as mãos para que eu me apoiasse, e eu a agarrei pelos cabelos. Usei toda a força dos meus braços para puxar seus fios e forçá-la a bater com a cabeça em um dos degraus. Meu primeiro golpe foi bem-sucedido; contudo, enquanto eu efetuava minha segunda tentativa, a garotinha, escorregadia como sabão, conseguiu erguer-se e correr escada acima. Assustada com o segundo capítulo da minha agressão, o meu alvo de adoração trancou-se dentro de uma porta no corredor do segundo andar. Ouvi o som do fechar da chave do lado de dentro.

— Cláudia! — gritei, exausta e enfurecida. Àquela altura dos acontecimentos, eu não conseguia mais dosar minha paciência e muito menos o volume da minha voz. Eu precisava acabar com aquela menina o mais rápido possível, pelo menos antes que os pais dela retornassem de seus empregos.

— Vai embora! Eu não quero mais que você fique na minha casa! — Os lamentos infantis dela inundaram os corredores superiores.

— Venha aqui, Cláudia! Eu só quero brincar com você... Eu sempre quis ser a sua amiguinha do coração — falei com uma voz suave enquanto me mantinha ereta.

— Não, você não quer! Você quer me fazer mal... eu sei disso! Vai embora agora, ou vou contar tudo para a minha mãe!

— Você não falará nada a ninguém, Cláudia, pois este será o seu último dia neste mundo — comentei enquanto subia as escadas, mancando. Aproximei-me da porta e sussurrei para o meu docinho de cachos dourados. — Abra a porta, Cláudia... eu só quero observar você enquanto eu a enforco. Faça isso por mim... eu preciso ver você sofrer! Eu preciso ver o seu último brilho no olhar antes de morrer! Por que você não entende isso? — conversei, com um tom exaltado na minha última frase.

O silêncio da garota fez-me explodir e perder a razão. Eu sabia que deveria ter trazido uma pistola comigo, como um fator de segurança extra para atirar em uma maçaneta trancada pelo lado de dentro. Meu maior erro foi subestimá-la.

— Você não vê que estou tentando fazer a coisa certa aqui? — gritei com toda a minha força, de um jeito que eu jamais havia falado antes. Esmurrei a porta a cada nova frase que eu iniciava. — Eu te amo, Cláudia... eu te amo demais! Eu te amo tanto que preciso matá-la! Pare de ser uma criança doida e abra esta porta de uma vez!

Um barulho vindo de trás de mim interrompeu minha maior declaração até então. Virei meu rosto para a direção do som estranho, e lá estava a aparição que queria me assombrar. Meu outro eu, a mesma versão nefasta de mim que me perseguiu no espelho de minha casa e pelas ruas da cidade agora me espreitava novamente. Como meu estado de espírito não era dos mais sãos naquele momento, eu não consegui sentir receios por parte dela. Apenas observei meu ego maligno de pé no final do corredor. Seus pés fixos ao teto a deixavam de cabeça para baixo e contradiziam minha concepção do verdadeiro significado da força gravitacional.

— Você de novo! — Eu disse para mim... quer dizer, para meu outro lado odioso do espelho.

Como resposta, ela sorriu e deslizou pelo teto sem necessidade de dar passos para frente. Em menos de dois segundos, seu rosto encarava o meu de baixo para cima, a posição de nossos corpos estava alinhada, o meu abaixo do dela, e o dela acima de mim. Nossas cabeças erguidas admiravam uma à outra, frente a frente.

— Eu posso ajudá-la... ela precisa morrer, você sabe disso! — Meu ser sombrio falou comigo, sua voz reverberando como se dez entidades falassem em uníssono.

— Eu sei que precisamos fazer isso, mas este assunto não lhe compete. Eu ainda posso resolver as coisas com minhas próprias mãos. Não lhe darei ouvidos...

— Mas você deve! Você precisa me permitir sair... eu preciso sentir o que você sente. Eu mesma posso aniquilar esta garota para você... permita-me fazer isso! Eu sou capaz de realizar tal feito com mais perícia do que você e o mestre!

— Não... você não pode. Meu mestre me advertiu uma vez que, se eu lhe desse ouvidos, ainda que por uma única vez, eu me tornaria uma criatura imperfeita...

— Com quem você está falando? — Cláudia perguntou do outro lado da porta. — E quem são essas outras vozes?

A segunda indagação de Cláudia me surpreendeu. O fato de ela também ouvir as vozes que fluíam da minha entidade maligna desafiava minha certeza de que talvez estivesse realmente vivenciando um fenômeno sobrenatural... ou talvez não... já não sabia mais no que acreditar.

— Você precisa me deixar realizar as coisas... eu sou mais apta do que seu mestre! Sou algo mais profundo e meticuloso... posso exterminá-la antes mesmo que você perceba!

— Não pode nada! Você não tomará a minha razão, pois não exerce poder sobre mim.

— Poder sobre você? — A aberração do teto questionou com um tom de escárnio, antes de soltar uma risada, coçando a barriga com ambas as mãos de modo forçoso, como num desenho animado. — Eu já exerci poder sobre você uma vez.

— Quem mais está aí? Me ajude! — Cláudia interveio novamente, evidenciando que ela realmente escutava a voz que emanava da minha insanidade.

— Do que você está falando? Seja mais clara! — exigi ao meu projeto negativo.

— Quem você acha que retornou ao apartamento da casa da sua mãe e limpou toda aquela desordem na sua sala? — revelou surpreendentemente. — Fomos nós duas, com a sua permissão, que retornamos àquela casa e ocultamos o policial morto, Randall. Nós mesmas o esquartejamos, o colocamos em sacos de lixo, limpamos a casa com água sanitária e incineramos os restos mortais dele no aterro sanitário da cidade. Você não se recorda?

Pensei por um instante.

— Isso é impossível! Eu não me lembro disso.

— Force esse cérebro oco a lembrar-se! — exigiu em um berro. — Fomos você e eu que fizemos isso. Eu agi por você! Você me deve esse favor, então me liberte e permita que eu esquarteje e devore a carne desta garota que se oculta em seu quarto! — rugiu com um ultimato vigoroso, fazendo as paredes da casa inteira tremerem.

— Hum... — Sorri diante do perigo. — Eu sou uma criança perfeita! E não necessito da sua ajuda.

Para provar de uma vez por todas a minha suprema eficiência, abandonei minha cópia nefasta pendurada no teto e desci rapidamente as escadas, em busca da garagem da casa. Apesar de não estar em minha melhor forma para correr — devido à faca ainda cravada em minha coxa —, acredito ter sido mais ágil do que imaginava. Quando finalmente localizei a porta que dava acesso à garagem no andar inferior, corri para uma das bancadas com gavetas. Abri os gavetões à procura de pregos e de um martelo. Assim que os encontrei, refiz meu caminho e os trouxe comigo, um saquinho de pregos na mão e o martelo na outra. Enquanto passava pela cozinha, também peguei uma caixinha de fósforos e a guardei no bolso. Peguei uma garrafa de álcool de uma das gavetas e subi rapidamente a escada. Durante o percurso, observei o chão para identificar qualquer vestígio de sangue que pudesse ter escorrido da minha perna. Como não havia sinais de sangue, continuei com os procedimentos do meu novo plano.

De volta à porta do suposto quarto de Cláudia, despejei todos os itens no chão e comecei a pregar a porta pelo lado de fora. Bati os pregos em linha transversal horizontal, de forma que o corpo metálico dos pregos se fixasse na porta e no batente lateral da parede. Cláudia jamais escaparia daquela porta novamente, não com quinze pregos fixados de cada lado, trancando-a eficazmente.

— O que você está fazendo, Griselda? Pare de bater nessa porta! — gritou o meu bezerrinho, pronto para o abate.

Molhei a madeira da porta e do chão com álcool e acendi um palito de fósforo. A chama do palito me hipnotizou e, logo após romper esse encantamento, o joguei contra o chão. A porta e o chão de madeira pegaram fogo com facilidade. Finalizei minha tarefa e corri para o quarto ao lado. Por ter estudado as localidades e a planta com atenção, eu já conhecia a estrutura do telhado da parte traseira da casa de Cláudia. Como parte do telhado ficava rente, e pouco abaixo das janelas dos quartos do andar superior, abri a janela daquele aparente quarto de hóspedes que invadi, engatinhei pelo telhado largo do lado de fora até a janela fechada do quarto de Cláudia e observei a minha rival infame, acuada do lado de dentro do seu quartinho perfeito. Ali dentro, minha estrela Nêmesis estava cercada por suas incontáveis bonecas gigantescas e ursinhos de pelúcia, espalhados nas estantes das paredes e sobre sua cama de lençol cor-de-rosa. Lancei um sorriso largo para minha detestável adversária assim que ela me viu pelo vidro e, em seguida, pressionei minhas mãos contra a madeira da janela, impedindo que Cláudia a abrisse do lado de dentro.

— Griselda, há fogo na minha porta! — Ela disse o óbvio, tossindo devido à fumaça que se instalava no quarto lacrado.

Minha resposta foi rir e acenar com a cabeça em sinal afirmativo. Cláudia estava condenada... ela só não sabia disso ainda. O fogo aumentou, a fumaça tornou-se mais espessa no quarto, e, como já era de se esperar, Cláudia correu na direção da minha janela. Tentou abri-la do lado de dentro, mas o contrapeso das minhas mãos, pressionando a janela de cima para baixo do lado de fora, era superior, pois agora as leis da física estavam a meu favor. O ângulo em que eu aplicava pressão, de cima para baixo, me auxiliava a ter mais sucesso, fazendo a força empregada pelos braços dela, em movimentos de baixo para cima, ser em vão. Enquanto isso, meus olhos observavam fascinados o espetáculo: Cláudia gritava, esperneava, chorava e tossia. As chamas dominaram os tapetes, depois devoraram a cama, os móveis. Num piscar de olhos a seguir, o fogo já estava bem pertinho dela. Gritos e mais gritos... *Céus! Nem mesmo em seu leito de morte Cláudia mostrou alguma originalidade... simplesmente não tinha cérebro suficiente para isso.* O fogo cresceu e pegou quase tudo no quarto. Esperei um pouco mais e presenciei Cláudia sufocar e quase perder a consciência devido à fumaça espessa que ela era obrigada a inalar. Quando achei que ela finalmente adormeceria devido à asfixia, o fogo começou a consumir seu vestidinho azul e sua carne. Ela gritou da maneira que eu desejava ouvir, como um porco sendo golpeado com um martelo na cabeça.

— Eu sei que dói... eu sei disso... — disse eu, com um tom de compreensão, comovida diante do seu sofrimento libertador. — Em breve tudo acabará, você verá. Em breve toda a sua dor se transformará na minha maior alegria... em breve eu finalmente não terei mais que dividi-la com ninguém, Cláudia.

O corpo de Cláudia queimava diante de mim, as chamas lhe devorando a face.

— Adeus, Cláudia... Eu te amo... não se esqueça disso. Eu te amo...

A minha bonequinha imperfeita cessou seus gritos, e eu ouvi as sirenes ecoarem da rua em frente à casa. Era o momento de partir para evitar ser identificada pelos bombeiros e transeuntes curiosos. Deslizei pelo telhado, que agora começava a arder em chamas, pendurei minhas mãos na calha larga e projetei meu corpo para baixo. Como meus dedos de criança ainda não possuíam a força desejada, despencando da calha, caí sentada no chão do jardim da piscina. Mordi os lábios para reprimir um grito de dor pela perna ferida e levantei-me rapidamente. Por sorte, nenhuma gota de sangue havia caído no gramado. Corri em direção ao cercado de madeira de meia-altura, escalei-o com agilidade e saltei para o outro lado do terreno, pousando sobre a calçada ao lado dos montes verdejantes da vizinhança. Com os olhos vigilantes para ambos os lados da rua deserta, nos fundos da casa de Cláudia, caminhei rente ao muro e dei a volta no quarteirão até alcançar o carro de Salazar. Bati na porta do banco traseiro do automóvel, e o meu papai a abriu prontamente.

— Griselda... por que você está com uma faca na perna? — questionou ele, com a voz impregnada de pavor.

— Cláudia não era uma adversária tão fraca quanto eu supunha. A situação ficou feia dentro daquela casa. Mas eu superei seu instinto de sobrevivência, e agora ela está morta. Não precisamos mais nos preocupar com ela.

— Você precisa de um médico! — insistiu ele, desesperado. — Eu vou te levar para um hospital...

— Não seja tolo, papai Salazar — falei com firmeza. — Não posso ir a um hospital. Se eu for, posso ser descoberta. Você me disse uma vez que Jeff fez Medicina por três anos, não foi?

— Sim... ele tentou ser médico, sim...

— Então informe a ele que eu exijo seus cuidados especializados. Preciso que ele remova a faca da minha perna sem que eu sangre até a morte. Ele saberá o que fazer... Agora, tire este carro daqui. — Minha perspicácia sobrepunha-se à sua ignorância alimentada pela adrenalina.

— Certo... vou acelerar — respondeu, enquanto pegava o celular para contatar Jeff.

Salazar ligou o carro e dirigiu pela rua da frente da casa de Cláudia. O fogo consumia a casinha onde minha bonequinha habitava — e, sim, habitava, pois, a partir de agora, Cláudia deveria ser referida sempre no passado, uma vez que não mais existia. Os bombeiros, diante da casa em chamas, realizavam seu trabalho em vão. As chamas já devoravam todas as paredes e partes dos telhados com voracidade. Em breve, encontrariam o cadáver carbonizado daquela que um dia tentou me rebaixar na salinha de aula. É lógico que os peritos que trabalhavam conjuntamente com os policiais identificariam que alguém havia trancado Cláudia em seu próprio quarto com pregos na porta e no batente e, em seguida, tacado fogo na casa, a queimando viva. Mas o que a perícia jamais saberia é que fui eu quem cometeu tal ato. Enquanto meus olhos e os de Salazar contemplavam as chamas crescentes, elevando as cinzas aos céus, senti um bafo quente soprando na minha nuca. Minha loucura estava novamente à espreita.

— Viu? Eu disse que sou perfeita. Não precisava de você. E jamais precisarei. Apenas aceite que sou superior — falei sem olhar para trás, ciente de que meu outro ser medonho me abraçava por trás, lambendo minha orelha como um bezerro desmamado.

— Griselda... você falou comigo?

— Apenas dirija, papai Salazar... apenas dirija para longe daqui. Não estrague minha consagração de criança perfeita.

- FLASHBACK -
PLACENTA

— M estre... eu o verei novamente? — Minha filha ideológica expôs sua dúvida com um olhar ansioso.
— Acredito que não, meu docinho... Se isso acontecesse, eu mesmo teria que a eliminar. Não posso correr o risco de que alguma eventual falha sua atraia a atenção dos policiais para mim. Eu gostaria muito de revê-la... verdadeiramente desejaria. Mas não sei se isso será mais possível.

Ela suspirou, imersa em um abismo de aflição.

Naquele momento, contemplávamos o horizonte do mar ao crepúsculo. Estávamos ambos sentados em um píer destinado a embarcações. Minha Griselda estava acorrentada pelos pulsos e tornozelos, e, presa aos elos, havia outra corrente metálica com uma esfera de peso moderado em sua ponta. Eu, por outro lado, estava revestido em um sofisticado traje de mergulho profissional, adornado com cilindros, nadadeiras, máscara e vestuário de mergulho, todos de tonalidade escura como a noite que nos emprestava o ar de sua graça misteriosa.

O som de sirenes ao fundo se aproximava como um presságio inevitável.

— Eles estão vindo... pensei que demorariam mais. — Gris expressou seu descontentamento com um tom sombrio. Percebi que ela não desejava enfrentar o doloroso processo de despedida.

— É verdade... também imaginei que levariam mais tempo. Não passaram nem oito minutos desde que contatei a delegada, informando sobre o seu paradeiro.

Nos encaramos, a gravidade e a pressa do momento pesando sobre nós.

— Este é o nosso adeus? — perguntou, com um olhar que revelava a fragilidade de uma criança desamparada.

— Sim, é. Você está nervosa... quanto à água?

— Claro que não... você me ensinou a prender a respiração por mais de três minutos em sua piscina olímpica.

— Aqui... segure isto — disse, passando a esfera de ferro presa à corrente para suas mãos. — Esta esfera não é tão pesada quanto parece. Ela não a fará afundar excessivamente. Além disso, há uma boia laranja fixada às correntes, que servirá como um sinalizador para os policiais. Eles certamente a resgatarão a tempo.

— Sim... sim... você já me disse isso antes... Agora, vá embora, antes que eles percebam que há outra pessoa ao meu lado.

Nosso último olhar foi uma ode silenciosa à nossa separação iminente.

— Griselda... este mar simbolizará sua placenta, o dia do seu renascimento. Essas águas serão o lugar onde você se nutrirá até que um dos policiais a encontre e a retire do abismo. Após ser resgatada, você respirará o ar puro da perfeição e será reintegrada à vida social dos patetas ambulantes que vivem nas cidades. Agora, eu mergulharei e deixarei que você empurre a esfera de metal para o mar por conta própria.

— Vá, mestre... eu entendo que você precisa manter sua imagem de sequestrador maligno diante dos policiais. E eu sei como agir daqui em diante, conforme treinamos e combinamos.

Abracei minha pequenina, e ela repousou a cabeça contra meu peito, em um gesto de afeto e desamparo.

— Seja sempre uma criança perfeita, minha Griselda... Seja sempre a *minha* criança perfeita.

Saltei para o mar, que iluminaria o nascimento perfeito de Griselda Hunter, e me retirei sigilosamente dali, nadando pelas profundezas do mar escuro.

- EPÍLOGO -
JONAS WEST

— Ah... — suspirei, sentindo arrepios na nuca que se estendiam em forma de tremores pelo meu corpo. Maldição! Eu realmente necessitava desse momento para me aliviar. Dirigir duzentos quilômetros sem interrupção e sem visitar um banheiro foi uma prova difícil. Ainda mais para mim, um homem de trinta e sete anos que havia ingerido cerca de oito litros de cerveja como se fossem um simples café da manhã antes de partir de casa. Depois que esguichei meu último jato de urina, guardei meus "documentos" para dentro da cueca, fechei o zíper da calça e lavei as mãos na pia do banheiro do hospital. Ao sair pelos corredores fervilhantes, repletos de médicos e pacientes apressados, fui abordado pelo policial designado para a proteção da vítima em questão.

— Delegado Jonas West, correto? — indagou o homem de nariz grande.

— Sim, sou eu mesmo — disse, mostrando meu distintivo e, em seguida, caminhamos pelos corredores em direção à testemunha crucial para o meu mais novo caso. — Então... ela enfim despertou?

— Exatamente... foi pela manhã — respondeu-me o oficial de sobrenome Koch; acabei esquecendo seu prenome durante a nossa conversa telefônica de manhã. — Ela abriu os olhos, mas ainda enfrenta consideráveis dificuldades para se comunicar. Para ser sincero, eu nem mesmo consigo compreender como essa mulher sobreviveu. Segundo os médicos, a delegada Paty Vallery sobreviveu por um capricho do destino, um golpe de sorte.

— Capricho do destino? Como assim, você pode explicar melhor?

— Os médicos disseram que a delegada possui uma condição raríssima. *Situs Inversus Totalis*, você já ouviu falar?

— Que palavras são essas? Alguma maldição escrita em latim?

— Não, de forma alguma. Trata-se de uma condição que afeta cerca de uma a cada dez mil pessoas, em que elas nascem com todos os órgãos invertidos em seus corpos. Muitas nascem e morrem sem jamais perceber que os órgãos estão dispostos de maneira oposta.

— Então foi assim que ela escapou da morte, correto? Pelo que você me informou na ligação mais cedo, a tentativa de assassinato da delegada Paty Vallery foi realizada por um assassino profissional, que disparou precisamente no lado esquerdo do peito dela, acreditando ter atingido o coração.

— Exatamente, delegado Jonas. O assassino não sabia que ela padecia dessa condição peculiar. Como o coração da delegada Paty estava posicionado no lado direito do peito, e não no esquerdo, como é habitual, o assassino errou o alvo por cerca de um centímetro e meio. Mesmo assim, causou grandes danos à saúde dela.

— Paty Vallery já conversou com alguém antes?

— Ela tentou, mas não conseguiu. Sua consciência ainda está profundamente inerte. A cirurgia em seu peito foi um sucesso, mas levará meses até que ela se recupere... foi o que o doutor me informou.

— De quanto tempo ela precisará para conseguir se comunicar conosco?

— De três a dez dias. A recuperação dependerá dela mesma. Aqui. — Koch disse, parando em frente a um quarto específico. O número novecentos e setenta estava estampado no alto da porta. — Ela está aqui dentro.

Koch cumprimentou o policial que estava de plantão ao lado da porta do quarto de Paty Vallery e fez um sinal com a cabeça para o parceiro, o que permitiu minha entrada no recinto.

— Pobre mulher... — murmurei ao vê-la com todos aqueles tubos e mangueiras finas conectados ao seu corpo, repousando na cama alta.

Para a grande surpresa do dia, contrariando os relatos de Koch, a delegada abriu os olhos e os fixou em mim.

— Paty Vallery, correto? — questionei com a voz suavizada, para não lhe causar desconforto. Ela demonstrou uma respiração mais pesada, como se tentasse comunicar algo. — Ei... ei... ei... — interrompi seu ataque de ansiedade. — Eu sou o delegado responsável pelo seu caso e sei que você não tem condições de falar neste momento. Então, relaxe e permaneça em silêncio. Você está viva e precisa manter-se assim para que possamos capturar quem quer que tenha feito isso com você, está bem? Então, acalme-se, poupe sua energia e use-a para se recuperar. Sua segurança está garantida por aqui. Há um policial em vigília constante em frente à sua porta. Não há mais nada a temer! — Lancei um sorriso encorajador para ela.

A máquina ao lado da cama da delegada indicou batimentos cardíacos menos acelerados após minha intervenção de tom calmo.

— O delegado está correto, Paty, você está bem, e isso é o que importa. Em breve você nos revelará quem foi o responsável por isso. Que bom ver você com os olhos abertos! Vamos prender a pessoa que fez isso... pode apostar que sim!

Paty demonstrou o mesmo desconforto de antes. Sua respiração ofegante intensificou e a deixou perturbada.

— Delegada Vallery, você precisa se acalmar! — Koch falou com tal ternura que eu poderia jurar que os dois já se conheciam de longa data.

Paty estava um turbilhão de nervos naquele momento. Entre um tremor e outro, causados pelos espasmos de seu corpo inteiro, notei algo de peculiar. Enquanto o espasmo ocorria, o agito frenético dos dedos da sua mão direita capturou minha atenção. Meu instinto de investigador se aguçou e coloquei sua mão sobre a minha.

— Delegada Vallery... imagino que você queira me transmitir algo... Você não consegue falar neste momento por conta dos tubos que a mantêm respirando; no entanto, acha que pode usar seu dedo indicador na minha mão para transmitir algo? Você consegue mover seu dedo indicador, certo?

A tensão envolveu meu olhar e o de Koch, com aquela possibilidade perspicaz.

A delegada rapidamente entendeu meu apelo e começou a se concentrar em um desenho com a ponta do dedo na palma da minha mão. Após a terceira tentativa de me transmitir algum símbolo, percebi que ela queria me revelar a provável primeira letra do nome de seu quase assassino, talvez? Mesmo que eu estivesse jogando cartas em branco ao vento, precisava acreditar que essa era a intenção da informação que ela queria repassar a nós.

— Então... ela está realmente tentando escrever algo na sua palma com a ponta do dedo? — A voz calma e o olhar penetrante de Koch se manifestaram ao meu lado.

O estado de Paty parecia piorar com todo o esforço que ela estava fazendo.

— Paty Vallery, tenho algumas suspeitas sobre a primeira letra que você acabou de desenhar na minha palma... Então, se eu disser a letra correta, por favor, aperte minha mão bem forte, está bem? — Paty assentiu com um murmúrio; seus olhos, quase virados para trás, davam a impressão de que ela poderia desmaiar a qualquer momento. — Você escreveu a letra "E"?

Paty não apertou minha mão.

— Foi a letra "C"?

O novo comentário não provocou nenhuma reação por parte dela.

— Letra "G"?

Paty apertou firmemente, com toda a sua força, mais de uma vez. Minha convicção me levou a crer que o nome do assassino começava com a letra "G".

As convulsões aumentaram, e o corpo de Paty quase saltou da cama.

— Um médico! Precisamos de um médico aqui! — Koch gritou da porta.

A ajuda de dois enfermeiros chegou rapidamente.

— O que ela tem? O que está acontecendo com ela? Ela ficará bem? — perguntei a um dos enfermeiros.

— Ela ficará bem! Ela não está mais sob risco de morte. — Um enfermeiro de voz tranquila respondeu calmamente para mim e para Koch, pedindo que nos retirássemos do quarto imediatamente. — Ela está apenas sob extremo estresse... Vocês estão proibidos de entrar neste quarto até segunda ordem médica. Agora, por favor, retirem-se do quarto. — Aguardou que saíssemos, e fechou a porta por dentro e as persianas da parede espelhada.

— A letra "G" significa algo para você neste momento? — perguntei a Koch.

— Eu sabia que Paty estava investigando algo sobre um sequestrador de crianças... o caso que ela investigava em sigilo atualmente. Talvez esse seja o nome do homem que raptou as crianças, incluindo seu irmão quando ela era menor.

— Só isso? Não há nenhuma suposição adicional?

— Não que eu me lembre... A letra "G" não tem outro significado para mim... pode ser qualquer coisa, certo?

— Merda! — desabafei, ansioso para acender o cigarro que estava no bolso. — Parece que terei muito o que investigar a partir de agora.

FONTE Minion Pro, HVD Rowdy regular, Folk Rought OT
PAPEL Pólen natural 80 g/m²
IMPRESSÃO Paym